U0614367

星光
璀璨
02

YEYING

夜莺

赫连哀 著

河北出版传媒集团

花山文艺出版社

图书在版编目（CIP）数据

夜莺 / 赫连哀著. -- 石家庄：花山文艺出版社，
2016.12（2020.3重印）
　　ISBN 978-7-5511-0215-5

Ⅰ．①夜… Ⅱ．①赫… Ⅲ．①长篇小说—中国
—当代Ⅳ．①I247.5

中国版本图书馆CIP数据核字(2016)第287019号

书　　　名：**夜莺**
著　　　者：赫连哀
策　　　划：张采鑫
责任编辑：卢水淹
特约编辑：欧雅婷
美术编辑：许宝坤
责任校对：齐　欣
封面设计：刘　艳
内文设计：昆　词
出版发行：花山文艺出版社（邮政编码：050061）
　　　　　　（河北省石家庄市友谊北大街330号）
销售热线：0311-88643221/29/35/26
传　　　真：0311-88643225
印　　　刷：三河市华东印刷有限公司
经　　　销：新华书店
开　　　本：880×1230毫米　1/32
印　　　张：9
字　　　数：247 千字
版　　　次：2017年1月第1版
　　　　　　2020年3月第2次印刷
书　　　号：ISBN 978-7-5511-0215-5
定　　　价：45.00元

（版权所有　翻印必究·印装有误　负责调换）

Y E
YING

▼

目 录

· HELIAN AI ·

Y E
YING
▼

目录

楔 子

赖姿有日子没来这种地方了，自从她订了婚，决定做个贤妻良母以后。

吧台上，高脚杯里的酒散发着诱人的醇香，微醺的脸埋在亚麻色的长发间，耳边是陌生男人的窃窃私语，她本想报之一笑，胃里却猛地一阵翻滚，推开人跌跌撞撞地跑向洗手间，还没走到，就吐了一地。

朋友赶到时，赖姿正被一众人围着，披头散发地坐在地上。冷冷的一张脸，没有任何表情。

赖姿曾说，如果哪天宋钟仁干了对不起她的事，她要杀了他，从喉咙下刀一路划拉，开膛破肚。为了证明自己言出必行，她特意花三十块钱买了把"王麻子"，只可惜，那把刀除了削水果到最后也没派上什么用场。毕竟，她说这话的时候刚二十四岁，还不知道什么是天黑路滑、社会复杂。

茜哥开着车，对赖姿的遭遇颇有些同情。年少时，爱情是两人共同进步；成年后，你走一步，我才肯走一步。到了赖姿身上，是别人算计一步，她往里跳一步，结果摔得头破血流。

赖姿点了根烟，开始疯笑。

死？她才不会去死。就算要死，她也得死在宋钟仁面前，三尺白绫血溅五步，让他这辈子一听到她的名字就不得安生。

可事实上，不得安生的从来都只是她一个人。

从天堂到地狱，赖姿只花了一个晚上的时间。

"知名导演因偷税银铛入狱"的标题赫然出现在各家媒体的头版头条，更有甚者不辞辛苦地挖出赖姿念书时频繁出入酒吧的照片，好用来佐证如今的星二代早就腐朽到了骨子里。

爱情的结束、父亲的入狱、被查封的家产，媒体报刊仿佛亲临者一般绘声绘色地描述着，像是追逐腐肉的秃鹫，硬是要把最后一滴血肉啃食干净才肯罢休。

如果说本命年诸事不顺，赖姿不顺得有些过火了。

但是，她认了。

她是死过一次的人，她并不胆怯，也不屈于宋家显赫，她本以为自己能跟宋钟仁拼个你死我活。但是最后，她认了。

她不得不认。

茜哥说，这完全不像赖姿的性格，不像她无法无天的性格。

赖姿别过头，靠在车窗上半天才说了当晚的第一句话："你还有钱吗？"

真的很难想象这句话会从赖姿嘴里说出来，让她咬牙求别人，简直比杀了她更要命。

幸好，赖姿现在脸皮够厚。她得借钱，借所有能借的钱，她想把老爸从里面捞出来。可宋钟仁打了招呼，她一毛钱都借不到，别说是捞人，连吃住都成问题。

可就算宋钟仁把她逼到这个份儿上，她还是不能去找他，不肯去找他。

茜哥明知道赖姿是被姓宋的抓住了什么把柄，却也没有追问，茜哥太了解她，总想着给她留着那点儿可笑的自尊。

茜哥拿出一张银行卡，钱不多，却是她拍了小半年戏的所有薪酬。如果是从前，赖姿不会放在眼里，但现在这钱至少能帮她找个住处。

茜哥说："拿着吧，要不是你，我也就还是个跑龙套的。"

赖姿向来傲娇，不喜欢跟别人挤着住，茜哥说，这叫贱，这叫犯贱。

赖姿轻吐了口烟圈，一笑。幸好，茜哥还在，这个狐朋狗友还在。

赖姿把卡还给她："用不着，你帮我买张机票就成。"

茜哥问："现在这情形，你还打算去哪儿？"

赖姿不吭声。

"说话啊，哑巴啦？"

赖姿停了三秒，吐了两个字："香港。"

"什么意思啊？"茜哥皱眉，"你该不会是……"

赖姿看着窗外："朋友介绍的，靠谱。"

"朋友？得了吧，我才不信。不是，我说你是没吃过亏还是怎么着？"

"那边给的钱是这边的三倍。"赖姿说了实话。

茜哥怒了："我说赖大导儿，你这一身本事就是为了去给那帮浑蛋洗钱的？现在可算出息了，一作你就往死里作，出门忘吃药了吧你！"

赖姿弹了下烟灰："只要来钱快，拍什么不是拍？"

"钱钱，又是钱！"茜哥怒道。

平时赖姿虽然颓，但眼神里却从不会有胆怯，不会有慌张，如今她怎么就落到这步田地了？

茜哥想到了一个人，他也许能帮得上忙。她打开车窗，散着满车的烟味。

"姿儿，告诉你件事……"茜哥顿了顿，"我今天看见叶瑛那小兔崽子了，在机场。"

赖姿微微一怔。如果说整晚她还勉强能挤出一丝笑容，在听到叶瑛这个名字时，她彻底沉默了。她双腿蜷曲在后座上，埋着头，滑落的发梢擦过指间的烟火，微微烧灼的味道。

回忆太多，悲苦太多，一想起来会让人莫名心酸。

赖姿犹记得，宋钟仁最后说的那句话，不紧不慢地道："听说，叶瑛要回来了。"

她被这句话吓得发抖。

她被那种语气、那样神情的宋钟仁吓得发抖。

　　赖姿从小活得就像个土匪，却偏偏有个软肋，那就是叶瑛，从小在她身边长大的叶瑛。

　　宋钟仁在提到叶瑛时特意停顿，他居高临下地看着赖姿略显慌乱的神情，手心一顿，然后当着赖姿的面将订婚戒指丢进了垃圾桶里。

　　茜哥知道后拍手称快，说："宋钟仁要是能把叶瑛整死也算是功德一件。"

　　茜哥向来不喜欢叶瑛，她多半是把赖姿当下的遭遇都归咎到了那孩子身上。不巧的是，偏偏从那件事后叶瑛混得风生水起，这就更显得赖姿命运多舛，可怜的同时又非常可恨。

　　车窗外不知何时窸窸窣窣地飘起了雪花，一片橙光里的车水马龙像是梦境般不真实。

　　这光刺得眼睛生疼，赖姿连忙避开。

　　初雪，本该是个浪漫的日子。

　　冷风吹开赖姿额前的碎发，她隔着车窗，掐灭了烟："茜哥啊，还记得咱们从前吗？"

　　茜哥说："记得啊，一个叶瑛一个你，两个二世祖。"

　　赖姿若有似无地笑着："还记仇呢你。"

　　"可不，我心眼儿小着呢。"

　　赖姿抬头看着窗外的一切，想起了那个夜晚，若是说熟悉，赖姿竟快要忘了那是多久前的事情；若是说陌生，她却记得每个场景，全是在脑海里挥之不去的回忆……

chapter 1
▼

她二十二岁，他十七岁

　　赖姿帮叶瑛逃跑时，她二十二岁，他十七岁。

　　那夜是北港初雪，赖姿接到了父亲的电话，几乎是命令的口吻，要她去赶赴一场晚宴。说是吃顿饭，其实就是安排了无聊的相亲，相来相去都是一双眼睛一个鼻子，谁也没比谁好到哪儿去。

　　赖姿不耐烦地挂了电话，把手机丢在沙发上。

　　卧室里走出的男人缠着白色浴巾，他从身后环抱着赖姿，她被他撞得一个趔趄。

　　"要走吗？"他问。

　　"嗯，晚上有个局。"

　　"赖姿，我看你分明是想躲我。"男人抓着她的手腕说。

　　赖姿并没有要隐瞒的意思："陈家格，我以为你心里清楚，这应该是我们最后一次见面，我们完了，没戏了。"

　　陈家格明显不认同赖姿的一厢情愿："谁说我们完了？你经过我同意了吗？"

　　赖姿觉得好笑。交往三个月，她才知道陈家格已经有女朋友，她虽然不怕，可也不想引火烧身。

要说多爱，算了，能有多爱？

人总是自私的。我开心，世界才开心。

所以她得踹了他，还得踹得义无反顾。

唯一让赖姿留恋的是陈家格的身体，摄影棚幽暗灯光下的完美轮廓，每一寸肌肤都张弛有力。也罢，她会找到更好的。

赖姿走到玄关，开门，冲着陈家格下了逐客令："你再不走，我可走了。"

门"唰"地开了，带着屋外的风雪扑了赖姿一脸。

她用手扇了扇，才发现门外站了个少年。

少年穿着浅蓝色的棉衣，微微发黄的发梢落着雪花，漂亮的脸蛋在路灯下显得格外白净。

他是隔壁叶爷爷家的宝贝孙子——叶瑛。

也不知叶瑛在这儿站了多久，都快站成个雪人了。他眨了下眼睛，睫毛上的落雪往下掉，瘦高的个子堵在了赖姿面前。

"怎么，有客人？"陈家格在身后问。

叶瑛听到动静若有似无地朝里瞟了一眼。

赖姿不慌不忙地把门带上，站在屋外，问叶瑛："你找我？"

叶瑛不说话。

"是有什么事吗？"她又问。

没回应。

赖姿穿着单薄的睡衣站在门口有些冷，她把手抄起来暖和了点儿："阿瑛啊，你总这么不说话，让我很为难啊。"

少年嘴一抿，不再沉默："你能送我走吗？"

"去哪儿？"

"机场。"

"去机场干什么？"她开起玩笑，"你要离家出走啊？"

"你别管。"

"好，我不管。"赖姿说着关门回屋。

叶瑛却一把掰住了门。

赖姿眉毛一挑："你总得告诉我为什么吧，还有，你爷爷知道吗？"

"知道我就不找你了。"

"你等一下啊，让我看看诱拐未成年得判几年。"赖姿作势拿出手机查着。

叶瑛看着赖姿一本正经地查着，手遮在屏幕上问："你答不答应？"

赖姿说："不答应！"

他嘴角一抿。

赖姿拒绝："少给我装可怜啊，快回家去。"

"我会把你的事告诉赖伯伯。"叶瑛默默地朝屋里递了个眼神，威胁她。

"小兔崽子。"她挥起手朝他后脑勺儿抡。

叶瑛像是知道套路一般熟练地躲开了。

"好了，怕了你了，等着我！"

赖姿"啪"地把门关上，其实她哪里是怕叶瑛，哪会为了这种事怕他？顺水推舟罢了。从小到大他所有的要求她没有一样不答应的，她想，就算是叶瑛想要天上的星星，她也会考虑去摘。所以他才肆无忌惮地给她出各种难题。

陈家格看着正穿衣服的赖姿，问："你这就准备走了吗？"

"对。"

"一说要相亲，你就这么大劲儿，是巴不得早点儿甩掉我？"

"对。"

陈家格被堵得没话说，只好换了语气，上前腻歪道："晚点儿走行吗？再陪我一会儿。"

赖姿推掉他的手："陈家格，如果你实在喜欢这儿，再待一晚好了。明天一早我回来，希望不会再看到你。"

陈家格也急了："赖姿，差不多闹够了吧，难道要我给你跪下吗？"

"你跪不跪我还是那句话，咱俩玩完了。"

他站在她面前，指着她的鼻子说："赖姿，真有你的！"

她一笑，没有给他任何回答。

"你会遭报应的——"他冲着她的背影喊。

赖姿把门合上，却没挡住陈家格的声音，她看了看等在门口的叶瑛，一笑："别理他，我们走。"

飞雪封城，路并不怎么好走，两道车灯刺破黑蒙蒙的雾气，车速很慢，赖姿时不时地用余光瞟了眼叶瑛。他应该是累了，倚在车窗上闭着眼睛，眼圈下面还有浅浅的乌青。

她有些心疼。

就这一点，茜哥就嫌弃她到不行，说她简直是母爱泛滥，并且隔着电话控诉，嚷嚷着要她把那个狗仗人势无法无天的赖姿还回来，赖姿狠狠地挂掉电话，心里默默骂了句"三字经"。

原本四十分钟的路程足足走了一个多钟头，T3 航站楼，国际航班，清一色的延误提醒。

叶瑛背着双肩包，迈着步子，慢条斯理地走在连廊，对面是早已买来热牛奶的赖姿。雪水有些湿滑，赖姿踩着高跟鞋险些没站稳，只见她两手一端，满满的牛奶一滴没洒。

赖姿把纸杯裹进叶瑛手心，说："喝点儿热的，你向来怕冷。"

她只对叶瑛这样，或者说，她总是想尽办法要对叶瑛好。

她心中有愧，哪怕以命相抵。

如果换了别人，她定是一腿劈在人家肩膀上，黑云压城："天儿冷，去给姐搞点儿喝的。"

这种事，她不是没干过。

叶瑛握着杯子，脚跟一抬，顺势坐在栏杆上。于是赖姿直接照他后脑勺儿来了一巴掌。他向来都这样，不知轻重地做危险的事，哪怕是过江大桥也习惯性往栏杆上坐，每次都吓得她心惊胆战。

叶瑛露出无所谓的表情，修长的身影像是嵌入了一张风景画。

赖姿用双手比出了个四角相框，几步推近镜头，背着月光将叶瑛框在里面，用拍 DV 花絮的腔调问："叶同学，现在总能告诉我这是要去哪儿了吧？"

他不理她。

赖姿抬起脚一踹："说话啊，哑巴了。"

叶瑛从背包里翻出几张纸，递给赖姿，半晌没吭声。

那是本合同，密密麻麻的中韩双语，赖姿翻看着。依照叶瑛的家世环境，绝不需要赖姿帮忙看什么合同，也不知道他葫芦里卖的什么药。赖姿目光落在最后几行字上，她皱眉。

练习生？赖姿觉得他一定是疯了。

叶瑛扶了扶帽子，看着她。是从什么时候开始，他习惯上依赖赖姿的决定，好像什么事情只要她点头，他就愿意把它继续下去。

赖姿合上合同，她不知道该说些什么，从口袋里摸出锃亮的打火机，"噌"的一声，火苗蹿出来点着了烟丝，她默默地抽了一口，倚在墙边也不吱声。

她知道他喜欢音乐，她曾带他见酒吧乐队的朋友，载他去乡下采风作曲，她觉得把音乐当成爱好没什么问题。只是他一向单纯，立足娱乐圈这个围城之外，又怎会明白圈里的是是非非？赖姿好歹算半个圈里人，相互算计利用，真假黑白难分，在信息媒体格外发达的今天，有时真的只是一句话，就能要得了人命。

看叶瑛的表情，叶家并不知道这件事。

也是，叶爷爷向来严苛，即便是认可，顾念儿子顾念儿媳，也绝不会允许叶瑛一个人去那么远的地方。毕竟，如今那幢空荡荡的叶家宅子里，只剩下他们祖孙两个人。

赖姿永远记得，叶瑛拿着他录的第一个DEMO给她听时脸上带的笑容。轻缓的钢琴伴奏，干净清亮的嗓音，像是太阳下泛着荧光的汽水泡泡。她第一次听到时，就觉得好听。

你真的无法想象，一个从小沉默寡言的孩子，因为音乐，他的世界开始变得不一样。那时，她告诉他，人，总应该有梦想的。

他把她的话当真了吧，所以勇敢，所以努力。

赖姿闷着气不说话，一个没提防，手里的烟被叶瑛夺了过去。

"哎！"她指着他警告。

可叶瑛已经将烟头摁灭在了手心里，皮肉烧灼的味道。

赖姿眉头一紧，照着他后背就是狠狠的一巴掌："你傻啊你！"

叶瑛不由分说地从她口袋里准确地掏出烟盒直接丢进垃圾桶。

赖姿没拦住："你他妈有病啊！"

叶瑛看着她气恼的样子，也不说话，扭头就走。

赖姿对着他的背影无奈叹气，只有认输的份儿："行行行，我错了。我戒，我戒不行吗！"

叶瑛停住脚步，回头。

赖姿上前，递了个眼神在他手心，问："疼吗？"

"你说呢？"

赖姿舌头舔过嘴角，一脸皮笑肉不笑地道："我说不疼。"

叶瑛抬起长长的睫毛，像个小大人一样说："我走了，你怎么办？"

赖姿赌气："放心，没了你，我会过得千好万好。"

叶瑛嘴一抿，不紧不慢地把合同放进背包里："走了。"

赖姿突然追上去："阿瑛！"

"嗯？"他回身。

赖姿翻着怀里的钱包，一张、两张、三张，她把能找出来的银行卡一股脑儿地塞进叶瑛怀里。

叶瑛推托，她就硬塞，她觉得不够又把口袋里的现钞拿出来："如果缺钱，随时跟姐说。"

叶瑛的表情像是在看一只表演杂耍的猴子。

冬日的飞雪，人影交错的机场，叶瑛排着队一步一步向前挪着，赖姿握着手机将它一次次拿出来，又重新放回了口袋。她实在不知道，究竟该不该把这件事告诉叶家，她什么时候开始变得如此犹豫不决了？

让她猝不及防的还有叶瑛临别的拥抱。

他足足高她一头，她整张脸埋在他浅蓝色的棉服里，鼻息间是淡淡的薄荷的味道，好似夏日里的微风般清凉。他不擅长说话，这次也不例外。

"赖姿。"他喊她。

"嗯，怎么了？"

沉默片刻，叶瑛才开口说："生日快乐。"声音轻得只有两个人能听到。

赖姿的手僵在半空，脚下乏力，整个身子像是失去了重心倾倒，却又被他牢牢抱在怀里。

眼里有泛起的雾气，可赖姿很厉害，一个笑就把泪又逼了回去，她说："阿瑛啊，多久的事了，还提它干吗？"

她本来已经忘记，他不该提醒她，毕竟，她没资格过这个生日。

当初如果不是她，就不会有那场悲剧。叶叔叔不会离开，叶瑛也不会变成后来的样子。

即便那件事从头至尾都没人责备过她，赖姿却早已把所有的罪过归咎在自己身上。

此后的许多个夜晚，每当赖姿梦到摇曳的生日蜡烛都会猛然惊醒，她实在是害怕，害怕这些火苗会轰然倒塌，将她所有的幸福吞噬殆尽。

所谓的负罪感究竟是怎样一种感觉，赖姿比谁都清楚。

那段时间，她每晚都站在叶家窗外，直到叶瑛的房间熄了灯。她像个猴子一样逗他笑，她对他从来都是无条件地关怀，她想把所有的美好都给他。

可没用，她只能眼睁睁地看着他眼里渐渐失去了光泽。她蹲在地上，看着蜷曲在床底的小叶瑛，漂亮的脸蛋上蹭满了灰。她一遍遍叫他的名字，他却缩着脑袋不肯出来。

有次她急了，失去耐心了，她趁家里没人拎着他的衣领像拖小狗一样把他拽到那个烧焦的楼顶，然后一屁股坐在楼顶的栏杆上说："小子，你是不是恨死我了？是不是？好哇，要不要我去找你爸？要不要我现在就去！"

她真想跳哇，哪怕摔得粉身碎骨也好过他用那种眼神看她，他一定恨死她了。

十几米高的顶楼，风很大，被火烧过的栏杆吱吱作响。叶瑛抬起头，薄薄的刘海儿下依旧是默然的眼神，他伸出小手一点点地爬上栏杆，坐在她身边。

两个月，他对她讲了第一句话："真能见到吗？"

凉凉的风，淡淡的语气。

"爸爸……"他翻坐在栏杆上，盯着楼下的车水马龙，漂亮得像个瓷娃娃，"跳下去就能见到爸爸吗？"

他抬头看着她："你不要赖皮啊。"

她慌忙扯下叶瑛把他紧紧抱在怀里："臭小子啊，爸爸不在姐姐还在啊，以后我会像亲姐姐一样照顾你，你一定要快点儿长大，对，我们阿瑛要快点长大……"

她的叶瑛要快些长大。

一晃九年。

叶瑛说："都过去了。"

机场大厅，赖姿把脸埋进叶瑛怀里，她忍了半天，她没想哭的，可叶瑛偏偏有这个本事，只用几个字就叫一向没心没肺的赖姿泣不成声。小时候是，现在也一样。

最后的相拥无言。

这就是赖姿在那年寒冬，在她二十二岁的那个雪夜，做出的最大胆、最荒唐的事情，她背着所有人送走了叶瑛。她站在机场外的荒地上，抬头看着呼啸而过的飞机。

扬起的飞雪一粒粒打在脸上，她突然觉得自己像个疯子，不折不扣的疯子。

在此后的日子里，赖姿经常会想，那晚之所以会如此难过，真的是因为叶瑛突然离开吗？还是她恍然意识到，在此后的每一个傍晚，她都再也听不到那个清澈的嗓音，浅浅地从院子里传来。就像长久以来养成的习惯，平时没有察觉，一旦消失就像是抽空了你四周的空气，让人连呼吸都觉得困难。

手机振动，赖姿回过神，是父亲的助理林晓辉。

原本是九点的饭局，制片方做东，除了身为导演的父亲，对方点名邀请赖姿。茜哥知道后羡慕到不行，万映传媒——商界首屈一指的宋氏集团旗下传媒公司，多少人削尖脑袋想挤进去。偏偏赖姿命好，有个名导老爸，再加上这次贺岁片票房一路飙红，尝到甜头的制片方总想借个机会示好，洽谈下一步合作计划。

不巧的是，宋氏高层不知从哪儿得知赖姿最近生日，特意在范西国际订了包房，摆明说是私宴，不请外人，其中用意一目了然。

赖姿向来不打无准备的仗。宋钟仁，今晚的主角，据说是喝不惯洋墨水前几个月刚从国外回来，没几天便闹了几次娱乐版头条，看样子也是个厉害角色。

面对茜哥的警告，赖姿只是回道："你怎么长他人志气灭自己威风？"

茜哥打趣道："可没啊，我真觉得你俩这才叫狗男女，说不准能天长地久，真心的。"

赖姿学着茜哥的那股腔调骂道："滚蛋！"

小雪，堵车，赖姿这时候再过去必定迟到。

"到哪儿了？"林晓辉的电话。

"你催命啊。"赖姿说。

"师父让我催的，你还要多久？"

赖姿眉毛一挑："搬出阎王吓人。"

赖姿对父亲一贯的称呼，林晓辉也是无奈："赖导要我绑也把你绑来，大小姐，你就看在咱俩多年的交情上，给我留口饭吃吧。"

"放心吧，我爹就是不要我，也不会不要你的。"

林晓辉说："不跟你贫了，抓紧来啊你。"

"人都齐了？"她问。

林晓辉压低了声音："老的来了，小的还没来，你可快点儿啊。"

赖姿嚼着口香糖："原来不止我一个不听话啊。"

林晓辉语塞。

"行了，不说了我开着车呢，半小时准到。"

赖姿挂掉电话，她不是那种不开眼的人，纵然她不愿过这个生日，但金主相邀她不至于不识好歹，她很明事理、知进退，场面上的事她从小耳濡目染。因为现实就是这样，上层社会定的游戏规则，底层人无须标新立异，只要守规矩就好，只要听话就好。

回去的路畅通了许多，赖姿打开导航，她满脑子都在想叶瑛。这小子什么时候到，有没有人接机，又要住在哪里，这些她都还没来得及问。

赖姿有些懊恼，她怎么就这么轻易地放他走了？一想起叶爷爷那张严肃的脸，赖姿就觉得自己要立正站好，像是即将接受一场法庭审判一样。

一没留神导航就走错岔路，赖姿猛地转过方向盘，急转弯。对面擦肩而过的车里的司机伸出头，标准的国骂。

赖姿降下车窗，朝着对方竖起中指，看着对方恼羞成怒的表情，赖姿大笑起来。

两旁路灯快速后移，晚高峰后行车渐少，赖姿又加了脚油门。

一旁的手机在振动，赖姿不耐烦地瞟了一眼，以为又是林晓辉，却愕然发现竟然是叶瑛的号码。

他不是应该在飞机上吗？这显然不合理。不知为什么，赖姿脑海中有种不祥的念头，她一手扶着方向盘，一手在旁边的座位上慢慢摸索，结果手心一滑，手机又掉在了车座底下。

赖姿准备找地方停下，突然手机又响了起来，在原本安静的车子里搅得她心烦意乱。

宽阔的高架，近在眼前的减速带，赖姿头迅速一低，抓起手机。

"啊——"窗外是一声尖叫。

赖姿本能地猛踩刹车，整辆车划着雪水横扫在了高架上。车轮刮过地面发出刺耳的声音立刻蹿进耳朵里，使人浑身战栗起来。

赖姿抬起头，一个女孩儿蹲坐在离车不到两米的地方。

万幸，自己的车没有碰到她，赖姿松了口气。

"喂，你没事吧？"赖姿探出头。

赖姿按了双闪下车，脚刚迈出车门，就看到那女孩儿脸上越来越惊恐的表情。赖姿下意识回头，还没反应过来，身后已是一声巨响。

眼前一黑，赖姿整个人被一股力道甩了出去，紧接着又是一下、两下，远处轰隆隆的碰撞沿着地面发出巨响，像是没有尽头一般在这个晚上横冲直撞。

暴风，嘈杂，寒冷，惨叫。

不知过了多久，赖姿才有了些知觉，她趴在冰冷的柏油路上，艰难地睁开眼睛，额头的血沿着面颊滴着，黏黏的、苦涩的。她右腿被车轮压着，像是被无数铁环刺穿般的痛，她想动，却根本动弹不了。

掉落在不远处的手机仍然不停地响着，她咬紧嘴唇伸出胳膊想要抓到它，指尖一寸寸靠近，撕心裂肺的痛，她觉得自己快要死掉了。

"喂，喂，您能听到我说话吗？喂？"陌生的声音，并不是叶瑛。

"我……我……"

耳鸣，呼吸，心跳，所有的浮动都仿佛变得无比沉闷和缓慢起来，赖姿一口一口地吞吐着雾气，她想说话，舌头却像打了结一样半个字也吐不出来。

阿瑛，你可千万不能有事。

她的意识开始模糊，她感到自己的体温缓缓流失，眼前的画面越来越虚幻，最终无力地躺在雪水里。

此时天空又渐渐飘起雪花，缓慢地落在面颊、落在睫毛。她听到周围渐渐聚集的人群喧闹声响起，警笛长鸣，像是撕破了整个寂夜的一道利爪，冷凄凄、血淋淋……

"记者从我市公安交管局获悉，27 号晚 21 点 50 分许，机场高速至胜利路段发生一起车辆连环追尾事故，事故造成 1 人死亡、3 人重伤、18 人轻伤。目前伤者已全部转移至医院，具体事故原因警方仍在调查之中，我台将会做继续跟踪报道……"

闹市区的橱窗里滚动播报着新闻，偶尔驻足的人群，只是简单地唏嘘两句就散开了。因为人生就是这样，不可能一帆风顺，却总是会雪上加霜。大家早已经见怪不怪，甚至是不以为然。

赖姿在知道自己有可能再也站不起来的时候，面色很坦然，让人猜不透她究竟是心灰意冷，还是看得太开。

宽敞的病房，雪白的床单，并不怎么温暖的阳光。赖姿倚在床边，素面朝天。身边的茜哥看不过，强忍着眼泪开始对叶瑛破口大骂。

"妈的这兔崽子，下次让姐逮到把他的皮扒了！绝对，绝对！"

赖姿说："你小声点儿吧，这是医院呢。"

茜哥指着她："怎么，现在你还替他说话？你圣母病又犯了吧你！"

茜哥实在不理解，叶瑛要出国就让他出，他要打电话就让他打，关她什么事，关她赖姿什么事？

"死乞白赖地出头，你怎么不干脆一脚油门把自己撞死算了。"

"下次我争取。"

"你给我滚！"茜哥说，"气话你也接，能啊你。"

赖姿笑得直抽气。

"笑，你还在这儿笑？"茜哥指着她问，"陈家格呢？出了这么大的事儿他也不过来看看？"

"都撇干净了，还看什么看？"

"不是，我说人家那么好个人你说蹬就蹬，"在茜哥看来陈家格家世好、模样好，对赖姿更是没话说，这样的男人打着灯笼都难找，"大姐，你该不会真准备接受封建包办婚姻吧？"

赖姿懒得把陈家格那点儿烂事抖出来："包谁？包你啊？"

"宋钟仁哪。"

"你可别造了，人家一太子爷摊上我这么个夜叉，别说他家里，就是我也不忍心啊。"

茜哥服了："你就可劲儿作吧你。"

赖姿笑着："喂，毛茜茜我问你，如果我哪天死了，躺在太平间里，来送我的会不会只有你一个。"

茜哥："那也是你活该。"

赖姿笑得更起劲了，茜哥简直拿她没办法。

赖姿自小是保姆带大的，她从没见过母亲，也没怎么见过父亲。父亲今天在哪儿，明天又在哪儿，赖姿甚至要通过报道才知道。父女之间最紧密的联系就是那些银行卡上定期打来的钱，怎么也花不完的钱。

中午，林晓辉又拿了些钱过来，说："师父忙，这几天实在过不来。"

赖姿耸耸肩："这就是你的不对了，你应该跟他说我死了，那他没准儿会过来。"

　　林晓辉无语。茜哥使了个眼色，林晓辉看懂了，连忙把电饭煲打开，说："这可是请苏姨专门煲的乌鸡汤，强身健体，美容养颜。"

　　话刚一出口，林晓辉自知失言，懊恼不已，暗地里扇了自己一个嘴巴。

　　赖姿坦然地拿起床边的镜子。

　　一道缝针的疤从眼角蜿蜒至耳郭，像是条汲取空气的血虫，贴伏在白皙的皮肤上，狰狞、可怕，与她原本精致的脸蛋格格不入。

　　病房里，鸦雀无声。

　　茜哥不知道该怎么劝赖姿，只好夺过镜子："还没拆线呢，怕什么？再说现在医疗技术这么发达，这算什么，我们剧组有个丫头，鼻子歪了照样整得人模狗样的。"

　　茜哥说谎的时候，喜欢眨眼睛。

　　赖姿心知肚明："那就整呗，回头有合适的大夫给我推荐推荐。"

　　林晓辉见气氛缓和，连忙端上鸡汤，一边摆着餐具，一边讲着那晚的情况。

　　说是宋老先生并没有与其子宋钟仁同时赴宴，好在双方小辈都迟到了，倒也不显得没礼貌。除去工作部分，聊起晚辈，话题总是多一些。

　　宋老先生老来得子，对这个小儿子自然是寄予厚望，但他却用"不务正业"形容宋钟仁。宋氏虽涉及传媒业，平日里却相对低调隐秘，堪称娱乐绝缘体。多半是因为宋钟仁最近打破常规，屡登娱乐版面的缘故，才惹得其父不悦，不外乎是一些没来由的绯闻，闹来闹去都没什么结果。

　　宋老先生话里话外对赖姿赞赏有加，赖父何等聪明，对方不挑明，他只用餐也不接茬儿。

　　"然后呢？"茜哥问。

　　林晓辉摊手："然后就接到医院的电话，我就赶紧过来了呗。"

　　茜哥颇为惋惜地看了一眼赖姿。

　　这是赖姿模糊的记忆中第一次对宋钟仁有了点儿印象，却也只是那么一点而已。

　　没人知道那晚宋钟仁为什么也没赴宴，没人知道叶瑛究竟去了哪里。一切都像是在冬夜里被掩埋的秘密，尘封已久，遗忘已久，便无人再提起，无人再问津。

　　最近茜哥在两个剧组串戏，半个多月不见人影。赖父到川陕采风，听林晓辉说是暂时摒弃了商业片，准备接部纪录片，赖姿对父亲突然会接这种事倍功半的工作有些吃惊。纪录片？那是只有她这种从学校毕业没几年，初生牛犊自以为与众不同的人才愿意做的赔本买卖，至于那种老油条……倒不是说父亲有多贪图钱财，只是在娱乐圈的大染缸里泡久了，突然有个人跳出来说要为艺术献身，大家只会觉得他是个傻瓜。

　　少了茜哥跟林晓辉在身边聒噪，世界都清净了许多。

　　陈家格的电话从一天三个，变成两个，再变成一个，因为赖姿每次的拒接，最后也慢慢地失去了联系。

　　赖姿捧着绘本一页一页地翻，取景地的风还没踩完就出了车祸这档子事，组里也是猝不及防。曹哥打电话让她放心，说制作方愿意等，让别人先把细枝末节拍了，重头戏等她出院再拍。原本也不是什么大制作，只不过是赖姿喜欢的题材，所以格外上心，每个景都是精雕细琢选了又选。

　　工作起来时间总是过得很快。

　　只是，难得的清净并没有维持多久。这天午后，一向安静的医院突然躁动起来，也不知道是出了什么事。赖姿被吵得无法专心工作，下床转着轮椅来到病房门口，走廊里乌泱泱地挤了不少人。

　　片子的创意欠点火候，赖姿心烦得厉害，手里的烟刚夹起就被旁边的人碰掉在了地上。

　　是两个小女生，其实也不算是小女生，面带浅妆，模样也挺漂亮，一看就是刚毕业进入社会的大学生。她们在人群中挤来挤去，脸上蹭了几抹灰，时不时地低头，不想让人看到自己的狼狈。

她们是被挤到赖姿面前的，一个端着受伤的胳膊，另一个猛搓着袖子，嘴里还碎碎念，仿佛是被过往的人蹭到了什么不干净的东西。

赖姿弯腰捡烟，头顶传来其中一个女生尖厉的声音："喂，美女，能进你病房坐一下不？"

赖姿没抬头，修长的手指间夹着烟嘴。

"美女？"女生以为自己的声音小赖姿没听到，所以提高了声调，"外面人太多了，我们没地儿下脚，想在你这儿坐会儿。"

火机擦亮，赖姿点烟，轮椅不偏不倚地堵在门口。

虽然是隆冬，但医院开足了暖气，赖姿只穿了件病号服，第三颗扣子扣起，敞着宽大的领口，一边溜着肩隐约露出黑色的胸衣肩带、白皙的皮肤、突显的锁骨，加上衣服下若隐若现的一抹沟，看得那两个女生都有些不好意思。

"算了，算了。"胳膊受伤的女生拽了拽另一个女生的袖口，劝道，"咱们往前再找找吧。"

"袁儿，你就是尿！这么大的房间就一个人，咱们这么多受害者呢，坐一下怎么了？"另一个女生说完，又朝赖姿道，"美女，你也看到了，我朋友胳膊受伤，不然也不会打扰你，是真的挤不动了。你要实在觉得亏，我们可以付房费的，一百？两百？"

赖姿表情淡淡的，她慵懒地靠着轮椅，将烟雾吐在那女生脸上，说："滚。"

那女生被呛得连连咳嗽，好不容易喘过气正要理论，赖姿手一甩，门被人挤得没关上。

女生碰了一鼻子灰，心有不甘："什么人哪！"

"好啦，走吧。"同伴想息事宁人。

女生勉强一笑，附在同伴耳边说："这种人我见多了，自以为撩骚，实际上……"她笑得得意，"保不齐做了什么不干净的事才不敢让别人进。

这种脏地方，求我进我也不进。"她声音不小，好像故意要让赖姿听到。

赖姿也不急，轻轻弹了弹烟灰，一星半点儿地落在那女生的手背上，疼得她往后一缩，又撞上了后面的人。

女生捂着手，朝身后人急道："挤什么挤啊你，没看着有人？"

是一个打扮简朴或者说有些粗糙的中年妇女，正推着一张简易病床，她唯唯诺诺得连句话也说不完整，一个劲儿地弯腰道歉。

中年妇女怯懦的模样让女生有气也没地儿撒，两人一缓一急，场面显得格外滑稽。

赖姿两指支起腮帮，饶有兴致。

女生发现了赖姿的表情，拔高声调："你看什么？"

赖姿一笑，青烟袅袅："看戏喽。"

"有什么好看的，你当自己拍电影呢！"

赖姿点着烟灰："你管我。"

幸好大夫来得及时，不然谁也不能保证她们会不会打起来。

"我说你能不能有哪怕一天不找事的？"

主治大夫卢明是赖姿的学长，上来摁灭了她手里的烟头，指着她做出警告。他深知她的为人，在学校她是最令老师头疼的问题学生，在医院她是最令医生头疼的病人——不按时做检查，不肯与别人挤一间病房。问她为什么，给的理由是她喜欢裸睡，并且酷爱踢被子。

卢明说，今早西郊外发生滑坡，伤亡不小，几个医院分流病患，可还是资源紧张。这位大姐的孩子是从高台摔下来的，刚做完手术，正要转到普通病房。

赖姿支起身子瞅了瞅简易病床上的男孩儿，不过十六七的模样，跟叶瑛差不多的年纪。他面色苍白，紧抿着嘴唇，像是忍受着极大的痛苦。

卢明说："现在这帮奸商，只要能赚钱，谁还管你是不是童工，谁管你的死活？"

大姐听到这话忍不住在一旁要掉眼泪。

赖姿挪开轮椅，对那位大姐道："进来说。"

卢明问："你这是……什么意思？"

"你知道我什么意思。"

卢明诧异，之前是她死活非要占一间病房，说是最近要接部片子，为了创作不许任何人打扰。"况且，你不是说……"卢明可没脸把她那奇葩理由说出来。

赖姿冷冷道："放心，我穿裤子睡。"

"……"

大姐千恩万谢地进了病房。当然，在两个女生企图一起进来时，赖姿戴着护具的脚一踹，门"哐当"一声关上，呛了门外的人一脸灰。

大姐真是热情，一边收拾着一边做自我介绍。她"哇哇"地讲了一大通，赖姿也没记住她到底是哪里人，或者说，赖姿根本没在听她讲话。

隔离了外面的吵闹，病床上的男孩儿终于觉得好受了点，他坐起身揉揉眼睛，迷糊中看到了赖姿，赖姿也正好瞧着他。

赖姿的床靠窗，整个人背着光。单薄的病号服裹着凹凸有致的身形，赖姿直直的眼神令男孩儿喉头一动，他慌忙转过头，脸上是微微红。

赖姿虽看在眼里却全然不在乎，看着男孩儿的模样，她脑袋里像是闪过一道灵光，抓出抽屉里的素描本咬开笔帽，在纸上"唰唰"地画着。

冬日的午后，稚嫩却因风霜摧噬而粗糙的皮肤、潮红的面色、羞涩的男孩儿、青春最初最原始的悸动……她没放过任何细节。

大姐凑在旁边看得起劲："画得可真像，简直一模一样，这叫什么来着……"

你很难跟一个外行的中年妇女解释所谓电影的分镜绘本是怎么回事，赖姿嘴里仍咬着笔帽，没作声，她工作时不喜欢被打扰。

大姐显然不了解，在一旁称赞个不停。

赖姿恍若未闻，拿着笔指着男孩儿的方向："你看着我。"

她这哪里是请求，完全像是在命令，男孩儿被这么一吓直接把脑袋裹进了被子里。

这时赖姿从工作状态中抽离才察觉到自己的失态。

大姐从头到尾又打量了一遍赖姿，似乎觉得这丫头精神上也有些问题，不禁暗自念叨着："这么漂亮的闺女，是糟的什么罪啊。"

赖姿没在意，拿着绘本和 iPad 里的取景地作对比。

这是她第二次接触由真实事件改编的电影。

第一次是她在念书时拍的一部关于披露现实诱拐题材的影片，小投资，小制作。筹拍时，她接到过恐吓信，收过装着死猫的包裹，但她没放弃。

当然，她也拿了当年的最具潜力新导演奖。媒体称她充分继承了父亲的衣钵，是下一代导演的启明星。

可赖姿并不稀罕。

沾满铜臭的赞助商堆砌出的颁奖典礼，在外不止一个私生子、自以为深谙艺术之道的颁奖嘉宾，笑意吟吟地拍着她的肩膀："小赖，不错啊，上次见你还是个小姑娘，骑在你父亲脖子上死活都不肯下来，转眼都能拿奖了。"

纷纷涌来的恭贺，各种锦上添花。媒体采访时，字里行间没有对她的作品有任何提及，没有对现实社会的提问反思。周围所有的声音好像都在提醒她，如果没有那位名导亲爹，她想拿这个奖，简直是做梦。

"不认可我的东西，我也不稀罕它。"

赖姿出了会场就将奖杯丢进了街边的垃圾桶里。林晓辉知道后心疼地沿着马路找了一个晚上才找到奖杯，直说赖姿不知好歹。

不知好歹？反正也不是头一回了。

她很倔，林晓辉说，这跟她爹简直一模一样。

倔到林晓辉把奖杯给她，她又扔出去；倔到媒体追问时，她直言是自己扔了奖杯；倔到非得拍出一部要改变社会的影片，她简直是要与世界为敌。

就像这次，赖姿一看到剧本就被吸引——自小患有抑郁症的少年，某天放学经过废弃工厂，目睹心仪已久的女生遭人强暴，他企图施救却无能为力，后来不但歹人逃脱，自己反而被诬陷为嫌疑人，最终在狱中抑郁自杀。少年的孪生姐姐倾家荡产，求告无门，最终剪掉头发，乔装成弟弟的模样，在漆黑的夜晚向这些无耻沉默的人讨回公道……

剧本是由七年前发生在洙州市的真实事件改编，赖姿全程参与剧本监制及选角工作，为此她推掉香港那边的通告，接了这档没什么油水的活儿。好在制作方有情有义，宁愿停工也要等她。

赖姿合上画本浅浅地倚在床头，午后的阳光洒进来，在她周身笼上了个淡黄的光圈。

她知道，自己得快点儿好起来，得再快点儿。

就是在这样一个午后，赖姿浅浅睡了一觉，人刚醒，就在病房门口看到了宋钟仁。

赖姿之前从没见过他，可不知道为什么，第一眼，她就觉得他应该是宋钟仁，有些奇怪的第六感。

他站在门口，背光，散散地拎着一束花，眼神交汇的瞬间，他说："赖姿。"

这样不带一丝犹疑地喊着她的名字，让她想赖也赖不掉。

宋钟仁几乎没等她说请进就已经站在了她面前，然后微微点头："我是宋钟仁。"

言简意赅，正应了赖姿的猜测。

他随手把花放在旁边，然后一枝一枝地插进玻璃瓶里。Patek Philippe 的腕表、Brioni 的衬衣，还有一条赖姿根本念不出牌子的领带。父亲口中的海归，茜哥口中的金主，人们口中含着金汤匙出生的拼爹专业户。

赖姿眼神扫过他干练的短发，即使穿着西装，依旧能看出他坚实的线条，是长期锻炼的结果。他的手并没有想象中的那样不沾水米，虎口有薄薄的一层茧，手背微凸的青筋随着他插花的动作若隐若现。

只是这样简单的动作，却吸引了房间里所有人的目光。

两分钟前他们之间的交集几乎为零，结果宋钟仁就这么唐突地站在病床前，赖姿抄起手靠在床头，等着他的下文。

宋钟仁插好花才把目光移向赖姿，然后他就带着那种莫名其妙的眼神，盯着裹在赖姿脸上的纱布。

赖姿用手一摸，毫不避讳：“前几天出了车祸，恐怕要毁容了。”

宋钟仁打量着她说：“看起来也不是特别严重。”

“如果知道整容还不错的医院，宋总不妨给个推荐。”

“好哇。”他说。

赖姿的坦然让宋钟仁似乎也有了兴趣，他继续问：“你不恨我？”他的声音是很沉稳的低音炮，说起话来不紧不慢，有种迫使人看向他的魅力。

“为什么恨？”

他摊手，眉宇间有说不出的英气：“如果不是我家约的那顿饭，不是为了赶时间……”

赖姿说：“那我应该恨 Carl Benz 才对，要不是他发明了汽车，我也不会这么倒霉。”

他笑：“想法不错。”

“你说我？”

“不然呢？”

“看来宋总是在感谢我打消了你心里的愧疚。”她又强调，“对吗？”

他看着她：“对。”

“宋总的直接还真是让人恶心。”

出于礼貌被家人逼着来医院假模假样地送束花，一进门态度没有丝毫抱歉，却又做出一副心有愧疚的模样，还要她反过来去宽慰他，她什么时候时间多到可以陪他在这儿假模假样地演戏了？

宋钟仁问：“有没有人说过，其实你更适合当演员。”

赖姿没有给他台阶下："从来没有。"

宋钟仁一笑，挽了下袖口："我好像有点理解我爸为什么喜欢你了。"

赖姿也笑："你明知道的，那不是因为我。"

他双手交叉："继续说下去。"

赖姿看着宋钟仁："其实老人家也是一片好心，希望我们能在饭桌上一见钟情。情况好的话，你也许能直接把我带上床；不好的话，停车场会有安排好的娱记拍你送我回家的照片。无论怎样，你跟我好上了，是个不错的噱头。说不定，万映传媒连着四个跌停板的线还能往上拉一拉。"

他眼神一沉，似笑非笑："那你觉得，我该试试吗？"

"何必呢？"

像宋钟仁这种人，本该她巴结他们才对。

他上前一步向她伸出右手，她下意识地向后靠，身后却是墙。他手落在她肩头的衣服上，轻轻一提，将她滑落肩头的衣服提好。

他说："可是我已经来了啊。"

赖姿目光也未闪躲："我会当你从没来过。"

她不知道究竟出了什么问题，但她可以肯定，无论好坏都不关她的事。她向来不喜欢掺和这些既定已久的规则，金字塔尖上的人从来不需要下面的人去拯救，她没那个兴趣，更没那个能力。

这时她胸闷得厉害，只想出去透透气。

被角一掀，平角短裤被盖在宽大的病号服下，更显得一双腿又直又长。赖姿以为宋钟仁多少会有所避讳，至少他会把那张讨厌的脸移开。可她想错了，宋钟仁的目光像带毛的刷子在她皮肤上一扫而过，撩得人微颤。可她看得出来，那眼神里没有贪婪，只有坦然。

赖姿一手扯过毛毯裹在腿上。

宋钟仁上前扶了扶，赖姿看着他的手，问："我去厕所，要一起吗？"

他微笑，手臂一用力就将她轻而易举地放在轮椅上。那时他微微欠着身，右耳就在她唇边。她被他胳膊箍得暂时动不了，这种暧昧的距离是他故意制造的结果，赖姿觉得好笑。

于是她索性靠近，在他耳朵旁边轻咬道："谢了。"

耳边的软语使宋钟仁脸上浮出一丝笑意，只不过赖姿没看到，他直起身，做出了个请的手势。

赖姿能感觉到宋钟仁始终落在自己身上的眼神，她想赶紧离开这个鬼地方。

转弯来到连廊的尽头，赖姿看着窗外，草抽嫩芽，雪已开始融化。卢明师兄嘱咐说要多出来走走，多做些复健，情况好的话，半年后是能下地的。

但愿如此。

赖姿握着手机，按下了一串号码。这家医院偏僻得很，也就这个角落的信号还不错，是她花了个把星期才找到的一方宝地。她举起手机尝试了不同的角度，提示音是一如既往的关机。

小兔崽子，再怎么忙，也不能几个月不跟家里联系。

叶爷爷特地嘱咐赖姿一有消息就让叶瑛跟家里联系，但是他们似乎都低估了叶瑛的忍耐力。别说电话，就连短信都没接到过。赖姿很少在面对一件事时手足无措，可一到叶瑛身上……她知道，这都是她欠他的。

于是她只能想，是否没有消息，就是最好的消息了。

再次回到病房时，宋钟仁已经离开了。苏姨刚整理完新换洗的被褥，扶着赖姿坐在床上，还跟一旁的大姐闲聊着，话题是关于刚才来的那个帅小伙儿，赖姿自然没搭腔。

苏姨抱起旁边柜子上的花瓶："这花谁买的，还挺漂亮的。"

赖姿看了一眼："捡的。"

苏姨笑了："又瞎说。"

"哎哟，"苏姨突然皱眉说道，"我刚才怎么没看出来，这是剑兰啊。"

赖姿喝了口水，漫不经心地问："怎么了？"

"傻丫头，这花是专门悼念死人的。"

"死人？"

"可不是嘛！"只见苏姨连忙把整束花都丢进了垃圾桶里，觉得不够安心，她又拎着垃圾袋丢到了门外，嘴里还不停念叨着，"这大白天的，真是不吉利。"

赖姿不信这个："苏姨，没那么严重吧。"

"什么严不严重的，这种东西就应该赶紧扔掉，你这丫头还放在花瓶里当宝了。"

苏姨念念叨叨地还在诟病那束剑兰，赖姿也像吃了苍蝇一样难受。

花是宋钟仁拿来的，一枝一枝地插进花瓶里的。她仔细回想，自己跟宋钟仁之间应该没有过节吧，一顿饭也没吃过，更不用提什么口舌之争，就连仅有的一次照面也是今早才发生的，照常理，他没道理整这么一出。

照着赖姿以往的性格，她会把这花摆在最显眼的位置，等宋钟仁下次来的时候，让他好好看看是花活的时间长还是她活的时间长。但现在，她委实没有心情去跟这么个公子哥儿纠缠，也不期望他还会再来。

赖姿在心里想，或许，他是真的不知道，就像她也不知道一样。

如此而已。

一个月后赖姿出院回家静养，事实证明，那束花并没有给她带来多少霉运。

那天宋钟仁特地来接她，为避免碰面，赖姿提前绕道走了后门，径直上了自家的车。

茜哥在一旁喋喋不休地说赖姿死作，她觉得宋钟仁颇为义气，并不像赖姿说的那样古怪。赖姿笃定茜哥必然是收了姓宋的好处，否则前些天还直夸陈家格好，怎么突然就转了性，像株墙头草。

茜哥知道什么事都逃不过赖姿的眼睛，也只好承认宋钟仁这段日子曾托人向她打听过赖姿的消息。

茜哥对天发誓自己恪守底线，面对严刑拷打也没将赖姿上学时翘课泡吧、换男友如换衣服的光荣事迹抖出来。

巧的是，没过几天茜哥便收到了剧组通知。之前选角副导说她一京妮儿痞味太重，台词功底欠火候就给拒了。这次却一改态度，称赞她极有表演天赋是这个角色的不二人选，殷切的表情差点儿让茜哥不禁怀疑自己马上要被潜规则。

赖姿手中的火机一开一合："你想得美。"

茜哥讪讪一笑，说她后来留了个心眼儿，才打听到原来投资方正是万映传媒。这么一来，让人很难不把前后发生的事牵扯在一起。

用茜哥的话说，为了赖姿的终身幸福，她不得不继续在剧组里听八卦，说是宋钟仁之前的女朋友家世清贫，深受宋家诟病，拖来拖去最终不了了之。

"但我听说他女朋友已经死了。"

赖姿讪笑："没看出来啊，这还是苦情戏。"

"可不，"茜哥说道，"谁知道是不是宋家害死的。"

"狗血剧拍多了吧你。"

茜哥说："你也知道，这种事传来传去没个正经，就当听个乐子呗。只是可惜又一个小红帽让狼给吃喽……"茜哥一脸做作得起劲儿，她透过后车窗，看着被赖姿丢在医院门口的宋钟仁，感慨，"所以这种事，还真得门当户对。"说完还不忘朝赖姿挑挑眉毛。

"忘记陈家格，把握宋钟仁，姿儿，你行的。"茜哥握拳。

赖姿直接闭眼睡觉。

茜哥气道："你有没有听我说话？"

没应声。

"你就骚吧你。"

依旧没动静。

茜哥拿出撒手锏，摸了摸口袋，故作惊讶："哟，叶瑛来电话了。"

　　"哪儿呢？"

　　看着赖姿立刻睁眼翻手机的样子，茜哥深深叹了口气，摇头道："姿儿，你该不会是真喜欢那兔崽子吧？"

　　赖姿无语。

　　茜哥更起劲儿了："从小就看你们俩眉来眼去地恶心人，好不容易眼前清净了，你天天又跟丢了魂似的。也是，现在流行小鲜肉嘛，没关系才相差五岁，顶多算个姨侄恋吧。"

　　赖姿抬起戴着护具的脚："再扯淡把你踹下去。"

　　"别。"茜哥佯装一躲，偷笑。她跷起了二郎腿，时不时摆弄着手上的链子，折射出的亮光在这个晌午显得格外耀眼。

　　或许，这正是众多追梦人乐在其中的原因，即便是在漫长的日子里等待，也始终祈盼着奇迹的发生，说不定上天犹怜，给了一个合适的契机，之后的变化用翻天覆地形容也毫不为过。

　　庆幸的是，她得到了这个机会。

　　可笑的是，这是宋钟仁给的机会。

chapter 2

▼

我说要全部，你肯给吗？

雪难得停了。

夕阳洒进落地窗，留下残余的温暖。

赖姿一步步挪到窗前，她踮起脚，尝试着扔掉拐杖，可右脚刚点地，锋利的痛觉就像刀刺穿了脚背，她不禁倒吸凉气。她不甘心，于是又尝试一次，于是再一次痛得浑身打战。

她脾气上来了，拆了护具把脚猛地踩在地上，结果整个人歪倒砸在了玻璃窗前。她喘着粗气，仰头紧贴着玻璃，额头上都是汗，蓬乱的碎发遮住了眼睛。她一手抓掉脸上的纱布，纱布粘着伤口撕出了血。

她疼得眉头一皱，忙从口袋里摸出根烟，点燃。

她深吸一口，痛觉似乎也不那么重了。

她拿出手机："我腿疼，走不了，你什么时候陪我去医院看看？"

"小姿，爸忙走不开，让晓辉陪你去……"

其实这种话听久了也就那么回事，从头到尾都只是她自己的不甘心罢了。医生特意交代不吃辛辣、不能喝酒、不下轮椅，她没一样照做的。她这么作践自己，还是没能得到想要的结果。

还好，她从不强求。

"爸都跟晓辉交代过了，有事尽管找他。"

指尖萦绕着烟雾，赖姿点头："好。"

她挂掉电话，脸上没有表情。她只是突然想起了叶瑛，想起了她从前喝醉时对他说过的浑话："小子，你说有爹怎么了？像你这样一了百了，多好。"

就像长久以来潜伏在周围的某种气息，轻轻一点，就将回忆燃起。赖姿头皮一阵发麻，她拿出手机按着叶瑛的号码，怎么也打不通。

她怒骂一句，把手机砸在地板上，摔了个粉碎。

出院已经一个多月，赖姿仍没接到组里催促她上工的消息。

赖姿给曹哥去电话，她只是想说自己出院了，虽然可能有些行动不便，但也不是什么克服不了的大问题。打了一下午，刚开始电话是无法接通，后来索性关机。赖姿明白事情没那么简单。

好在，茜哥来了电话，说在"轰趴"看到了曹志明。

赖姿裹了件大衣直接出门。可院子门没出，她的脚踝已经痛得吃不消。她折返，从柜子里翻出一双高跟鞋抱在怀里，然后摇着轮椅出门。

早上茜哥就打了电话，说晚上有个聚会，地儿离赖家特近，茜哥说，如果自己撑到最后没喝倒的话就过来找她。

在赖姿印象中，茜哥很少喝倒过，但凡聚会总是奋战到最后还能扛着所有人回家。那时，同学之间只要说起毛茜茜都是大写的服。

那次还是在大学时，茜哥两年的恋情告吹，心里不免难过，赖姿陪着去散心。几个人模人样的小青年趁着酒劲，对两个漂亮女生动手动脚，偏偏赖姿又是个火暴脾气，一杯酒狠狠泼在对方脸上，着实伤人自尊。

茜哥反应快，连忙点头哈腰，赔笑，道歉。

领头的小青年手一甩，拎着旁边三瓶白的说："一口气干了，这事儿就算了了。"

那是茜哥第一次喝醉，赖姿也跟着喝了不少。最后两人跟跟跄跄走路都成问题，她们怎么出的酒吧，怎么被人找到，赖姿全都记不得了。她只记得那时自己坐在路边的石头上，一抬头就看到了叶瑛。

叶瑛穿着校服，刚下钢琴课，白色的单车横在她面前："赖小姐，你天天就这么活的？"

从小他就喜欢对她直呼其名，赖姿赖姿的，她就拧着他耳朵让他叫姐姐。久而久之，各退一步他开始叫他赖小姐。赖小姐长，赖小姐短，没长没幼，没大没小。

她真是把他惯坏了。

赖姿头晕得厉害，起身在叶瑛后脑勺儿来了一巴掌："让你背你就背，哪儿那么多废话。"她活得怎么了？好着呢！难不成她不知道怎么活，他一个十几岁的小兔崽子就知道了。

最后挂夜诊，茜哥胃穿孔，住了两天院。

茜哥还吃着麻辣烫，一副无所谓的样子："我不喝？你瞅他们那模样，哪个是善茬儿？我不拦着点儿，还跟着你起哄架秧子？你们两个二世祖无所谓，我不一样，我可谁都惹不起，多一事不如少一事，反正又喝不死人。"

赖姿抿嘴没再说什么。

事实证明茜哥是对的。据说当晚有人认出了叶瑛，结果把这事捅到了叶爷爷那儿。老爷子特地托人牵线摆了两桌，对方也不敢不给面子，一推半就这事儿才算是过去了。

后来就是赖姿被父亲罚跪在院子里一宿，膝盖上的乌青过了两个星期才消，委实悲哀。

地方确实不远，摇着轮椅也不过半个多小时的路程。

酒店大楼前，赖姿换上高跟鞋从轮椅上下来，略微红肿的脚踝并没有影响她走路的力度，她清清嗓子一路询问。穿过熙熙攘攘的人群，赖姿径直走向曹志明所在的包厢，直接推门。

曹志明的脸红一阵白一阵的，仗着酒劲装糊涂。

赖姿上前拽走缠在他身边的女郎，说："曹哥，有话你直说，躲我，可不算英雄。"

曹志明摸着赖姿的手："哟，阿姿啊，你怎么来了？快，再开两瓶Whisky，还愣着干什么？"

赖姿见他打太极，索性说："曹哥，你这是在耍我。"

曹志明知道躲不过去了，故作一副恍然大悟的模样："哦，那事啊，我也是刚刚知道。你说那帮浑蛋，说过的话当屁放，就他们能请到你就是阿弥陀佛，还充什么大爷，简直是给脸不要脸。不过话说回来，小姿啊，那么多资源你非得赖这上面算怎么回事，没前途，也没钱图嘛。"

"那你知道他们换的谁吗？"

"我也不知道啊。"

"曹哥，都到现在了你还不肯给我交个实底儿吗？"

"阿姿啊，不是我不说，实在是……"

赖姿急了："问你呢，换的谁？"

"别为难你曹哥行不？你看你出院了哥也没来得及给你接风，在这儿先给你赔个罪。"曹志明闷头一杯，然后直给赖姿使眼色，暗示周围人多口杂。

赖姿不买账："白纸黑字的合同，到时候撕破脸，曹哥，咱面儿上可谁都挂不住。"

曹志明压低声音："怎么说也是你误工在前嘛，再多经费也搁不住天天耗在那儿，你说是不是？阿姿你也不是外人，曹哥说句交底的话，你就算告也没什么用，人家有后台，人赔得起。"

赖姿笑："你的意思是这哑巴亏我还吃定了？"

曹志明一脸恳切，表示自己所言不虚。

误工不假，经费吃紧不假，可如果因为这些就算了，她就不叫赖姿了。

赖姿起身，居高临下："曹哥喝高了，我送你回家。"

她死拽着曹志明，把他拖出了门，两人一路拖拽来到地下停车场，她脚踝被磨得开始流血，可她显然没意识到。

"喂喂，你轻点儿。"曹志明扯着衣服。

赖姿并没松手，一双漂亮的眼睛好像带着刀子似的看着他："曹哥，嫂子最近快要生了吧，她要是知道你在她怀孕时在外面乱搞，你说她会怎么样啊？"

"阿姿，别啊。"

曹志明被逼得没办法，只好招了。他说，原本确实不打算换导演的，问题是出在演员身上。之前制片方有人推荐的一女演员，试了两次镜，赖姿看不上直接给毙了。

没过多长时间那姑娘不知走了什么门路，跟制片方高层搞在一起，其间制片方自然少不了又给赖姿推荐。赖姿那时天天为选景烦心，直接放话："要么她走人，要么我滚蛋。"

赖姿对这事有点儿印象，她松开曹志明的领口，倚在墙边，点了根烟："所以他们就让我滚蛋？"

曹志明劝："话也不能这么说。"

赖姿讪笑："就那姑娘，没到二十三满脸的玻尿酸，让她去演十六七岁的中学生，你当我傻，还是观众傻？"

曹志明劝道："谁傻都不重要，重要的是人家有钱人家自己造，明知是个火坑，你瞎跟着往里跳什么。哥跟你说句掏心窝的话，这时候走了是好事。片子重要还是你的名声重要？你才刚出来，可不能给这帮盲流毁了。"

赖姿倚在墙边，吞吐着烟圈："我是心疼那剧本。"

"听哥一句劝，好剧本多的是，不差这一个。"

赖姿说："这样，你把那头的电话给我。"

曹志明不肯："小姑奶奶，你就别为难你哥了，都不容易，给条活路好吧。"

赖姿摁灭烟头："我要是不给呢？"

曹志明太了解她的性格，他今天要是不给，她能抄起手边的消防栓把他脑袋砸开花。

僵持不下，曹志明只好服输："得，哥咬牙豁出去一次，也就是你啊！"他指着赖姿恨恨道，"别说是我说的，听到没！"

赖姿点头："规矩我懂。"

曹志明留下电话一溜烟跑得连人影也没了，赖姿看着留下的姓名电话，杨海，有些耳熟，可一时又想不起来是谁。

上网一搜，赖姿有些哭笑不得。说起来这人也算是从宋氏出来的，目前自营一家影视公司。简单点儿说这个杨海是宋钟仁的姐夫，他之所以能撑得起这么大的摊子，背后仰仗的自然是宋氏。

所以，宋氏这是在自掏腰包给自家戴绿帽子？

赖姿收起电话，她得好好盘算，要如何会一会这个宋家姑爷了。

正准备离开，停车场另一头传来嘈杂的脚步声，只见几个男的架着个浓妆艳抹的女人，摇摇晃晃地正往车上拖。

赖姿看清了人影，疑惑地自言自语："茜哥？"

双腿因为站得久了，一抬脚浑身发麻，整个人没站稳差点儿摔在了地上。赖姿按着脚踝裂开的伤口，直起身，隔着二十多米的距离喊道："喂，干吗呢？"

男人们停下动作看着赖姿。

赖姿强忍着疼，踩着高跟鞋"嗒嗒"地走近，继续道："说你呢，手放哪儿呢，男女授受不亲，你爹妈没教你？还不起开！"

男人一脸迷茫，搂在女人腰上的胳膊放也不是，搂也不是。

"怎么了？"随着安全出口里一个声音响起，一个人走了出来，其他人自觉往后退了一步。

赖姿抬眼，只能说世界太小，指不定谁跟谁就认识，谁跟谁就能遇到。

"赖姿？"宋钟仁虽有惊讶，却也只是一瞬间就又恢复了波澜不惊的模样，"巧啊，又见面了。"

"别，跟你不熟，"赖姿扭头冲着车里喊，"毛茜茜你现在出息了是吧，还能喘气儿就给我滚下车！听到没！"

茜哥早已喝得不省人事，根本神游在外。

"赖小姐可能误会了。"

赖姿摊手："现在这情况，很难让人不误会。"

宋钟仁比想象中礼貌得多，语调很客气："刚才毛小姐替我挡了几杯，她现在这个样子，于情于理我得给人家送回去，这是礼数。"

茜哥向来贪杯，赖姿暗暗咬牙，真是狗改不了吃屎。

眼前的宋钟仁竟然这样好声好气地跟她说话，与之前在医院里私下见面简直判若两人，这样的他，反而让赖姿不知道怎么接茬，她向来不擅长和有礼貌的人打交道。

其实赖姿也明白，宋钟仁不至于那么下作，再这么僵持下去也没必要，赖姿做出了个放行的手势："明天她少一根头发，我跟你没完。"

他笑了："怎么个没完法？"

赖姿一笑，慢慢吐出三个字："要你命。"

他靠近她耳边，不怀好意："怎么个要法？"

恶心。

赖姿正要呛回去，他连忙摆手："开个玩笑，别介意。"

可她觉得一点儿也不好笑。

宋钟仁眉毛一拧，又靠近了一步。

赖姿被他突如其来的举动吓了一跳："你干什么？"

宋钟仁一把将她打横抱起，说："送你回家。"

赖姿猝不及防，胳膊下意识地箍在他脖颈后。两人离得很近，她甚至能感觉到彼此温热的呼吸，不沾丝毫酒气，淡淡的古龙水味。

"我不需要。"气话。

"疼吗？"

"不疼！"假话。

他在她脚踝狠狠一捏："这样呢？"

她疼得眼泪都快流出来了："姓宋的！"

赖姿挣扎着，奈何她力气再大也抵不过个男人，只好作罢："你当自己是考拉吗，逮着什么都要抱？"

他一本正经："你当自己是哪吒吗，踩着风火轮满地跑？"

她竟然被他逗笑了。

上了车，宋钟仁找出药箱，扳过赖姿的脚，替她包扎伤口。

宋钟仁不紧不慢地找着话题，他节奏控制得很好，既不使气氛尴尬，也不会令人觉得聒噪厌烦。他声音沉稳，在密闭的空间里打着底鼓般的节奏，喉结一上一下，莫名的性感。

宋钟仁擦着碘酒，并未抬头："你平时都喜欢这么盯着人看吗？"

赖姿不紧不慢地收回目光，坦言："职业病。"

她承认，他有着比专业演员更分明的线条，这样的比例印在胶片里，一帧一帧一定都很漂亮。如果对方不是宋钟仁，她也许会考虑上手。

宋钟仁用纱布在她脚踝缠了两圈，他手上的温度撩过，她神经跟着一紧，脚不禁一缩，却又被他牢牢拽住。

车里的空间太小，轻微的躁动都会使整个气温上升。

宋钟仁开口："你怎么总想躲着我？"

赖姿回道："是你总想靠近我。"

他笑得不动声色。

这时，赖姿的手机响起，打断了正在进行的谈话。

陌生号码。她接听后，听筒里没有任何动静。

车窗外是一晃而过的街景，照得人眼睛直疼。赖姿轻轻揉了揉，也只是这么两秒钟，她像是意识到了什么，试探地问："阿瑛？阿瑛，是你吗？"

电话那头简单地、轻闷地回答："嗯。"

一个熟悉的声音沉沉敲在心头，赖姿慌忙坐直了身子，她本来有许多要说的，那时却一句也想不起来。

赖姿紧紧抓着手机，声调高了好几个分贝："小兔崽子你死哪儿了，几个月不跟家里联系，你倒好拍拍屁股走得潇洒，你让我怎么跟家里交代，爷爷派人找你找疯了你知道吗？"

电话那头依旧安静。

"喂？你在听我说话吗？"赖姿看看手机，"喂，叶瑛！"

"嗯。"他用语气词表示自己在听。

赖姿又问："怎么声音那么嘈杂，在外面？"

"在电话亭，公司暂时不让用手机。"

那边果然是对人严苛，赖姿继续问："那你这段时间过得怎么样？"

叶瑛声音浅浅的："还好。"

"还好？那就是不好了？"

"不，挺好。"

"别骗我哦。"

"骗你干什么？"

赖姿想想也是，于是问："平时都忙些什么，这么长时间也不跟家里联系？"

"上课、写歌，没什么特别的。"

"就你在五线谱上涂的那些蝌蚪？"赖姿摆摆手，故意说反话，"难听得要死。"

叶瑛语气很平静："你听了不也没死吗？"

赖姿无语："哎，我说你这兔崽子，跟谁学得嘴这么毒了。"

叶瑛不示弱："你啊。"

赖姿直起腰："几个月不联系，一打电话就损我，你可真是能耐了，再这样我直接挂电话。"

"你试试。"没有起伏的声调，却掷地有声。

赖姿只好认屃："成成成，你厉害，你是大爷。我哪敢挂你电话啊小祖宗，你饶了我吧。"

"下雪了。"叶瑛突然说。

"啊？"

"首尔下雪了。"今年的雪下得格外凶，春天到了也没有要停下的迹象。叶瑛伸出手，有雪花落在手掌，只是一瞬间就融化了。

赖姿于是嘱咐："那边冷得厉害，晚上出来多穿点儿，不然这大老远的生病了可没人管你。"

"好。"

"要是实在辛苦就回来，家里毕竟千好万好，明白吗？"赖姿总觉得他玩够了新鲜够了会回来的，她苦口婆心，换了别人她绝对没这个耐心。

"你呢？"叶瑛说。

"什么？"

"过得怎么样？"他突然问。

赖姿微微一怔，下意识地把腿上的毛毯拽了拽，就好像叶瑛会发现什么似的："好哇，当然好了，你知道的，谁能给我委屈受啊。这不，刚打了场胜仗，正准备回家。"

他问："去喝酒了？"

赖姿说："早戒了！小兔崽子，我敢不听你话吗？"

"你旁边是有人吗？"叶瑛问。

可能是宋钟仁吩咐司机时被他听到了，赖姿说："嗯，跟同事一起。"

叶瑛没应声。

赖姿尽量让自己的语调听起来轻松些："几个月没动静，要是再等几天，我就真的以为你跟我断绝关系了。"

叶瑛说："我不会。"

耳边有风吹过，赖姿笑："算你有良心。"

叶瑛又问："爷爷好吗？"

"反正被你气得不轻，吓得我现在都不敢去你家。我知道你惦记着爷爷，不过他老人家身子挺硬朗，这点你放心，在那边安心练习。"

"嗯。"

"怎么，还有别的事？"赖姿听出了他欲言又止的语调。

"我……"叶瑛沉默了很久。

"有什么事就说啊。"

"没什么。"

赖姿微笑，撩了下滑落耳旁的碎发："是缺钱吗？"

"不缺。"

"鬼扯，不缺你会主动给我打电话？难道是真想我？"她逗他。

电话那头是稍稍的停顿，然后叶瑛说："那你给我打钱喽。"

嗬，果然这小子是无事不登三宝殿，赖姿爽快道："行，明儿就打。"她想了想又说，"不过你总得让我能联系上你，这样，以后每天晚上十点我打这个电话，你有空就下楼接一下。当然，你要是想家了，我可是随时恭候……"

"我还有事，不说了。"

"啪"的一声，电话毫无预兆地断掉。纤瘦的身影靠在电话亭，他将卫衣的帽子扣在头上，长舒了口气，还好，没再说下去，还好。

"喂？喂，叶瑛！"

搞什么名堂，电话挂得这么快，赖姿撇嘴骂了句小兔崽子，然后把手机丢进口袋。

"男朋友啊？"宋钟仁问。

"我弟。"

宋钟仁说："你还有个弟弟？"

赖姿解释："邻居家的，从小一起玩到大。"

宋钟仁点头："你很在乎他？"

"我有吗？"

宋钟仁说："只是很少见你笑。"

赖姿故意扯出一个大大的笑："那是宋总见我的时间少。"

"你的意思是我们应该多见面？"

他怎么总能无孔不入地抓住她的话柄，赖姿一笑："恕我直言，宋总你这把妹的手段并不怎么高明。"

宋钟仁亦是笑："那你觉得我是在勾引你。"

赖姿看着自己仍放在宋钟仁腿上的脚，问："难道不是吗？"

他盯着她："当然是。从一开始就是。"

"……"

这下轮到赖姿不知所言了，她原本以为一句话能堵得宋钟仁羞愧难当，没想到他一口承认了。他好像事事都算在了她前面，对她走的每一步棋都了如指掌，轻而易举就能将了她的军。

气氛又莫名其妙燥热起来。

"我家到了。"赖姿拉开门，一瘸一拐地下了车，像是个丢盔弃甲的战士一路逃回家。

"做个好梦。"宋钟仁冲她一摆手。

无聊！赖姿"砰"的一声把门关上。

折腾一宿，赖姿又在床边陪了茜哥一宿。

第二天早晨，茜哥酒醒，一边好奇自己身在何处，另一边得知了前因后果，不禁大呼赖姿坏她好事。

"我倒想让他把我给办了，人家也得肯呢。"

"毛茜茜，你喝多了脑子进水了吧。"赖姿戳她一指头。

茜哥狠狠地戳回去："脑子进水的是你，人家那是看上你了，你不知道啊。什么给我角儿演，送我回家，那全是看你的面子，不然我一小演员哪儿来这造化啊。"

茜哥啃了口苹果，继续道："不过话说回来，现在的这帮丫头片子，真能喝，瞧见宋钟仁跟蜜蜂见了花儿似的，个顶个地往上蹿。我谁啊，我不得为自己姐妹儿开路，就她们一群葱姜蒜还想出头露面？都得给我靠边站，来一杯姐挡一杯，让她们个个玩完。"

赖姿嘴角一抽，说得好像她多饱经风霜多见过世面似的。

"对了，我还见着陈家格了。"见赖姿不搭腔，茜哥只好继续说，"他还找我联系你来着，要是搁原来我还有心帮他，现在，算喽，我还指望我们家赖姿当上万映的老板娘呢。"

赖姿嘴角再一抽："陈家格？他去那儿干吗？"

"干吗？想着能找到你呗，"茜哥说，"你问他干吗，怎么，余情未了啊。"

赖姿喝了口水："我没那么贱。"

茜哥偷笑："那你可真是谦虚了。"

"找抽是不是。"

"别。"茜哥挪了挪坐，转脸开始分析宋钟仁，"你说这个宋钟仁，要说他专情吧，这跟前女友断了才几天啊；要说他不专情吧，啧啧！"茜哥瞅了一眼赖姿，"人家对你是真上心。就拿上次我陪你去见的大夫说吧，你以为那真是我熟人啊，要不是姓宋的，就人家那天天在国外坐诊的大夫，会专门飞回来给你瞧病？你谁啊。"

赖姿无奈："你是收了他多少好处，搞出一番这么慷慨激昂的演讲。"

茜哥摊手："我只是就事论事喽。"

用不用心宋钟仁自己知道，该不该承这份情赖姿心里也清楚。

赖姿在感情方面从不忸怩，甚至可以说相当潇洒，喜欢了就承认就争取，不喜欢了就离开，没什么大不了，也没什么玻璃自尊心。

至于宋钟仁，她对他谈不上讨厌，甚至是一无所知。单凭几件可有可无的事就妄下定论，与其说是草率，倒不如说是荒唐。

杨海并不好约，赖姿几次到公司都被告知不在，像是有意躲着她。无奈她又是个不撞南墙不回头的性格，他越是不见，她就越要见上一见。

好在去年在一企业年会上，赖姿见过杨海夫人，也就是宋氏千金，有过几面之交，不至于被挡在门外。

　　这天赖姿挑了件首饰直奔杨家，杨夫人很健谈，也很聪明，赖姿还没开口，她已清楚赖姿的来意。杨夫人只说："赖小姐不必担心，规矩是规矩，人情是人情，宋氏还不至于不讲道理。"

　　演员还是原本的演员，导演仍是原来的导演，只不过预算不再提，误工使得制作经费缩紧。

　　事情顺利得让赖姿都有点儿蒙了。她甚至带了充足的材料，选景照片、剧本批注，她所准备的说辞，貌似都没派上什么用场。没有跟杨海打照面，也没有想象中的唇枪舌剑，唯一的阻碍是经费吃紧，不过，这已经不算是问题了。

　　"如果可以，我也希望赖小姐能尽快进组，也好堵住某些好事人的嘴。"

　　赖姿点头："我明白。"

　　"过两天我安排些记者朋友去片场做个报道，也算给片子预预热，你让大家准备一下。"

　　"好，我会尽快准备的。"

　　临走时，杨夫人喊住了她："哦，对了，我认识一位韩国医师，在植皮修复这块业内还是很有名的。这是他的名片，有时间赖小姐一定要去看看。"

　　赖姿说："杨夫人真是客气，你的心意我领了。但我想这段时间还是把重心放在片子上，其他的私事还是晚一些再考虑。"

　　杨夫人微笑着，一如既往的端庄："这怎么能是私事？赖小姐总不会希望自己在电影首映礼上也带着这道疤出镜吧。"

　　赖姿再笨也听出了她的意思，于是识趣地收下名片："我明白了。"

　　离开时，赖姿在玄关看到了一双鞋，她见过，却想不起来是在哪儿见过。她下意识地向屋内扫了一眼，却被前来送客的杨夫人挡住了视线："赖小姐真的不考虑留下吃饭吗？"

　　赖姿收回目光，摇头："不了，回去准备一下，我想明天就进组。"

　　"赖小姐还真是敬业，"杨夫人笑，"那我就不留你了。"

赖姿关门离开，这才松了口气。

别墅内，杨夫人慢条斯理地回到客厅，优雅地端了杯热茶朝楼上喊道："下来吧，人已经走了。"

楼梯间一高一低的脚步声渐近，是宋钟仁。

杨夫人说："你交代的事我已经办妥了。"

宋钟仁点头："谢了姐。"

"你常年不来一次，我还以为是出了什么大事。原来你求了我半天，就是为了她吗？"

"姐，你答应我不问原因的。"

杨夫人微笑："我只是好奇，你不恨她吗，还求我帮她？"

宋钟仁没正面回答，而是转了话题："我自有分寸，只是姐夫那边怎么办？"

杨夫人手中的瓷杯一顿："你什么时候把他的意见当回事了？"

宋钟仁低头喝茶。

杨夫人继续道："上次爸跟我提过，我没放在心上，不瞒你说我还真有点儿喜欢这丫头了，你没觉得她很像一个人吗？"

宋钟仁问："像谁？"

"你啊。"

宋钟仁脸上的微笑瞬间凝固。

杨夫人说："钟仁，你没觉得她就是另外一个你吗？"

他望向窗外，小石子路上赖姿越走越远，他们像吗？他怎么从没觉得。

她算是刺猬吗，浑身带刺，不过没关系，他有办法一根根地拔掉那些刺。其实，这样才有意思，不是吗？

宋钟仁的目光始终落在那个身影上，直到她消失在巷陌街角。

第二天，赖姿回组里开工，黑夹克、牛仔裤，头上扣了一顶棒球帽，这是她一贯在片场的打扮。

大家关心她的恢复情况，上前慰问，但也都小心翼翼地避开了她脸上的那道疤。

赖姿公私分明："没关系，大家不用担心，我们一切按原定流程走，不会耽误剧组进度。"

让人有些惊诧的是，赖姿在群演中看到了那天在医院的两个女生，准确地说是其中的一个，没有跟赖姿起正面冲突的那个。

没办法，赖姿的记性一向很好，尤其是这种记仇的事。

女生穿着长裙走在人群后，看到赖姿后，一脸天真地笑了笑。

赖姿仿佛看到空气一般收回目光，继续调整机位，给演员讲着戏。白裙女生尴尬地收起笑容，低着头走开了。

破旧厂房，枯草野花，因雨水而越加泥泞的小道，阴郁的少年在放学的必经之路目睹了暗恋已久的女孩儿遭人毒手……

重头戏，总是修了又修，改了又改，却怎么也达不到赖姿想要的效果。

赖姿一手叉腰，手里卷着的剧本指着女演员："你这什么表情？你在拍什么？哭丧呢！你那猫眼泪流给谁看的？面对凶徒，你的惊恐呢？我看你很享受嘛！"

女演员委屈得不敢吱声，毕竟，一天的哭戏，拍到最后换谁都要麻木了。面对赖姿的斥责，大家低着头，一句话也不敢接。这女人一进入工作，就活活一个夜叉。

"收工！"赖姿把本子摔在地上，一脚踹翻椅子暴走。

片场一片死寂，大家你看我，我看你，谁也不敢第一个撤，沉默了半分钟，又各自拿着剧本找个地方研究去了。

赖姿点上烟，坐在一棵歪脖树下，她看着远方，也不知道在想什么。

"导演……你好……"身后一个声音走过来，弱弱的、甜甜的，"我叫袁唯心。"

赖姿懒得回头，对来人叫什么更没兴趣。

"我是来替朋友道歉的。"她说得诚恳。

好笑。

"导演，那天真是误会，我朋友她不是有意的。"

赖姿吐了口烟圈。

袁唯心说："那天情况确实特殊，剧组离事发地很近，很多人都受伤了，她也是为了我才顶撞你的，我得来道歉……"

赖姿烦了，直接堵她的嘴："你道歉？你算哪根葱？"

看她一副纯白无良的受气模样，赖姿就怀疑她当初是怎么进的组。

"导演，对不起。"袁唯心直接九十度鞠躬。

赖姿打心眼儿里反感这类小白兔，她转过身，烟圈堪堪吐在袁唯心脸上，呛得女生猛咳嗽。

"挡路了。"赖姿说。

"对不起，对不起。"袁唯心顾不得咳嗽，连忙让路。

赖姿大步离开。

"导演，等等。"身后人喊。

"导演，你东西掉了。"袁唯心几步追上，把一个黑色钱夹递过来。

钱夹是叶瑛之前送赖姿的，有些年头了，所以显旧。钱夹里放着一张赖姿与叶瑛的合影，是在叶瑛中学毕业典礼上照的。赖姿胳膊紧紧勒着叶瑛的脖子，捏着他的脸蛋，一个高傲，一个冷漠。

"导演，这是你弟弟吗？"袁唯心低头摸了摸鼻子，有些不好意思，"还蛮帅的。"

赖姿眉毛一挑，不熟悉她的人都会说叶瑛跟她像情侣，只有这个袁唯心，一眼就看出了他们的关系，还真是奇怪。

赖姿一把扯过钱夹，给了一个警告的眼神。袁唯心立刻噤声，捂着嘴点头，好像要帮赖姿守住秘密的架势。

赖姿无语，也懒得跟她解释。

好不容易甩掉袁唯心，赖姿回组里披了件大衣独自去散步。她只是想让大脑冷静一下，好好想想怎么能把戏拍活，刚刚的思路被袁唯心搅成一锅粥，她得重新再想。

荒郊野外，她不敢走得太远，附近的村民说，这山坡上的小路像迷宫，如果是到了夏天，葱葱郁郁的，人一旦进去了就很难出来。

树林边上有个草垛，赖姿卷了卷袖口爬上去，她仰头躺在上面，夜幕中的星星很多，也很亮。

她按下一串号码，刚响两声，对方就接听了。

"你在等我电话啊？"其实赖姿也只是碰碰运气，手表显示已经十一点过五分，首尔那边更晚，她没想到叶瑛会接。

叶瑛说："正巧路过。"

赖姿"嗯"了一声："干什么呢，这么晚还不回宿舍？"

"编曲。"

"上次那首？还没写完吗？"

"一周要写一首。"

"……"这训练艺人的方式还真是独特，"质量能保证吗你？"

"他们说还不错。"

"哦……"

"你有心事。"叶瑛肯定道。

赖姿嘴里衔着一根狗尾巴草，仰头看着满天的星星："算是吧，拍戏总找不到感觉。"

叶瑛说："所以又骂人了。"

赖姿打哈哈："哪有？"

"所以又罢工了？"

"得了吧，你姐现在脾气好着呢。"

"是吗？"

"不信你回来瞧瞧。"

"你明知道我不能回去。"

赖姿叹口气："家里安排好的你不要，那么大老远的，你说你这大半年究竟换来了什么？"

"手机。"

"什么？"

"公司允许我用手机了，"叶瑛说，"大概下个月。"

"那要恭喜你了叶大歌手，"赖姿酸酸的，"用部手机也值得说，你是囚犯吗？"她想让叶瑛回国，赶紧回国，那边太苦了。

"如果不让你导戏你受得了吗？"

"你能跟我比吗臭小子？"

"我们都一样。"

可赖姿觉得他们不一样，她活得糙一点儿无所谓，但她见不得叶瑛这样。他应该是坐在落地窗前，弹着三角钢琴的漂亮少年，而不是漂泊在外的孤苦一人。

"一年，说好了就一年，玩不出什么花样你就给我滚回来！"赖姿坐起身拔掉旁边草垛上的草，摆弄着，"我给你爷爷打了包票的，到时候你可别坑我。"

"啰唆。"

"你再说一遍。"

"啰唆。"

"再说一遍！"

"啰唆。"

"……"

"你让我说的。"

"兔崽子，这时候你倒听话了。"气一点儿也没消，还被叶瑛三言两语又把火点了起来，从小到大他最擅长的事就是气她。

"挂了！"

赖姿没等叶瑛回话，直接挂电话，挂完了她又后悔，于是再拨回去，果然没人接。她仿佛能看到叶瑛头也不回地离开电话亭的模样，她也只剩下无语。

她真是拿他没办法。

赖姿拍拍身上的稻草准备回去，也许是猛地站起来的缘故，脚下一滑，整个人摔了下去。

是泥土，所以摔得并不重，但还是好痛。脖子上被划伤，微微地渗出了血，赖姿抹了一把，黏黏的。

该死，偏偏这路她不熟，一个人摸回去着实费力。赖姿摸着手机打算求助，正在这时远处有人在喊她："导演……导演……你在吗？"

是讨人厌的小白兔。

如果放在平时赖姿一定装死不出声，可现在这状况，她还是觉得命比自己的喜好重要。

赖姿伸手摆了摆："喂，这边。"

袁唯心发现目标，兴奋地朝后面喊道："这边，这边，我就说导演往这方向走了嘛。"

她还带了人过来。

赖姿扶着石头站起身，刚直起腰，就被一只手握住了胳膊，突如其来的力道将她拉过来，背在了背上。赖姿在瞬间就识别了这熟悉的气息，只是这味道里似乎夹杂了许多酒气，她企图挣扎。

"别动。"他拽着她。

"我自己能走。"她说得肯定。

"给我待着别动。"他警告。

一天下来，赖姿原本就积攒了一肚子火："宋钟仁，差不多得了你！"他朝她耍什么酒疯。

他却直接将她背在身上。

一旁的袁唯心见状，识趣地走在前面，也不敢回头，带着路往回走。

　　剧组的酒店并不算近，宋钟仁背着赖姿一路进房间，"砰"的一声将门踹上。

　　赖姿整个人被宋钟仁摔在床上，她脑袋被撞得更痛了，她完全不知道宋钟仁想干什么。屋内的灯被猛地打开，强烈的光刺来，赖姿用手挡着眼睛。

　　赖姿承认，她有点儿被吓到了。

　　宋钟仁喘着粗气，满眼血丝地站在面前，正紧紧地盯着她。

　　赖姿努力让自己的呼吸变得平静，脸上挤出一个不自然的笑："怎么，你要杀人啊？"

　　宋钟仁脱掉外套摔在地上，一把将赖姿推倒在床上，他右手轻而易举就掐住了她纤细的脖颈："笑？你不是不喜欢笑吗？你凭什么笑？谁让你笑的！"

　　搞什么？赖姿完全不明白眼前的状况。

　　她在他的压制下快要喘不过气，可她的理智还在："你不喜欢啊，那我不笑了。"

　　这样温顺的赖姿似乎让宋钟仁更加恼火，他扯下领带将她双手绑在一起，按过头顶，居高临下地说道："你最好一会儿还笑得出来。"

　　宋钟仁的动作让赖姿猝不及防，他几下扯开她的衣裳，胸前的扣子像是带着弹性一样崩开，骨碌碌地滚在地板上。白色衬衫下的胸衣包裹着圆润若隐若现，赖姿几欲起身，却又被宋钟仁按在床上。他滚烫的唇埋在她脖颈间，丝毫没有要放过她的意思，原本淡淡的古龙水味也突然变得浓烈起来。赖姿挣扎，她想躲，头却被宋钟仁扳着动弹不得。

　　她在他的嘴角上狠狠咬了下，喊道："宋钟仁，你疯了吧！"

　　他的胳膊撑在赖姿身侧，抹了把嘴角的血："没错，我是疯了。"

　　他不给她还击的余地，一手撩起她的薄衬衫，掌心擦过脊背。她弓着背想要躲开却被他揽在怀里，肌肤相亲，他的心脏在她胸前跳得厉害，他吻过她的脖颈，丝毫不顾那里仍渗着血的伤口。

　　浑身是一层层的滚烫，气氛更加燥热难耐，赖姿痛得额头上渗出了汗珠，她刚要喊，却被他封住了嘴。他嘴角带着血，强迫她启开双唇，血的味道渗入，刺激着她的味蕾，是苦的、咸的。

　　他是高手，她身体渐渐软下来，失去了反抗的能力。她不知不觉中闭上眼睛，快要陷入这意乱情迷。

　　怎料这时宋钟仁突然停止了动作。

　　面对惊诧的赖姿，他带着胜利的表情，拨开她额前濡湿的碎发，问："怎么，还笑吗？"

　　赖姿手腕仍被绑着，见宋钟仁要起身，她用领带死死钩住他的脖子。

　　他再次起身，再次被她勒住。

　　她整个人还微微地喘着气，脸上的红晕也没褪去。她含着怒火把他拽到面前，咬着牙一字一顿："你在要我？"

　　宋钟仁笑了。

　　她恼羞成怒，猛地推他一把，利落地翻身跨坐在他身上："你鬼笑什么？"

　　他浑身酒气："我原以为……以为你有多高冷。"

　　"看来我让你失望了。"

　　"不，"他扶着她的腰，她蓬乱的长发松散在胸前，别有风情。他在她腰肢上轻轻一掐，戏谑着，"刚刚好。"

　　她咬着嘴唇，强忍着怒火。

　　他却被她这个微小的面部表情撩到，又将她翻身摁在了床上。

　　理智警告赖姿不要企图跟一个喝醉的人说什么、做什么，她一脚踹开宋钟仁，抄起台柜上的烟灰缸砸在他后脑勺儿上。

　　宋钟仁闷哼一声，直接躺倒在了她的身上，胸口被他压得快要喘不过气，赖姿捏着鼻子阻挡了他身上散发的酒气。

　　此后的日子里，赖姿都在后悔，她要是把宋钟仁砸死就好了，那次他要是真的死了，就好了。

天将破晓，一丝光亮撕破黑暗俯视大地。

酒店的床上，宋钟仁渐渐睁开眼睛，他揾着太阳穴扫视四周，目光最终落在赖姿身上。

她闲闲地靠在床头，薄衬衫半挂不挂地搭在肩上，白皙的长腿交叉交叠，指尖夹着一根细长的烟，背着微光有种说不出的妩媚。

赖姿一宿没睡，眼睛中浮着血丝，她轻吐了口烟圈，想着，他最好别跟她说什么昨晚喝醉了的鬼话，不然她不能保证会不会再抄起旁边的烟灰缸。

宋钟仁看着赖姿脖子上残留的血渍和一片片的红印，开口："我弄疼你了？"

看来他还知道自己干了什么。

赖姿拢了把头发，话里有话："就你？"

宋钟仁从她眼神里读懂了潜台词，昨晚什么事也没发生。他起身慢条斯理地穿着衣服，不说话，不解释，平常得就像在自己家一样，或者说像在夜店一样。不，夜店的人有钱拿，她半个子儿也没有，还白白让出了一张床和一个饱觉。

赖姿将什么东西丢给了宋钟仁："你的东西。"

是个钱夹，翻开摊在床上，里面夹着一张黑白照片。

该怎么形容才好，可以说赖姿之前没见过这样的女孩儿，乌黑长发，牛奶皮肤，浅浅的微笑，五官虽然不出挑，拼凑在一起却是顶尖的美人。

赖姿不傻，大概猜得出她是谁。

如果她没记错，这女孩儿已经不在了，照片上印着的生日日期正是昨天。这也是赖姿昨晚发现钱夹后，没将宋钟仁一脚踹出房门的原因。所谓可恨之人，必有可怜之处。而她，向来吃软不吃硬。

宋钟仁拿起钱夹，他看着赖姿，气氛有些微妙。

赖姿点了点烟灰，幽幽道："你这是吃着碗里的，还想着锅里的？"

他拿起钱夹问："谁是碗里的，谁又是锅里的？"

赖姿眉毛一挑："这得问你自己了。"

宋钟仁随手抽出钱夹里的照片，几步上前坐在床边。

赖姿被挤得往一旁挪，宋钟仁却伸手箍住了她的后脑勺儿。赖姿再往后靠，他就死死摁住，两个人剑拔弩张。

"干什么你？！"

赖姿嘴角的香烟还正燃着，宋钟仁拿起照片，一个角凑上去，火星开始舔舐着纸，并不怎么好烧。赖姿的脖子被他箍得酸痛。

过了很长时间，火苗才舔着照片跳跃起来，塑胶味熏得赖姿直咳嗽。

宋钟仁拿着照片，直到烧完最后一个角，然后才附在赖姿耳边，说："现在只剩锅里的了。"

赖姿一把推开他。

宋钟仁笑了。他起身整理好西装，准备出门。赖姿喊住他："大清早我不出去拍戏陪你在屋里耗着，你真当我闲得没事干吗？"

"哦？"

"昨晚宋总那么大架势，这儿但凡有一个多嘴的，你觉得那些吃人不吐骨头的记者能放过我们？"

宋钟仁一脸坦诚："告诉他们不好吗？"

赖姿把滑落的衬衣扯正，她下床走到他面前，仰头正对他的视线，眼里全是狠厉，一字一顿地问道："姓宋的，你究竟想从我这儿得到什么？"

窗帘突然被风吹开，扑打在墙上，一声声的让人心乱。

他看着她，一笑："全部。"

他问她："我说要全部，你肯给吗？"

宋钟仁没等赖姿答话，已经打开了房门。

chapter 3
▼
他盯着她，像是看着什么摄魂的魔鬼

后来是宋钟仁压下了所有的报道。

赖姿还记得那天记者们在酒店堵到宋钟仁的架势，一个个趋之若鹜，原本安静的清晨，因为他的出现变得吵闹异常。

那时宋钟仁走在人群中，淡定地说，自家投资的影片，自然是要来看看，也请各位媒体朋友多多支持。

赖姿光脚走到落地窗前，俯视着下面喧闹的人群。除了自己，她还是头一次见脸皮这么厚的人，撒起谎来不眨眼，不要脸起来不是人，跟她简直如出一辙。

"放心，"宋钟仁不知从哪儿搞来了赖姿的电话号码，特地说明，"你不想看到的，我不会让它出现。"

他确实也做到了。

不知为什么，赖姿在挂断电话时没有想象中那种如释重负的感觉。她在期待什么？跟这个大老板一起出现在娱乐版头条吗？真是见鬼。

赖姿在片场仍是一副事不关己高高挂起的样子，导戏，训人，一切如常。

如果要在年底前上映影片，加上后期制作和一些宣发活动，片子必须赶在五月前结束所有拍摄，所以赖姿没心情，更没时间去理会那些无聊的绯闻。

至于剧组里的其他人，对于近在眼前的花边新闻，大家虽然心知肚明，却缄口不言，但表面的风平浪静并不能代表什么，毕竟世上没有不透风的墙。

那天赖姿回酒店换药，又听到了有人在议论。

"你说像她这么年轻的，电影学院里一抓一大把，怎么导演换来换去的又换到她头上了。"

"就是啊！"另一个也小声附和，"之前的孟导那可是老前辈了，换了多可惜。况且孟导在时也没像她架子这么大，动不动就训人，不就是去国外喝过几天洋墨水嘛，搞得好像全世界就她知道怎么演戏似的。"

"你说人要是倒霉吧，你怎么拦都拦不住。她那车祸说明什么，那是老天不让她拍这戏，我要是她，就在家好好养伤，什么时候把脸治好了，什么时候再出来，不然多难看啊。"

"你说宋总看上她哪儿了？"

"脸毁了又怎么样，人家靠的是脸吗？靠的是……"

"徐娅，你可真损。"也不知是指了哪儿，立刻引来了一阵嬉笑。

"我说什么来着，原本以为是个拼爹的，没想到，人家确实是靠自己，啊……"说话的人阴阳怪调。

赖姿虽然脾气臭，但她也没心情把精力耗在这种事上，毕竟一只狗咬了你，你总不能咬回去。当初她只觉得这个徐娅演技好，一脸纯良无害、楚楚动人的模样我见犹怜。一众女学生来试镜，赖姿就挑中了她，硬是要把她留下来，给了她女二号的角色饰演男主角初恋，定妆照一出来，反响还挺不错。现在想想，真是瞎了眼。

好在赖姿公私分得很清，嘴长在人家脸上，说什么由她，临时换人明显不现实，也是小孩闹脾气的行径，她赖姿不会干。

只要这个徐娅保证演技，能将观众感动得一塌糊涂，她什么人品什么素质，赖姿可以暂且不顾，她还没闲到去陪这些猫啊狗啊的玩游戏，最多是自此以后不合作。圈里不就是这样，相互倾轧，相互利用，有几个敢拍着胸脯说自己是白的，谁都一样。

赖姿明显没兴趣听她们在这儿胡扯，她正要离开，却又听到了一个熟悉的声音。

"你们怎么又在开小会了，不是说了好好拍戏少说话吗？"

是袁唯心，赖姿不自觉地又停下了步子。

"聊聊天不行吗，你大惊小怪什么？"

"我是提醒你，这话当心让导演听到。"

"这不是公开的秘密吗？还需要我说？剧组里早就传开了。再说又不是我们把记者叫来的，她事情都做出来了，还不许人议论了。记者收了钱不报道，我们可没拿什么封口费。"

袁唯心说："要是在这儿嚼舌头就能把戏演好、能出人头地，我愿意陪你们在这儿说个三天三夜。"

徐娅当即喊住了要离开的袁唯心："你说谁嚼舌头？"

"我说谁你心里清楚。"

徐娅怒极反笑："袁唯心，你真以为自己还是系里面的高材生啊，你那么有本事试镜的时候怎么不出人头地？怎么，看见大家一个个比你厉害就嫉妒了？现在你不过就是个连台词都没有的龙套，你摆什么谱儿，你教训谁呢你！"

袁唯心背对着她们，双手紧握，倒也没发作。她按捺着怒火离开，刚过走廊，一转弯就看到赖姿闲闲地倚在墙边抄着手。

"导演……"袁唯心吃了一惊。

走廊那头传来窃窃私语，可怜几个姑娘，赖姿本来没想让她们这么下不来台，被袁唯心这么一叫，她只好双手抄着口袋走了出来。

几个人见是赖姿，个个低着头边往后面挤边退，大气也不敢出。

"哟，都在呢！"赖姿说。

"导演，我们……"徐娅一时蒙了，也不知道该说什么。

"对戏呢？"

"对，对，"徐娅拿着手里的剧本赶忙说，"我们在对台词。"

赖姿笑了："你跟个没台词的龙套对什么戏？闲自己时间多吗？"

徐娅被吓得一愣："导演，我没有啊……"

赖姿说："徐娅，我知道你是好心想帮同学，可你什么戏份，她什么戏份，你帮她走戏，有劲儿没处使了？不过话说回来，嘴长在你脸上，有些事你非要做、非要说，我也管不着不是。"

这话里有话，徐娅怎么会听不出，她低着头小声道："导演……我错了。"

赖姿问："怎么突然认起错来了？"

徐娅头更低："我……"

赖姿捏着她下巴迫使她把头抬了起来，说："这么漂亮的脸蛋，低着干什么，多浪费啊，要知道不是每个人都能像你一样靠脸蛋吃饭的。"

徐娅吓得快要哭出来了。

刚毕业的学生也就是这水准了，看着徐娅眼睛里翻滚着的泪珠，赖姿觉得把小姑娘吓唬得差不多了，也有点儿不忍心，于是说："对，这种表情就对了。"她放下手继续说，"记着这表情，下场戏把它给我演出来。"

徐娅往后退了一步，小心地点头。

"你一会儿去我房间一趟。"赖姿指了指。

袁唯心顺着赖姿指的方向看了看。

"别看了，就你。"

袁唯心疑惑地指了指自己，看着赖姿笃定的表情，她只好半信半疑地点点头："好的，导演。"

晚上收工后，袁唯心早早来到赖姿的房间，房门没锁，她小心翼翼地进屋，坐在最靠外的小椅子上。

这是袁唯心头一次来赖姿的房间，心里有些激动，又有些忐忑。

刚上大学时，她就听说导演系有个学姐，才华横溢，背景雄厚。她不信，想着一个靠星二代光环长大的人能有多大能耐，后来看了赖姿拍的电影，她被震撼了，专门托人搞到赖姿座谈会的门票。

有人问赖姿："毕业作品上线公映，既叫好又叫座，你觉得自己赢了吗？"

她答："我不希望自己赢得多漂亮，我只是不想输。"

有人问她："你觉得名利对你来说重要吗？"

她答："有些人之所以堂而皇之地说名利不重要，那是他们没有尝到所谓名利真正的滋味。"

于是有人开玩笑："那你的理想型伴侣是什么样的人？"

她说："像我一样的人喽。"

那时，袁唯心就觉得这个叫赖姿的学姐酷酷的。

只可惜这个学姐马上就要出国进修了，她们离得太远无法交流，简直不是同一世界的：一个是从小笼罩着明星光环，一个是自小背井离乡为了梦想独自闯荡；一个是挂在天边的太阳般耀眼，一个是只有在黑夜才能看到的烛火。

她们永远做不了朋友。

赖姿走到哪里都有人关注，她是学校的骄傲，是新生代导演的风向标。她身边从来不缺追求者，所有的美好都在她身上体现得淋漓尽致，简直让人想不到她还会缺什么。

那时，袁唯心就发誓，要成为赖姿那样的人，像她一样耀眼的人。

后来赖姿带着剧组来母校选角，她得知了消息，提前做足了准备，试镜那天她换上芭蕾舞鞋，却不知是谁在里面放了一颗图钉。

她是个很能忍的人，她本想忍的，偏偏那天选的是难度极高的舞蹈。她重重摔在地上，舞鞋也渗出了血。她恨自己为什么不再忍一忍，恨死了那些陷害自己的人。

评委席上的人连连摇头，最后是赖姿补了一句："小姑娘有股劲儿，留着吧。"

赖姿或许早就不记得她是谁了。

今晚赖姿点名叫她谈话,希望是好事,袁唯心心里期望着。

"丁零!丁零!"

袁唯心的思绪被一阵铃声打断,手机就放在旁边的桌子上,陌生号码,她朝外看看没人,也没敢接。几秒后铃声又响了起来,并且没有停下来的意思,她又看了看周围,只好拿起手机:"喂,你好,我们导演不在。"

对面明明有人,却不说话。

"喂?有人吗?"袁唯心看了看手机,是接通了没错。

"她人呢?"对面的声音很清亮,很好听。

袁唯心摇摇头:"不清楚,我也在等她。"

没有回应。

"用不用等她回来我帮忙转达一下?"袁唯心说。

"不用了。"对方没等她回话就挂断了。

"喂?喂?"袁唯心满脸疑惑地挂了电话,觉得这人真是古怪。她小心翼翼地把手机放在书桌上,然后就看到了摆在那里的相框。

相框是木制的,也许是经常携带的缘故,边角已经被磨得很光滑。

袁唯心见过照片里的这个少年,那天在赖姿的钱包里。

少年身穿白衬衣牛仔裤,略显蓬松的头发,静静地坐在钢琴前,旁边站着的赖姿带着微笑,身后有阳光洒进来,两个人好看得像是摄影棚里的模特。

果然,物以类聚,人以群分。

袁唯心手拂过少年的脸,想着,这样漂亮的人应该当明星的,不然简直是暴殄天物。

想到这儿,袁唯心不禁一愣,他们俩该不会是情侣吧,前两天她还当着赖姿的面说他们是姐弟来着。

应该不是……不,肯定不是。袁唯心拿起相框又看了看,不知道怎么的,她觉得他们虽然漂亮，却一点儿也不相配。

这时门被推开，赖姿回来了。袁唯心来不及放下，就连忙把相框藏在背后，笑着上前打招呼："导演。"

赖姿摆摆手："坐。"

袁唯心坐得有些拘谨。

赖姿随手抓起打火机点了根烟："我叫你来是有件事要说。"

袁唯心表示自己在听。

赖姿拿出一个信封："这是这些天你在剧组的片酬，我刚从财务那儿要来的，你拿着。"

袁唯心站了起来："导演，你这是……"

"明天你就不用再跟组了。"

"导演，这是为什么？我做错什么了吗？"

赖姿说："这话应该我问你。"

袁唯心一双水灵灵的眼睛睁得大大的，满眼的不可置信。

赖姿倚在沙发上，说："徐娅嘴欠是她的问题，你明知道我在，还故意挑她的话是什么意思？"

袁唯心不说话了。

赖姿继续道："你挑她的话，让她胡说八道，又故意走到我面前逼我出来，无非就是想让我当众给她好看，说不准我火暴脾气一上来，就直接让她滚蛋了，对不对？"赖姿笑了笑，真是不太巧，她这人向来喜欢跟人对着干，尤其是别人让她往东，她就偏要往西。

袁唯心双手紧握，肩膀也抖得厉害："导演，我没有……"

"真没有？"

袁唯心咬着嘴唇，摇了摇头："没有……"

赖姿将烟摁灭在烟灰缸里，说："就算没有，那这个呢？"

赖姿拿起手机拨了个号码，铃声立刻从袁唯心的口袋里响了起来，她连忙用手捂着，可哪里盖得住这声响。

"我一直在想是谁把前几天的事透露给了媒体，就随便找个朋友查了查。"赖姿将手机搁在一边，抄起手倚在沙发里，"小丫头，赚钱的方式有很多，有的能做，有的不能做。再说了，上学时老师没教过你，杀人不能用自家的刀吗？"

袁唯心的脸色已经苍白得像张纸。

"要是缺钱，直接跟我说，干这种事并不光彩。"赖姿下结论，"我不能留你了。"

"导演，你再给我次机会吧。"袁唯心上前握着赖姿的袖口，央求道，"我不敢了，真的不敢了，我是真的家里出了事，我没有办法，他们说只要我给新闻就……我保证，我不再这么做了，导演，求求你别赶我走行吗？"她还有梦想没有完成，她不能失去任何一个可能成功的机会。

赖姿推掉她的手，说："小丫头，做人是要有原则的。我可以允许徐娅在酒店胡说八道，因为大家是一个团队，某种程度上是一家人，偶尔胡扯几句没什么。可你不一样了，说不好听点儿，这叫吃里爬外你知道吗？"

袁唯心咬着嘴唇不说话。

总归要有人给她上第一课，无所谓，赖姿愿意当这个恶人。

赖姿又点了根烟，她深深吸了一口："我知道你在想什么，你在想，这女人可真三八，等我日后红了，我一定要她后悔今天这么对我。"

袁唯心摇头："我没有……"

赖姿笑了笑："我希望你有，真的。"

袁唯心泪眼汪汪地看着她。

赖姿说："你很努力也有天分，但缺了点儿运气，可这个运气我给不了你，所以你应该去找更适合自己的机会，也许会成功的。"

"导演……"

赖姿拍拍她肩膀："你放心，我没有看不起你，只是你刚入行，不懂得努力的方法。其实这样也好，吃一堑长一智，以后遇到什么问题你还可以给我打电话。"

袁唯心眼泪一滴滴地往下掉。

赖姿拿出名片递给袁唯心，这也是她头一次把联系方式留给一个群众演员："我看人还算挺准的，希望你不是个例外。"

袁唯心的眼泪"啪嗒啪嗒"地滴在名片上。

赖姿头一歪，眼神落在袁唯心身后藏着的相框上。

"你喜欢啊，送你了。"

袁唯心含着泪摇头："不，我只是刚才……"

手机铃声再次响起，赖姿起身拍拍袁唯心肩膀，打断了她的话："我出去接个电话，你自便。"

说话间，赖姿已经拿着手机出了门："哦，阿瑛啊。是，我刚才有点儿事……什么，这么快就换手机了，那我以后联系你岂不是更方便了……"

声音越来越远，越来越模糊。

袁唯心的泪水最终决堤，在这个没有声响的黑夜，她坐在空荡荡的房间，把头埋在膝盖里一声一声地哽咽着。没有人会来安慰她，拯救她，她就像是被主人丢弃在路边的破烂娃娃，不知道该去哪里，不知道哪里是家。

拍摄的日子相对枯燥，紧赶慢赶影片终于在六月初杀青，赖姿感觉整个人都脱了层皮。

杀青宴上，杨海带着几个人意外到场，按照以往的规矩投资方的高层是不会出现在这类晚宴上。

那天曹志明鞍前马后，硬是要把赖姿推到杨海的座位旁。赖姿觉得前期自己多少跟杨海有点儿过节，于是推托："曹哥，你这可不地道，你明知道我不能喝。"

曹哥笑了："得了吧，你不能喝？我还不了解你，赖二斤，喝这一桌都没问题。"

赖姿摆手："戒了，早戒了。"

"真的假的？"

"我什么时候骗过你？"

曹哥说："哟，这么说你就谦虚了，向来撒谎不打草稿的人。"

"你又拿我开心不是。"

曹哥继续怂恿："去吧，再给片子筹点儿钱，不然预算都花完了，后期你宣发怎么办哪？"

"那是出品方的事，我只是个拍电影的。"

曹哥恨铁不成钢："这时候你倒撇得清了，你说你拍电影为了什么？为了给人看嘛，有人看了才能赚钱，赚了钱才能继续拍，原来你不是比猴都精吗，怎么这回就转不过来弯呢？就上次换导演那事儿，人家还不得把账记你头上，能那么容易拨钱给你跑宣发？"

赖姿想了想："也是。"

曹哥说："那可不，我一个跑腿办事的还能骗你不成，一个子儿也落不到我口袋里。要不是你爸嘱咐，我才懒得管你。"

赖姿嘴角抽搐："照你这么说，我还非去不可了？"

曹哥点头："多好的机会啊，还不把握，再说了他们一群大老爷们儿还能对着你一个女人猛灌？"

赖姿推着他："知道了，知道了。"

赖姿本来想拽个人作陪的，可组里都是刚毕业的小姑娘，想了想总觉得不太合适。也正是在这个时候，赖姿竟然在人群中看到了袁唯心，明明已经退组的人却出现了杀青宴上。

曹哥说："我今天正好在附近碰到她，怎么说也在剧组待了一段时间，一块热闹热闹而已，你可别怪我。"

赖姿觉得这也不是什么大不了的事："我怪你干什么。"

曹哥说："那行，你悠着点儿，我去外面招呼，有事就喊我。"

"好。"

赖姿也不太清楚当时自己是出于什么心态，竟然拽了袁唯心陪她一起去敬酒。

杨海还算客气，请赖姿入座，给大家郑重地介绍了一番，赖姿这才知道在座的也不全是投资方的高层，更多的还是杨海在社会上的关系。

"这位是？"杨海目光落在袁唯心身上。

赖姿想了想还是回答："我一朋友，今天过来捧场的。"

杨海点头："哦，我还当是剧组的哪个演员呢。"

"不是的。"

赖姿的回答让袁唯心低下了头，杨海却把这一切看在了眼里。

后来杨海又大致问了问片子进展的情况。赖姿说，下个月片子就能剪出来，不会影响宣发。

杨海对这个回答还算满意，说："到时候给赖导演放三天假，毕竟忙了小半年，总要喘口气处理下私事。"

赖姿没明白他什么意思。

杨海笑了笑，解释："赖小姐不要误会，这是我来之前琬婧特地嘱咐的。"

琬婧就是杨夫人。赖姿记得杨夫人曾给过自己一张名片，要自己在宣传前把脸上那道疤整一下，世家的人总是更在意脸面。赖姿点头回答："那您替我谢谢宋总了。"

杨海领了三杯酒后，大家开始各过各的圈。

讲实话，许久没喝了赖姿酒量似乎大不如从前，倒是一旁的袁唯心，虽然是捏着鼻子一杯杯地灌，但酒量很好，惹得在座的人一阵阵起哄。看来，她还真没拉措人。

起初赖姿还能把握着分寸，到后来就扛不住了，她好不容易抽了个空隙，想出去吐吐，刚走到门口就又被人拦了下来。

那人奉承着："我对赖小姐可是久仰大名，虎父无犬子嘛，前几天我还跟你父亲吃过饭呢。"

那得碰一杯。

"赖小姐真是海量，杨总，看来你又收了个得力干将啊！"

得再碰一杯。

在座的似乎总能找出各种理由劝酒，赖姿能挡的就挡，挡不了的就只能硬着头皮喝了。没过多久赖姿就感觉真不行了，她捂着嘴，摸着手机想叫曹哥过来。

可脑袋里突如其来的疼痛使她眼前一黑，手机"哐当"掉在了地上。

"导演，你没事吧？"袁唯心上前扶她。

有人看见了起哄："赖小姐，你这就不对了，说好的喝酒不能碰手机，你说，这是不是得自罚三杯。"

赖姿整个人晕乎乎地靠在墙上，她什么也看不清，脑袋里面嗡嗡直响。

一人挤开了袁唯心，手直接揽上了赖姿的腰："赖小姐是喝醉了吧。"

她扶着头："出去吐吐就好。"

"这么着急走干吗，大家都还没尽兴嘛。"

赖姿是真恶心，但她依然保持礼貌："对不起，请让一下。"

那人的手上下游走，越来越不安分："我要是不让呢。"

结果就是赖姿扒着那人的肩膀，狠狠地踢在了他裆下。那人一声哀号躺在地上打滚，满嘴的污言秽语，袁唯心吓得捂着嘴站在角落。

有几个人上来直接把袁唯心拖到一边，明显是要找赖姿的麻烦。赖姿被他们推得险些没站稳，她没跌在地上，而是倒进了一个人的怀里。他把她整个立起，挡在了身后。

赖姿能明显感觉到屋内的整个气氛立刻变得不一样了，几个找碴儿的人无声无息地站到了杨海身后不再作声。

"哦，钟仁啊。"坐在里面一直沉默的杨海终于发话了，"你怎么来了？"

宋钟仁反问："难道我不能来吗？"

杨海笑："当然可以，相当欢迎。"

宋钟仁没再接话，而是扭头问赖姿："你没事吧？"

赖姿揉揉眼睛："没事，就是想吐。"

"我陪你去。"

杨海见他们要离开忙喊住宋钟仁："钟仁啊，不吃个饭就走吗？"

宋钟仁并没有给他个好脸色："我凭什么跟一流氓吃饭？"

杨海身边终于有人看不下去了，看起来那个跟班好像是个人物，面相凶狠，走路时右脚有些跛。他上前拽着宋钟仁的领口："你小子怎么说话呢！"

宋钟仁任凭那人拽着，扫了一眼杨海，嘲讽道："你不过就是一条狗，他姓杨的都没发话，你乱叫什么？"

"你……"那人刚挥起拳头，杨海就喊住了他："阿凤，住手。"

"大哥！"阿凤气恼。

"我叫你放手。"杨海说。

阿凤愤懑不过，狠狠地一指宋钟仁鼻尖，跛着脚一拐一拐地退了回去。

杨海从座位上起来，走到宋钟仁面前，帮他整理好被扯皱的衣领，慢条斯理地说道："你姐姐很想你，有空去看看她。"

宋钟仁笑："我们姐弟的事你少管。"

杨海说："钟仁啊，你和我之间有误会。"

"我不觉得是误会。"

"这次的事是我不对，我道歉。事前我不知道这位赖小姐是你的朋友，不然也不会让他们这么放肆。下次，下次我一定照顾。"

"你还想有下次？"

杨海微笑："那真是不巧了，我原本还打算跟赖小姐交个朋友呢。"

宋钟仁嘴一抿，指着他："你最好给我离她远点儿。"

杨海双手微举，后退一步："全听你的。"

"我们走。"宋钟仁拉着醉醺醺的赖姿出了房间。

身边的人想要追上去，却被杨海阻拦下来。一行人看着他们扬长而去，连忙上前问杨海："哥，就这么放过那小子，这都第几次了？"

杨海衔着一根雪茄，若有所思。这世道讲究因果报应，宋家的业障和命门都应在宋钟仁这小子身上，他一向肆无忌惮，软硬不吃，为着他妈妈的死十年没回过宋家跟老爷子吃过一顿饭。

宋钟仁对谁都下得了狠心，对自己也不例外。唯一让他情绪失控的那次，是去年冬天的车祸，车毁人亡的事实摆在眼前，他站在太平间外说，这件事没完。

杨海本以为这二世祖有多专情，不承想，这才没过几天他就好了伤疤忘了痛。

一旁的阿凤见杨海不发话，于是问道："哥，我们怎么办？"

杨海坐在沙发里，摩挲着下巴："把那女的底细查清楚，要全的。"

"得，明白了。"阿凤恍然大悟，一脸坏笑，"那这丫头怎么办？"

杨海这时才回头看着角落里吓得发抖的袁唯心，漫不经心地问道："你叫什么？"

阿凤一听连忙将袁唯心拽到杨海面前："说啊，杨总问你话呢。"

"袁……袁唯心。"她结结巴巴。

"你是赖姿的朋友？"

袁唯心先是点点头，又摇了摇头，一副委屈的模样。

杨海大笑："袁小姐不用害怕，我只是想请你帮点儿忙。阿凤啊，你先带袁小姐走，好好招待不能有闪失，有什么事咱们回去再说。"

阿凤得了命令，半拖半拽地把袁唯心拉出了包间，杨海则是闲闲地倚在一边，也不知道心里打了什么算盘。

初夏的风带着微微的温暖，林荫道上，宋钟仁拉着赖姿走得太快，赖姿胃里翻江倒海的，她终于忍不住了，连忙找了棵树在旁边哇哇吐起来。

"你可真是有本事。"宋钟仁拍着她的背。

"你别碰我……"赖姿打着宋钟仁的手。

宋钟仁才不理会她那么多，嫌弃道："你知道杨海原来干什么的吗，你跟他喝？你想死吗？"

赖姿吐了一通才感觉稍微好了一些，她靠在树旁，晕乎乎地看着宋钟仁，嚷着："他能是谁？不就你姐夫嘛，我才不怵！"

"待着别动。"宋钟仁扳过她的脸，拿手帕擦着她嘴角的酒渍。

"别碰我！"她推开他的手。

可她哪有力气推走他，宋钟仁硬是把她嘴角擦干净，骂道："就你牛，这都背你第几次了。"说话间，他将赖姿背在背上。

深夜的道路安静得很，只有一深一浅的脚步声。江边的风徐徐吹来，赖姿靠在一个坚实的肩膀上，她似乎从未如此放松过，她总是活得太自我，觉得什么事都可以自己解决，她缺少一个肩膀，一个让她可以休息的肩膀。

"你姐夫……姐夫说要放我假。"赖姿闭着眼睛，晕晕乎乎地说。

"他不是我姐夫。"宋钟仁说。

"哦……"

"然后呢？"

"然后你姐夫说……"

"他不是我姐夫！"

"哦……你姐夫说放我三天假……"她想了想嘟囔着，"他还算是个好人。"

"……"三天假就把她收买了？他拿她没办法，只好顺着她的话问，"那你打算在家待着？"

她摇头。

"打算出去？"

她重重点头。

"你打算去哪儿？"

她脑袋在他脖颈间蹭了蹭，顿了一秒："韩国。"

宋钟仁不解："你去那儿干什么？"

"下个月……下个月是我们阿瑛的生日啊……"

他问："阿瑛是谁？"

她扑哧一声傻笑起来："阿瑛你都不认识啊？我的宝贝儿啊……"

宋钟仁突然停下脚步。

"怎么了？"她胸口抵在他后背上，猛地一撞有些反胃。

宋钟仁说："没什么，只是没想到你秘密还挺多。"

她笑了："秘密谁没有啊……你没有吗？"

他点头："有，当然有。"

她迷迷糊糊地推他："你告诉我。"

"行啊，你想听哪个？"

"随便……"

他摇头："没有叫随便的。"

"那就说个你姐夫的……"

他无语："换一个。"

"不，就这个。"她勒着他的脖子，要求道，"不换，就这个！"

宋钟仁侧脸看着，她真是喝高了。

如果说起杨海，宋钟仁更多的是不屑一顾却又无可奈何吧。

那是在宋钟仁七岁时，宋父投资失败身负巨债，有一年的时间，宋钟仁没见过一面在外面躲债的父亲。后来母亲不堪其扰不告而别，至今下落不明。十九岁的姐姐抱着他躲在家里，天天看着过来讨债的人砸门砸窗户，那些人冲进家里搬走了所有值钱的东西。

直到有一天，一个叫杨海的男人过来。宋钟仁认得他，当地的地头蛇，但凡生意场上的人都要卖他个面子。

杨海垂涎姐姐已久，念大学时就常常到学校骚扰她。那时姐姐虽然已经有青梅竹马的结婚对象，最终却不得不嫁给了杨海。

宋钟仁一直觉得这是宋家的耻辱，与其说是耻辱，不如说是他软弱的印证。他每次看见杨海时，就想到当初姐姐的迫不得已，就想到他自己的软弱无能。

对于杨海，宋钟仁从没给过好脸色，甚至没跟他吃过一顿饭。宋钟仁始终不屑于与杨海这类人同处一个屋檐下，他觉得毕竟人跟流氓还是有区别的。

可杨海总是一次次放过他，这就更显得他像是个不懂事的小屁孩儿，他的怒火在杨海眼里就是不值一提的任性。

他还没想好要怎么说，赖姿就已经靠在他肩膀上呼呼大睡。

宋钟仁笑了笑，无所谓了。

这时有手机铃声响起，宋钟仁瞧了瞧不是自己的，他将赖姿放下倚在墙边，把糊在她脸上的长发拨开，半睡半醒的她看起来别有一种魅力。

手机显示呼叫人是叶瑛，来电图片是赖姿跟一个少年的合照。

"叶瑛……"宋钟仁暗暗念了一遍，似乎明白了什么似的，嘴角微微扬起一个弧度。

他果断地接了电话："喂。"

对方明显顿了一秒，然后才冷冷道："我找赖姿。"

宋钟仁被这冰冷的声音一惊，于是说："她喝酒了。"

"把电话给她。"对面的语气虽然轻，但并不友好。

宋钟仁说："她喝醉了，接不了电话。"

"电话给她。"他又重复了一遍。

宋钟仁眉毛一挑，扶着赖姿，把手机放在她耳朵旁："电话，叶瑛打来的。"

赖姿在听到叶瑛这个名字时，整个人才有了一丝苏醒，迷糊中她眼也睁不开，脸往手机上贴："哦，阿瑛啊……你说我听着呢……"

"你答应过我什么？"

"……"

"为什么喝酒？"

"……"

他问："那男的是谁？"

"……"

面对她的不省人事，叶瑛直接吼道："赖姿！"

这时一旁的宋钟仁看不下去，于是把电话拿回，幽幽道："我说什么来着，她接不了电话。"

叶瑛冷声问："你是谁？"

宋钟仁看着赖姿笑了笑，带了一丝报复的语气说："还用问吗，当然是她男朋友。"

宋钟仁笑意还没收敛，对方已经挂了电话。

"嗬……"宋钟仁嘴角扬起，什么臭脾气。

可没过半分钟，电话又打了回来，宋钟仁接通后直接问："小子，又怎么了？"

叶瑛说："你不要挂电话。"

"我没挂。"

"我说一直别挂。"

宋钟仁觉得好笑："怎么，怕我吃了她？"

"你试试。"

宋钟仁好像突然明白了什么，恍然大悟道："哦，我想起来了，你是赖姿的弟弟吧。"

上次送赖姿回家，她提到过一次，有个在国外的弟弟。

"所以呢？"叶瑛问。

"所以你该叫我姐夫啊臭小子。"宋钟仁逗他。

叶瑛丝毫不觉得好笑："我要是不叫呢？"

宋钟仁笑："没关系啊，早晚的事。"

叶瑛不说话了，但也没挂电话。

僵持了一会儿，宋钟仁有些无奈："你打算这么一直听着？"

"你管得着吗？"

"喂，是我一手扛着你姐，一手接你电话，你跟我说我不管着？那我把她扔路边好了。"宋钟仁故意说，见叶瑛不说了，他又继续开玩笑，"小子，没谈过恋爱吗？你不知道晚上对我们来说有多重要？"

对面虽然没有回音，但宋钟仁明显感觉到冷冷的气压，像是透过这手机屏幕冰得他浑身发麻。他不再调侃："跟你开玩笑的，我不挂就是了。"

为了不引起骚动，宋钟仁没将赖姿送回剧组的酒店，而是载她回了自己家。一个小时的路程，赖姿睡得如死猪一般，宋钟仁费了好大的力气才把她从车里拽了出来。

客房里，他把她放在床上，打来温水帮她擦着脸和手。

她睡着的时候很安静，眉心微微蹙着，像是做了什么忧伤的梦，完全没有醒来时的色厉内荏。

宋钟仁靠近她，擦掉她眼角的泪。突然他被自己的这个举动吓了一跳，不禁将毛巾死死攥在手里，他盯着她，像是看着什么摄魂的魔鬼。

他什么时候需要心疼她了？自始至终痛不欲生不都只有他一个人吗？这里又有谁在意过他？

宋钟仁转身离开。

他回到房间后，总觉得什么事情还没了，然后他就想起了叶瑛的那通电话。

他从口袋里掏出赖姿的手机，通话时长 2 小时 47 分钟，对面已经没了声音。

"臭小子，早睡了吧。"宋钟仁自言自语，只觉得这孩子搞笑，说好听了叫执着，说白了也就是脑子缺根弦。他摇摇头，拿起手机准备挂断。

"你干什么？"对面突然有了声音。

宋钟仁吓了一跳："哟，还在呢。"

叶瑛没搭理他。

宋钟仁说："好，你就听着吧，我这就把手机放你姐那儿去。"

"不用了。"

"哦？"

"我觉得放你这儿更保险。"

宋钟仁哈哈大笑："成，放我这儿，放我这儿。"

宋钟仁将手机丢在床上，然后去浴室洗漱，出来时叶瑛果然还没挂电话。宋钟仁坐在床上，擦着湿漉漉的头发："喂，小子，我要对她干什么早干了，你以为一个电话就能监督得了？折腾一晚上了，你以为我体力很好哇。"

叶瑛不说话。

"小子，大晚上的两个大男人这么对着个手机，你是喜欢我吗？"

叶瑛还是不吭声。

"不是喜欢我，就是喜欢她喽。"

"关你什么事？"叶瑛终于有动静了。

宋钟仁胳膊枕在脑袋后面："你喜欢她什么？"

见叶瑛完全没有要接话的意思，宋钟仁半开玩笑地说："是啊，你看她多可爱啊，换谁都想咬一口的吧……"

宋钟仁多少以为叶瑛会暴走，会挂了电话，可那边是出奇地冷静，他自言自语了一阵子，自己也觉得没意思，只好翻身关了台灯睡觉。

电话那头是安静的病房，光线有些昏暗，只有窗边还有一点月光，叶瑛穿着宽大的病号服坐在床边。

身后经纪人走过来："这么晚了还不休息？"他看到窗台上呈接通状态的手机，想着叶瑛一定又是在和家里通电话了。这孩子平时话不多，晚上结束练习别的队员都已回宿舍休息，只有他总要去公司楼下的电话亭，一待就是一个钟头。

这么多年这样的情况他见多了，小小年纪来到异国他乡，为的只是圆一个梦。可到最后真正能登顶的又有几人？到现在他也清楚地记得，第一次见到叶瑛时的惊讶，令人羡慕的外表、惊艳的才华。更可怕的是，叶瑛比旁人要努力得多，一个小时的练习他会做三个小时，为了练习发声他咬坏了几十个木塞，为了练舞他将沙袋绑在腿上，这样的不计后果，最终落得一身病。叶瑛把一股劲儿憋在心里，不言不语，却比谁都清楚自己的最终目的是什么。

"瑛，你要多休息腰伤才会好，你难道不希望以最好的状态参加Showcase？"经纪人劝他躺回床上。

叶瑛乖乖躺回去，可手里握着的电话放在枕头边上始终没有挂断。

"晚安。"他轻声说。

清晨六点的闹钟准时响起，宋钟仁睁开眼睛，阳光透过厚厚窗帘的缝隙挤进来，他揉了揉脑袋，枕头旁边的手机不知什么时候已经被挂断，他笑了笑。

他起床走向客房，里面的人还沉睡着，他轻轻关上门，换了身运动服，出门跑步去了。

清晨的山道，空气总是格外好，只是刚跑了一半，就接到了赖姿的电话。

"我是在你家？"她问得直截了当。

"嗯，对。"宋钟仁扭头开始往回跑着步。

"你人呢？"

"稍等，马上就到。"他挂掉电话，加快步伐。

宋钟仁到家时，屋内散发着淡淡的牛奶香味，他朝里走，赖姿准备了两份早餐，她只穿了宽大的白衬衫，光着脚坐在餐桌旁。

赖姿见他走过来，递了个眼神："坐。"

他坐下："睡得好吗？"

"还行。"她递了片面包给他，"冰箱里就这么多了，还有你这件衣服，我看着扔在沙发上就拿来穿穿，昨天我那衣服味儿太大了，没法穿。"

他点点头，喝着牛奶。

"味道怎么样？"她问。

"就是牛奶面包的味道，还能有什么不一样。"他丝毫不给她面子。

赖姿撇撇嘴，倒也没生气："昨天的事儿，谢谢你。"

宋钟仁甩了甩手里的面包片："我救了你一命，你就拿这个谢我？"

赖姿说："我从来不做饭的，你应该感到荣幸。"

"那真是谢谢了，赖大导演。"

"不过，你没事吧？"

"什么？"

"昨天的事儿，杨海那边……"

宋钟仁拿面包蘸着果酱："我能有什么事，就是你，你以后少找他。"

"为什么？"

简直是好了伤疤忘了痛，宋钟仁直接说道："哪儿那么多为什么，你听我的就是了。"

"哦……"她可是难得这么听话。

宋钟仁吃完最后一口早餐起身收拾碗筷，赖姿也起来要收拾，一争一夺，她差点儿滑倒。他慌忙拽着她的胳膊，把她扶稳："小心点儿。"

赖姿拢拢耳边的碎发："哦。"

他放手，视线不经意间落在她白皙的腿上，她用手扯了扯衣角，他也收回了目光。两人挨得很近，连呼吸都是潮湿的，一时间谁也没说话，气氛就这么莫名其妙尴尬起来。

她嘴角还残留着牛奶，他伸出拇指在她唇边抹过。

她想躲，却没躲。

他又靠近一步，额头抵着她的额头，发间还有运动完留下的气息，潮湿的、散发着浓烈的荷尔蒙味道。

他一手插入她发间，指腹能感受到她的颤抖。他捧着她的脸，低眉看着她微咬的嘴唇，声音很低沉："赖姿啊……"

她胳膊环在他脖颈后，喉咙溢出一声："嗯？"

她声音还没落他就已经吻上了她的唇，他的吻不深却很缠绵，她闭着眼睛回应。清晨的微光透过落地窗洒进来，晃得人眼睛有些花，他俯身蹭开了她衬衫上的扣子。她在他怀里微微喘着气，他将她一把抬在桌子上，玻璃杯"哗啦啦"地碎了一地，但没有人去理会。

他抵在她两腿中间，声音沙哑："怎么办……"

她的呼吸越来越急促，脸上沾染了红晕，也不忘跟他开玩笑："我不知道啊……"

他嘴角一扯，笑得似有深意，他想，他不该跟她客气的。

他把身后的窗帘拽上，光线昏暗了许多，也暧昧了许多。他把她的衬衣扯下肩膀，他将她溺在怀里，像是要吸干她最后一滴血。

正在这时，电话不合时宜地响起来，宋钟仁看也没看直接将手机丢在了地上。

手机嗡嗡几声没了动静，暧昧的气氛在两人之间直线升温，赖姿搂紧了他的脖子，两人半遮半掩下撩人的伎俩不分伯仲。

可这时，门铃又好死不死地响了起来。

宋钟仁只好停下动作，头发微微遮住了他的眼睛。

"该死！"他说。

"去开门啊。"赖姿喘着气，脸上的红晕还没褪去，她扶了扶他放在她腰上的手。

宋钟仁抓了抓蓬乱的头发，无奈地朝门口走了几步，然后他突然回头指着墙上的显示屏，朝赖姿打着口语："我姐。"

赖姿原本跷着腿悠闲地坐在桌子旁，她根本不在乎进来的是谁，她向来敢做敢认，哪怕是宋钟仁之前的哪个相好来了，她也知道该怎么对付。

可当赖姿知道是杨夫人来时，她不自觉地站起来，脸上有些慌张，隔着老远向宋钟仁求救："我怎么办？"

宋钟仁本来示意她先找件衣服穿上，可门锁已经传来声音，他无奈地朝赖姿摊摊手说："我给忘了，她有钥匙。"

赖姿直接无语。

于是，当杨夫人开门进来时，两个人都是衣冠不整地站着，宋钟仁站在门口，赖姿站在餐桌旁，桌子上的餐具碎了一地，一看就明白是怎么回事。

杨夫人的表情很微妙。

宋钟仁摸了摸鼻子，想打破尴尬的局面："姐，你怎么来了？"

杨夫人皱着眉，绕过餐厅走到客厅，找沙发坐下："你半个月不来这儿一回，我不得帮你打理打理，别人来我又不放心。"

宋钟仁故作恍然："啊，还是姐对我好。"

杨夫人打断他，目光落在赖姿身上："你少跟我贫嘴，这怎么回事？"

宋钟仁回头看了看赖姿，暗自把她的手握在手心。

赖姿有些吃惊地看了宋钟仁一眼，只听他说："我跟赖小姐……不……"他想了想，又说，"小姿现在是我女朋友。"

他竟然这么称呼她，赖姿浑身一抖，鸡皮疙瘩掉了一地。

杨夫人打量着站在宋钟仁身后的赖姿，赖姿光着脚站在原地，低着头，早就没了气焰，倒像是个犯了错的小孩儿。

"你们年轻人就喜欢乱来，让我说什么好。"杨夫人说。

"姐，我是认真的。"宋钟仁说。

杨夫人似乎对自己弟弟的话并不相信，而是对着赖姿问："他说的都是真的？"

眼前这个状况，赖姿要是否认，那她跟宋钟仁成什么了，她识趣地点头："嗯。"

杨夫人的神色看不出是惊是喜："昨天你姐夫回家说了我还不信，本来想着当面问问你，这么巧就给我撞上了，你们可真是有本事。"

宋钟仁一脸痞样儿："就他嘴贱。"

"你刚说什么？"杨夫人明显恼了，"有你这么说自己姐夫的吗？以后再这么没大没小，我可不客气了！"

宋钟仁识趣地收敛了些。

杨夫人也不再追问他俩的事，而是对赖姿说："下个月放你三天假，记得去医院看看，上次我跟你说的那位韩国医师，他下个月正好在，你什么时候有时间，提前约一下。"

赖姿说："下月18号行吗，我有时间。"

"哦？"杨夫人对于赖姿立刻就给出的回答有些吃惊，之前赖姿还推推挡挡地不想去，没想到她突然间就这么干脆地答应了。

赖姿也觉得自己表现得太积极，容易暴露目的，可说出去的话又不好收回。

宋钟仁心知肚明，也没有戳穿赖姿，于是上前打圆场："我们研究了下皇历，18号宜嫁娶，宜出行，尤其是出远门。"

赖姿："……"

直到杨夫人走了，赖姿才像是被抽空力气一般倒在沙发上，长长地舒了口气。

宋钟仁沿着沙发欺压上来："还不谢我？"

她推开他，咬着嘴唇："谢什么啊，刚才可真是丢人。"

他最受不了她这个小动作，不自觉地凑上前，在她耳朵边问："跟我在一起就丢人哪？"

赖姿被他呼在耳边的热气逗得直笑："对。"

他一把把她扯到面前："你给我等着。"

赖姿按下他的手，笑："好了，不跟你闹了，我还有事。"

是啊，她还有一大堆的事，她得赶紧回去。一个月的时间她得剪完片子，只有这样才有机会去韩国给叶瑛过生日。

赖姿从宋钟仁怀里起来，随手把头发扎起朝客房走去。她找来手机按下1字快捷键，听筒里"嘟嘟嘟"的，却没有任何人接。

整整一天，叶瑛也没有接电话。

"搞什么？"赖姿不解地看着屏幕，一天也不接电话，生气了？她最近没招惹他吧？算了，不告诉他也好，到时候给他个惊喜，那小子肯定高兴得手舞足蹈。

想到这儿，赖姿停顿了一下，她给忘了，"手舞足蹈"这个词是不会出现在叶瑛身上的，他只会坐在蛋糕旁，冷冷地看着她唱生日歌，然后说："唱完了？"

她只好点头："嗯。"

"那我走了。"

"喂，你还没许愿。"

"我希望你不要再唱了。"

"哪有把自己愿望说出来的！"

"我已经说了还能怎样。"

"……"她一个头两个大。

这回，她一定得来个猛的，怎么说叶瑛也这么久没在家了，她这个当姐姐的不得好好表示一下？赖姿倒在床上使劲地揉着脑袋，她想起来就头痛，真要命。

chapter 4

你是第十一个

时间过得很快，一眨眼就到了出远门的日子。出发前，赖姿准备了两个 28 寸的行李箱，塞得满满当当。

茜哥站在候机大厅已经等得不耐烦，看到赖姿拖着两个箱子慢吞吞的样子，更是嘴角抽搐得厉害："姐们儿这是打算移民呢？"

要知道从前但凡出远门，赖姿向来只带卡，这么拖后腿的玩意儿她从来都是懒得拿。

赖姿胳膊酸得厉害，一屁股坐在行李箱上，跷起二郎腿："又不让你扛，哪儿来那么多废话。"

茜哥点头："还来劲儿了是吧，告儿你，一会儿谁让我搭手谁是孙子。"

"这你放心，东西交给你我还怕磕了碰了呢。"

茜哥又踢踢箱子："都是给那兔崽子的？"

赖姿"嗯"了一声。

茜哥伸出大拇指，故意抬高了声调："牛。"

赖姿白了她一眼，如果不是自己语言不通，如果不是因为茜哥曾经在韩国学过一年的表演课，自己也不会扯她来当翻译。这一路上肯定少不了听她吐槽叶瑛，她本来就不喜欢他。

茜哥问："叶瑛知道你要去看他吗？"

赖姿摇头："不知道，这段时间电话就没打通过。"

"失联了？"

赖姿抬手指着："闭上你那乌鸦嘴！"

"行行，我不说了还不成吗？"茜哥问，"那你怎么找他？有地址吗？"

赖姿点头："有个公司地址，他之前给我的，应该好找。"

"那还不走？"茜哥踢了赖姿一脚。

"再等个人。"赖姿低头看看手表。

"等谁啊？"

"见了不就知道了。"

"谁啊，神神道道的。"茜哥四处张望着。

话音没落，身后就已经有个西装革履的人过来打招呼："不好意思，我来晚了。"

赖姿站起身，直接将手提包丢进他怀里，说："不晚，走吧。"

茜哥一脸惊诧地看着面前的两个人，现实似乎远远超过了她的想象，她努力让自己冷静，可还是有点儿蒙。

宋钟仁吩咐司机去托运行李，他走在前面，后面的茜哥拽着赖姿的胳膊，缓了好大会儿，才附在赖姿耳朵边，把声音压到最低，直击要害："这就搞上了？"

禁烟区，赖姿只能叼根棒棒糖："嗯。"

茜哥伸出大拇指，再次感慨："牛！"

赖姿受不了她大惊小怪的表情，当即把头顶的墨镜滑到鼻梁上。她也是昨晚才接到宋钟仁的电话，他说正巧这几天休息，出来散散心也好。想来就来吧，她也不能打断人家的腿不让来，多一个拎箱的也挺好，于是，她才更大胆地又往行李里塞了两件给叶瑛买的衣服。

茜哥好奇心一上来，拉着她问个不停："什么时候的事儿？之前你不挺烦他的吗？这也太快了吧。还有，这么大的事你现在才告诉我，太不够意思了！"

赖姿向前走着："你现在知道也不算晚啊。"

茜哥撇撇嘴："我是没什么啦，又不少块肉，不过，有人该伤心喽。"

"谁啊？"

"还能有谁，叶瑛呗。"茜哥坏笑。

赖姿无语："你有完没完？"

茜哥一脸"我就没完你能拿我怎样"的表情，问："要是宋钟仁知道你去看叶瑛，他不得吃醋啊？"

赖姿说："他吃什么醋，我就说邻居家爷爷知道我去，让我帮忙给孙子捎带点儿东西。"她一脸鸡贼，"假公济私的事，咱还是偷着干比较好。"

茜哥对赖姿的佩服之情无以言表："心机婊。"

赖姿挑眉："谢您夸奖。"

茜哥叹口气："我就说嘛，叶瑛这小子越来越蹬鼻子上脸，瞧这都是你给惯的。"

赖姿一脸"我就惯你能拿我怎样"的表情。

茜哥好心相劝："你别用心太过了，让那小子有什么误会。别看他平时不言语，小心思可多着呢，别到时候要真给你来个姐弟恋，我看你往哪儿躲。"

"你又在这儿瞎说。"

"我这哪儿是瞎说，这是事实啊！"

赖姿知道茜哥开玩笑开惯了，就随她胡扯："行，你说，嘴痒你就说吧！你当着我面儿说拉倒，别去叶瑛面前瞎扯。"

"我有病啊，我找他说，他不得要我命。"

茜哥可深刻地记得小时候去赖姿家，叶瑛也不过小学刚毕业，一脸臭屁不理她。她觉得这小孩儿长得太可爱就想给个抱抱，结果手刚伸过去就被叶瑛来了个过肩摔。那时她胳膊脱臼，躺在地上哇哇直哭，然后就看见叶瑛站在旁边，居高临下地看着她，冷冷地说了句："活该。"

她有心理阴影。

赖姿继续叼着棒棒糖，说："还有啊，我警告你，车祸的事儿也别提。"

"啊？"茜哥指了指赖姿脸上的疤，"他要问了怎么办？"

赖姿将吃剩的糖棍丢进垃圾箱："就说猫挠的。"

茜哥一打响指："得嘞。"

也许是前一晚没睡好的缘故，赖姿登机后就困得不得了，整个人昏沉得睁不开眼，直到宋钟仁拍着肩膀喊她，她才知道飞机已经降落了。

从仁川到首尔还有一个多小时的车程，赖姿倚在窗边，路两旁的景物迅速后退，这不是她第一次来韩国，却是她头一次带着这种心情来这里。

赖姿想得出神，连茜哥喊她也没听到。

"下车了！"茜哥大声说。

赖姿一怔慌忙回过神，车是停在了医院门口，赖姿这才想起自己来这儿的官方目的。

医院是栋五层小楼，里面很安静，茜哥一路韩语说得溜极了，没什么阻碍就找到了之前约好的郑大夫。

简单的问话，一项项地检查，整个流程很顺畅，但赖姿相当不走心。她时不时低头看着表，想着晚上之前得找到叶瑛，不然怎么过生日，她真害怕医生一个心血来潮让她现在就手术。

"怎么了？"宋钟仁看出了她的不安。

"哦，没事，我激动。"赖姿皮笑肉不笑。

茜哥一脸鬼笑地靠在墙边。

检查完，赖姿问："医生，像我这种情况大概要多长时间才能恢复？"

医生给出了意见："手术很快，一般三天后就可以拆线，不过刀口可能会有红肿现象，持续一两个月都是有可能的，术后得配着开的药贴上，半年后伤疤可以完全祛除。而且赖小姐的情况算是好的，伤口不深，时间拖得也不久，所以增生情况不严重，切除疤痕后配合着激光修复会很有效果。"

茜哥吃力地翻译着，实在不懂的名词就拿手机查，查不到的就换个词糊弄赖姿。

赖姿也大概听明白了，手术是快，但后期恢复期长，她似乎得考虑自己的时间成本是否负担得起日后的恢复期。

"怎么样？"宋钟仁见赖姿从诊疗室出来后上前问道。

"我再想想，再想想。"赖姿拿着包往外走，事实上，她的心思根本不在这里，谁现在把她往手术台上推，她能跟他拼命。

天色已经渐渐暗了下来，赖姿站在医院外给叶瑛又拨了通电话，还是没人接。

宋钟仁打理好医院的事，看到了焦躁不安的赖姿就问："你是着急要把东西给邻居送过去吗？"

赖姿被戳中了心事，却又不好意思承认："其实……其实也不着急。"

宋钟仁拍拍赖姿肩膀："反正现在也没事，一起去吧，早点儿结束说不定还能一起吃个饭。"

赖姿仿佛看到救星一般点点头："好。"

首尔夜晚的街道虽然繁华，但不嘈杂，火树银花像是马上要熟睡的美人，华丽而又安静。

赖姿坐在后座上，车窗外的景色有些模糊。她手里攥着个小盒子，不知怎的，她的手心在出汗，当意识到自己竟然在紧张，她忙把手在牛仔裤上蹭了蹭，轻咳两声，又恢复了一副淡定的模样。

叶瑛并不在公司。

没有通行证，赖姿一行人根本无法进入。

"这些东西会由我们统一保管，随后跟其他粉丝的礼物一起送到当事人手里。"茜哥翻译着执勤人员的话。

"我是他姐，见不着面不算，送点儿东西也要拦着？这什么垃圾公司，什么狗屁规定？"赖姿戳着茜哥，"你就把我说的话翻译给他，快翻啊你！"

以茜哥跟赖姿相处十多年的经验，她明白永远不要在赖姿气头上浇油，于是亮出挡箭牌："你自己在这儿撒气就算了，要真让人家知道叶瑛的姐是这副德行，你让他混不混了？"

赖姿突然觉得茜哥说得有理，只好忍让："那你说现在怎么办？"

茜哥朝外面挑挑眉："你没见宋钟仁在打电话吗？"

赖姿只顾跟公司人员交涉，没注意身后的宋钟仁已经去一旁打电话了。

茜哥说："万映跟 L.Y. 公司貌似有些电台的合作项目，也许宋钟仁还真能帮你一把。"

赖姿吃惊："我怎么不知道？"

茜哥摇头："你天天除了关注叶瑛跟拍电影，还惦记什么？还知道什么？"

"还知道吃饱了不饿。"

茜哥撇嘴："我说呢，这次跟孟姐说我要休假出国，她怎么一口答应了。之前还说我好吃懒做，弄了半天是跟宋钟仁一起过来的，怪不得她们最近一个个和颜悦色，敢情都以为姓宋的是我后台呢。"

茜哥两个月前正式签约了万映传媒，但她也明白多半是宋钟仁打了招呼，不然她一个演艺圈十环外的小演员怎么可能签得了万映？怎么可能一签约就有剧本挑？茜哥总打趣说要请赖姿吃饭，只是赖姿一直腾不出时间，没想到还真是跟宋钟仁好上了。

宋钟仁打完电话走到赖姿面前说："找人问了下，说叶瑛这几天不在公司。"

"那他去哪儿了？"

"没细问，应该是有其他行程。"宋钟仁看着赖姿，指了指面前的大楼问，"或者我们碰碰运气等一下，要上去等吗？"

"当然要！"赖姿说。

三人在休息室等了三个小时，茶水喝了一肚子，仍然没有叶瑛任何踪影。

茜哥靠在沙发上睡了两觉，醒过来发现赖姿还站在窗口，她揉着快要睁不开的眼，劝道："走吧，这都几点了，他就算回来也直接回宿舍睡觉去了。"

赖姿有些懊恼。

从小赖姿就学会了跟叶瑛妥协，他似乎总有办法打乱她所有的计划，让她想发火却不能发。

最后赖姿把两个行李箱丢在了 L.Y. 公司，然后准备回酒店。

下楼时，玻璃直升电梯里挂着一张海报，赖姿一眼就认出了叶瑛。他穿着浅蓝色的牛仔衣，戴着一顶红色棒球帽，站在左边第二的位置。

赖姿走近一步，指着问茜哥："你看，这不是阿瑛嘛，什么意思啊？"

"哟，还真是啊，我刚才还没看出来呢。"茜哥也凑上去，瞧了瞧说，"好像是个出道的 Teaser 海报，看来小兔崽子是快混出头了，运气不错嘛。怪不得这么忙，我们大老远跑过来他见都不见。"

赖姿拿出手机把海报拍了下来："回去给爷爷看看。"

茜哥连忙摇头："你就别去刺激老爷子了，你忘了当年叶瑛离家出走，你是怎么受叶家白眼的？"

赖姿说："所以我更要给他们看了，不然他家宝贝在外面混得惨绝人寰，不更得把这笔烂账算我头上。"

"你也知道这是笔烂账？"

赖姿向她递了个白眼："你怎么又来了。"

茜哥愤愤不平："我就不懂了，要算账也是我们找他们算吧！他叶家牛气什么？你看看你这脚、这脸，要不是为了送那兔崽子去机场，你也不会出车祸，也不……"

"跟你说过这事以后别提。"赖姿打断她。

茜哥抄手靠在电梯壁上："行，我不提，我闭嘴。你就当这冤大头吧！鬼才管你！"

一旁的宋钟仁只听不说话，也没有要劝架的意思。他眉微微皱着，表情明明是在想事情，却让人猜不到是什么事，是好的还是坏的。电梯里又恢复了安静，三人各怀心事，都不言语。

上车时，赖姿回头看了眼街角的那个红色电话亭。

昏黄的路灯只照亮了电话亭那一小片地方，在黑夜里有些模糊。赖姿站在那儿盯着，她似乎看到了当初叶瑛靠在里面的样子——外面飘着雪花，他哈着冷气，被刘海儿遮住的眼睛，他低着头也不说话，只是专心听她讲。

赖姿深深吸了口气，抬脚上车。

十九层的写字楼上，一个房间的灯始终亮着，少年坐在窗前，玻璃上映出他俊秀的模样。看着远处路上渐行渐远的吉普车，他抿抿嘴，眼中的神色又暗了几分。

"瑛，你的东西。"经纪人让人把箱子抬了进来，又把一个小礼盒放在他手里，"怎么样，腰好些了吗？"

叶瑛低头看了看仍在打点滴的手，说："好多了。"

他怎么会不想见她呢？他尝试着站起来，可稍微挪动腰上就像有千万把刀同时刺着，他咬紧牙，但他做不到，到最后他只能这么躲着她。总好过让她看到自己现在这个样子。

他拆开纸盒，里面躺着一把金色口琴，上面刻着"YING"的字样。

那是多久之前的事了，那时他还小，有高年级的学长把他的书包连同父亲留给他的口琴一起丢入江里，结果一向不爱说话的叶瑛把那个同学的脸揍开了花儿。

"你怎么能跟同学动手？谁教你的！"

"他爷爷是我战友，你打他就等于打我，"爷爷指着他骂，"你是不是要气死我！"

叶瑛冷冷地说："是他先弄丢了我的口琴。"

"什么口琴？"

"他弄丢了爸爸送给我的口琴。"他说。

爷爷气道："丢了爷爷再给你买一把不就行了？买把一模一样的。再怎么你也不能动手打人。"

"这怎么能一样！"叶瑛吼着。

那是他第一次离家出走，他甩门跑出去，绕了一圈也不知道还能去哪儿，他原本就没什么朋友。

他躲进赖家，好在，只有赖姿一个人。

他抱着腿坐在阳台上，赖姿坐在他旁边，她刚洗过澡，身上有淡淡的牛奶香，湿答答的头发没吹干，有水滴在他的胳膊上，他往旁边挪一挪，她就往他身边再挪一挪。

她掰过他的脸，一边擦着碘酒一边心疼地说："怎么还打架了，你瞧让那臭小子给抓的，明天我得再去揍他一顿，敢欺负我们阿瑛，我看他是活腻歪了。"

他绷着脸："不需要。"

她用棉签狠狠戳他的伤口。

他痛得咬牙。

"知道疼了？看你还嚣不嚣张。"

他瞪她。

她却坏笑。

直到接到叶家找人的电话，赖姿才知道前因后果，她拍拍叶瑛的肩膀："没关系，会找回来的，我一定帮你找回来。"

只有她懂他。

可最后还是徒劳无功。

那时，叶瑛手里拿着爷爷让人新买的口琴，自言自语着："这怎么能一样，明明不一样……"

他孤零零地坐在大桥栏杆上，直接把口琴丢进了江里，一旁的赖姿急得直跺脚。

原来这件事她一直记得。

盒子里还有一张卡片，叶瑛翻了过来，上面写着：

　　阿瑛，不好意思，答应你的事一直没做到，我又食言了。你
看这个怎么样？拜托别给扔了，不然我面子往哪儿放啊？

　　最后，生日快乐，好好照顾自己，有时间给我回电话。

她总是这么啰唆。

叶瑛长长的睫毛眨了眨，然后把口琴放进了口袋里。

不知是不是择床，赖姿晚上睡得并不好，第二天是顶着黑眼圈去医院
的。

手术台上灯光刺眼，医生手里的工具折射着冰冷的光，赖姿做了个深
呼吸。

其实她是在乎的，怎么能不在乎呢？她也是女人，她也受不了别人异
样的眼光。越是露出同情惋惜的目光，她就越是受不了。她拒绝怜悯和嘲笑，
偏要把头抬起来，她在较什么真儿她自己都不知道。

手术进行得很顺利，赖姿捂着脸上的纱布看着窗外的蓝天白云。她知
道，一切都会过去的，就像这道疤，像那些不愉快的苦难，都会过去的。

原本计划在首尔多待几天，可影片出品方将宣传进度提前，赖姿一行
人不得不回国。

叶瑛没见到，电话也打不通，这趟来得有些憋屈。

"走吧。"茜哥说。

赖姿无奈地拎上行李，身后的宋钟仁将她的举动看在眼里却不动声色。

也许是吃坏了肚子，到了机场赖姿在卫生间里吐得厉害，胃像是刀绞
般难受。茜哥原本以为这是她要赖在韩国的伎俩，可看她脸色煞白也慌忙
到机场旁的药店买药去了。

宋钟仁扶着她："难受就靠着睡一会儿，反正时间还早。"

赖姿说："不用了，我去外面吹吹风就好。"

宋钟仁起身："那我陪你。"

机场外的空气相对好一点儿，赖姿迎风撩了把头发，然后就有一个熟悉的身影突然闯入了视线，站在人行道的另一头。

背后蓝天白云，眼前清风和煦，他安静地看着她，与周围川流不息的人群显得格格不入。

赖姿不太敢相信自己的眼睛，有几秒没反应过来，直到他对她轻轻一笑。

然后赖姿几乎是带着风冲了过去，她可没对他笑，走到身边一脚狠狠踹在他大腿上，完全没了生病的羸弱。他没躲，结结实实地挨了一脚。

这下轮到赖姿慌了，她的脚都踹麻了。

"兔崽子你怎么不躲啊？疼吗？"

叶瑛拍拍裤子上的鞋印："疼……"

她脸上的愧疚又多了几分，她看着叶瑛，他瘦了，比之前瘦了很多。

"是不可能的。"叶瑛又补了一句。以前他话都很少，更别说开这种玩笑了。

赖姿先是一脸茫然地看着他，又"扑哧"笑了出来："算你小子有良心，还知道来送我。"

说完，她想伸手揉揉他的脑袋，可他躲开了，原本温和的眼神也突然暗了下来。

"这就是叶瑛吧，"宋钟仁突然从后面走过来，伸出手，"总算见面了。我们通过电话的，还记得吗？"

"哦？你们通过电话？什么时候的事儿啊？"这下轮到赖姿惊讶了。

叶瑛看了宋钟仁一眼，立在原地不动。

赖姿用膝盖顶了叶瑛一下，使了个眼色，可他还是不动。赖姿有些无奈地看了眼宋钟仁，宋钟仁也没生气，微笑地把手收回来。

"我忘了。"叶瑛说。

"哦？"宋钟仁觉得这小子有点意思，所以故意说，"赖姿常夸你聪明，说你上高中时测试过智商有 152 了，怎么这么快就把我这个姐夫忘了，不太合适吧。"

赖姿被宋钟仁突如其来的自我介绍惊到，她看了看宋钟仁，又看了看叶瑛，最后也只能干哑地笑了笑。

赖姿指着宋钟仁对叶瑛说："这是我朋友，一起来这边出差的，顺便看看你。"

"我想起来了，"叶瑛打量着宋钟仁淡淡地说，"你是第十一个。"

宋钟仁问："什么第十一个？"

叶瑛朝赖姿递了一眼，幽幽道："她第十一个男朋友。"

"喂！"赖姿恼了，抄起手去扇叶瑛的后脑勺儿，只是这次叶瑛轻而易举地就避开了。

"上学前、工作后，同学、同事、模特、演员全都算上，你排十一。"叶瑛竟然叽里咕噜地说了一长串。

这时，茜哥买药回来，正巧撞上这一幕，忙上前端着赖姿快要掉下来的下巴。

宋钟仁嘴角一扯，气定神闲："虽然不是第一个，但应该是最后一个。"

叶瑛冷着脸不说话。

茜哥见状忙上来打圆场："来来来，我还是介绍一下吧。宋总，你也知道这是叶瑛，我们仨从小一起玩到大的，平时说话都是这样，没什么讲究。"她又转向叶瑛，一边说还一边使眼色，"臭小子，这是我老板，你可以叫他宋总或宋先生，别没大没小的。"茜哥特意避开介绍赖姿和宋钟仁的关系，她可是害怕叶瑛一个不经意又说出什么惊天动地的言论，搞得大家都下不来台。

见大家都不说话，茜哥就又出了主意："反正还有些时间，要不咱们找个地方坐坐？"

机场咖啡厅，四方木桌前，赖姿跟宋钟仁坐在一边，叶瑛跟茜哥坐另一边。

叶瑛自始至终就只抬头看了看赖姿，根本视茜哥和宋钟仁为空气，这小子脾气真是一点儿没变啊。茜哥扶额搅着面前的摩卡，偷偷瞄着在座的每个人，气氛真是难忍的尴尬。

叶瑛问赖姿："你脸怎么了？"

赖姿摸了摸脸上的纱布，笑着说："哦，最近养了只猫，猫挠的。"

茜哥在一边冷笑。

叶瑛比想象中单纯多了，别人说什么都信，又或者是赖姿说什么他都相信。赖姿连忙把话题岔开："给你带的东西看了吗？有些是爷爷让带的，有些是我买的，我想着你肯定还会长个子，衣服就照着大一号买。"

"嗯。"

"你看你现在瘦得，公司是不管饭吗？他不管你自己回宿舍也得弄点儿吃的，这么瘦下去可怎么行。"

"嗯。"

"你这么跑出来没事吗？"

"我请了假的，晚上把练习补上就可以了。"

"……"

"……"

赖姿与叶瑛聊得火热，早已没了刚才病恹恹的模样，宋钟仁在一旁看着报纸也不插话。

茜哥已经把咖啡杯里吹满了泡泡，她是对这种情况见怪不怪，就是宋钟仁……看起来表情有些怪怪的。

茜哥从小就打趣赖姿，说将来谁娶了她就是倒了八辈子血霉，脾气臭，也不贤惠，只顾着自己潇洒。

赖姿有句名言——我开心，世界才开心。茜哥听了只想揍她。

赖姿总能不断刷新茜哥对她的认知，她们认识了十多年，茜哥没吃过赖姿做的一顿饭。可叶瑛就不同了，小时候叶瑛放寒暑假，没事就喜欢去赖家。从买菜到上网下载菜谱，再到做饭，赖姿一手包办，那时候她也没多大，没多高，拎着个炒菜锅呛得满脸灰。等茜哥拎着外卖过来，叶瑛已经吃饱抹抹嘴巴撤了。

是赖姿从小惯着他，他才越来越无法无天。

茜哥越想越气，于是直接戳了赖姿一下："差不多该走了。"

赖姿明显还有很多事没交代，一脸不情愿，茜哥不耐烦："你要不走我们可走了。"

赖姿只好起身前往候机大厅，最后她不舍地给了叶瑛一个大大的拥抱："小子，加油啊，我可在家里等着你梦想成真的好消息了。"

一年前是她送他，现在反过来了。叶瑛轻轻拍了拍她的背，什么也没说，只是这个简单的动作，就让赖姿安心了许多。

"我会的。"叶瑛说道。

见赖姿进了登机口，叶瑛才长舒一口气，整个人像是被抽掉了力气一样靠在旁边的柱子上，还好，没有露馅儿，还好，没有错过。

登机后，茜哥拉着赖姿说："别怪我没提醒你啊，总觉得宋钟仁不对劲儿。"

赖姿侧目看了看宋钟仁，他仍然拿着报纸，坐在靠窗的位置，闲闲地喝着茶，没什么不一样。

"这不挺正常的吗？"

茜哥耸肩，从刚才她就一直观察着宋钟仁："我也不知道，就是感觉怪怪的。"

"歇会儿吧你。"赖姿盖着毯子睡觉。

也许是气流颠簸的缘故，赖姿感觉自己头晕晕的，怎么睡也睡不着。她掀起毯子想去洗手间洗把脸，她把水龙头开到最大，水声哗哗的，她捧起凉水冰了冰眼睛，这才清醒了许多。

镜子里的自己有些憔悴，水珠沿着鼻尖滴下来，她用手拨开粘在脸上的头发，然后开门。

门锁刚打开，外面就有人突如其来地推了一把，他动作很快，直接把她推了回去。赖姿后背重重地砸在墙上，痛得她弯下了腰。他却攘着她的肩膀，直接把她按在墙上。

他把门反锁上，整个人抵在她面前。

"宋钟仁，你干什么？"她吼他。

洗手间的空间非常小，只容得下他们两个这么面对面地僵持着。

"没什么，跟你聊聊。"他说。

她觉得他完全不像要好好谈的架势，于是挣扎："有什么事出去再聊。"

"可是出去你就不听话了。"

"让我出去！"她警告他。

他一手又把她直接搂了回去："聊聊天也不行吗，就这么讨厌我？"她刚才在咖啡厅不是聊得很起劲吗？

她没好气："对，我讨厌你，至少现在非常讨厌。"

"赖姿，你现在道歉还来得及。"

"我凭什么跟你道歉？"

他冷笑："一会儿可别怪我没给你机会。"

他拨开她濡湿的额发，食指伸入发间，语气里透着暧昧："赖姿啊，你总是这么不听话，真的很欠收拾啊。"

"你发什么疯，这儿可是……"

赖姿话没说完，宋钟仁已经堵住了她的声音，虽然是夏天，但她身上是冰凉的，像一块玉，让人一旦捧在手里就舍不得丢掉。他握着她，想把她揉碎在怀里。

可她紧咬着双唇将他拒之门外，指甲狠狠掐进他的胳膊，拒绝他进一步的动作。她越是这样他就越气恼，直接抓着她的手腕把她猛地摁在门上。

"嘭"的一声，门猛地震颤，外面的茜哥着实吓了一跳。从刚开始她就觉得这两个人不对劲儿，看见赖姿去洗手间宋钟仁也跟了过去，她就暗叫不好，可也只能躲在门外偷听。比起把门踹开，她觉得还是老老实实等赖姿的求救信号比较好，毕竟，这两个人她谁都惹不起。

飞机遇到气流猛地颠簸，赖姿险些没站稳，宋钟仁从背后将她死死摁在门上，问："知道错了吗？"

"我说错了，你就放我出去吗？"

他把吻落在她脖颈上："当然不。"

她想揍他。

可他早有防备，轻而易举就又将她钳制住："你太不乖了。"

她瞪他："你是才知道吗？"

他讨厌她用这种眼神看他，于是就用手捂住了她的眼睛。他将她整个人压在墙上，她的皮肤很滑很细腻，他把手放在上面就不想再挪开。

玻璃上有蒙蒙的一层雾气，他看着镜子里的她，说："你会乖的，我保证。"

他一把扳起她的腿，撞翻了地上的瓶瓶罐罐，"哐当"直响，他顾不得那么多，直接解扣子。

宋钟仁撩开她的长发，最后的宣言："实话告诉你，我不喜欢叶瑛，他太让人恼火了。"

她曼妙的身姿映在镜子里，他忍耐已久便也不再犹豫，狭小的空间充斥着暧昧潮湿的空气，她痛得弓起了身子在他的怀里毫无反抗之力。

"呃……这什么情况……"茜哥听到动静在外面干着急，好歹也是公共场合，总要收敛点儿吧，就不能忍一忍吗？！

"女士，这里是气流高发段，麻烦您回到座位系好安全带好吗？"空姐笑吟吟地站在身后，吓得茜哥一身冷汗，生怕赖姿干的那点儿苟且之事被人发现。

"呃……我……"茜哥反应还算快，"我想上厕所，挺急的。"

空姐依旧保持职业微笑："是这样的女士，我们经济舱也配有洗手间，您可以不用在这里等，一样可以用的。"

"不了不了，我就看上这间了。"茜哥没脸没皮地说，她甚至可以感觉到空姐转身后吐槽的表情。这该死的赖姿，都是为了她。

"这里面什么情况，半天了还不出来吗？"又有乘客排在了茜哥后面。

茜哥头皮都在发麻，想了想，她只好咬着牙敲起了门，怕被里面的人认出，还特意变了个声调，捏着嗓子说："里面的差不多得了，外面都排着队呢。"说完，她就一溜烟儿回到了座位上。俗话说，春宵一刻值千金，她可不想当棒打鸳鸯的罪人。

茜哥拿报纸遮着脸，余光瞄着洗手间。不一会儿门就开了，宋钟仁先出来，赖姿紧跟其后，两个人的表情都很淡定，倒是站在门外的那位乘客，一脸茫然地看着从里面走出的这两个人，脑袋里可能脑补了一部电视剧。

赖姿几乎是瘫坐在座位上，茜哥看到了，她在发抖，尽管她握着拳头在克制，可是她还是在抖。她脸上的红晕还没褪去，额头上渗着汗珠，像只受了惊的小兽倚在那儿。

"没事吧？"茜哥拍拍她。

赖姿被她吓了一跳。

"你怎么了？"茜哥皱眉，自己只不过是轻轻碰了她一下。

赖姿在座位上蜷成了一团，背对着她说："没事儿，我睡会儿。"

"睡吧。"茜哥把自己的毯子又给赖姿盖了一层，替她塞好边边角角。

这时，她看到了赖姿脖子上的吻痕，茜哥轻轻叹口气，也不知道该说些什么。

赖姿睡得很熟，她做了一个梦，梦到了一场婚礼，她迷路了找不到去的方向，这时有人从背后抱住了她，他吻她，让她别怕。她回头看清了那人的脸，是宋钟仁，她鬼使神差地接受了他的戒指，心甘情愿地依偎在他怀里。她把自己的全部献给他，他却冷笑着拿出一把刀刺进了她的胸口。

她躺在他身下痛得说不出一句话，鲜血带着温度一点点从体内流出，染红了雪白的床单。

"赖姿……赖姿……"他一遍遍喊她。

她头皮一阵发麻，猛地从梦中惊醒，正对着宋钟仁的一张脸，她竟然怯懦地往后一缩。

宋钟仁却像没事人一般彬彬有礼："我们该下飞机了。"

赖姿没想到他会这么堂而皇之地掩盖自己刚才做过的事，她不想跟他再多说什么，她觉得现在这种情况她需要时间，也需要空间才能更好地把情绪冷却下来。

她走到路边，拦了辆的士。

"师傅，香山路 21 号。"她指了指路，独自离开了机场。

赖姿删除了宋钟仁所有的联系方式，她对他莫名地想要抵触，就连有人提到他的名字她都觉得浑身不自在。

宋钟仁仿佛猜到了赖姿的心思，他似乎也不着急，只是每天按时订花过来。她记得，他第一次送她的花叫剑兰，那是送给死人的花。

赖姿靠在窗户边，点了根烟。她真的摸不透宋钟仁的心思，而她也早过了认为男人越是神秘越是有魅力的小姑娘年纪，她只觉得他们之间隔了层厚厚的冰，即使她把它打破了，等着她的也是个深不见底的冰窟窿。

赖姿把烟蒂丢进垃圾桶，火苗舔着玫瑰枝叶一点点烧起来，跟窗外绽放的烟火相得益彰。

最后的宣传期，五天七座城市，外加电台断断续续的采访安排，如此密集的宣传活动让人在寒冷的冬天也更加燥热起来。

最后一场发布会定在了临州，是赖姿的老家，也是影片的取景地。到了最后的提问环节，赖姿握着话筒站在一众主创中间，气定神闲。

"电影《消失的天空》听起来有些沉重的意味，为什么叫这个名字呢？

请问你筹拍这部电影的最初意图又是什么？"

"其实很简单，小时候你以为父母是天空，少年时你以为伙伴是天空，遇到不公你以为法律能去评判，遭受苦难你以为社会会帮你撑起一片天，可事实上除了你自己，谁都不会成为你想要的那片天空。"

"这是你第二次筹拍现实类题材的影片，前期也是走的保密宣传路线，据说这是改编自前几年轰动全国的少年犯罪案件，今天能再跟我们具体透露下细节吗？"

"校园暴力一直是个比较敏感的话题，只能说在创作剧本时，我们在案件原有的基础上加入了更多的元素，比如对社会的反思、对民众的呼吁，具体的还要请大家到影院观看。"

"这次清一色地起用新演员，在上一部取得较好成绩的同时，你会有压力吗？"

"压力是我坚持完成这部电影的动力。"

"对票房的期待是多少？"

"当然是越多越好。"

"据说，赖永政导演的影片也会近期上映？"

"抱歉，我不清楚。"

"到时候要跟父亲打擂台，你对自己有信心吗？"

"我不是对自己有信心，是对我的团队有信心。"

"请问赖永政导演是否观看过你这部影片，他是否提出了相应的建议？"

"这你得问他。"

"有消息称你跟万映传媒的宋总私交甚笃，这也是你在初期退出后又重返创作团队的重要原因，这是真的吗？"

"不是。"

"宋总是否观看过成片？"

"我不知道。"

"两人是恋人关系吗？"

"不是。"

"……"

"……"

应对记者提问，赖姿驾轻就熟，四两拨千斤，时间一到立马抬脚走人。

于是就有人在台下小声议论："我就说问不出个所以然来，这么回去稿子我都没法写。"

另一个记者也附和："我最怕接她的采访，上回有个同事就撞枪口上了，回去被主编那叫一个痛骂，我现在想起来就后怕。"

赖姿走得一溜烟儿，就剩曹哥在发布会上安抚记者，好话说尽想让人在报道里多美言几句。

安抚完记者，曹志明马不停蹄地赶到休息室，一进门就见赖姿坐在那儿跷着二郎腿。他上去一把抢过她手里的烟头踩灭在地上，指着她气道："我要以后再接跟你搭伴的活儿，我跟你姓！"

赖姿赖皮地笑了笑："曹哥，别啊，你这么大架势让人看了还以为你欺负我呢。"

曹志明指指自己的鼻子，觉得好笑："我欺负你？姑奶奶，你可饶了我吧。我什么时候敢惹你了，我还想多活两年哪。"

赖姿剥着橘子，递给曹哥。曹哥直接给挡开了："你说你，最后一场了你急个什么劲儿，喂饱那些记者，他们才肯卖力地给你宣传。人问一个你挡一个算怎么回事，我还巴巴给你找了那么多人，我这不浪费时间嘛我？！"

赖姿两手枕在脑袋后面，说："曹哥我回答得不挺好的吗，再说了，我要是再坐那儿半小时，他们也问不出一个关于电影的问题你信不信？净是那点儿破八卦。"

他当然信。

"八卦怎么了，有八卦才有噱头，有噱头才有卖点，那是什么，是钱啊！

谁跟钱有仇啊？"

"俗。"

"哎，你这句话可是说对了，你曹哥就是俗人一个。"

"行啦，别生气了，请你喝酒去。"赖姿搂着曹哥脖子，她有她的想法，不想再跟他争论下去。

曹哥推她："我可不去，你这是黄鼠狼给鸡拜年，没安好心。"

赖姿说："我这叫负荆请罪，就看你赏不赏脸了。"

曹哥有些无可奈何，问："你不是说酒早戒了吗？"

赖姿打了个响指，细眉一挑："我说的话，什么时候算数过？"

"……"

风铃是赖姿常来的酒吧，两层的小阁楼，地界很偏，也不大，一般不会碰到什么熟人。当然，林晓辉是个例外，他是这里的店长，见赖姿过来直接安排了个最好的位置。

曹哥跟林晓辉也是老相识，却不知道他还有这么个副业："行啊，林老弟，不声不响地忙着赚钱，都是同行，也不请大家过来给你捧捧场。"

林晓辉客气地说："曹哥，你又开我玩笑了，我就是个打工的，真正的老板在这儿。"

他指了指赖姿。

曹哥笑："那我可就敞开了喝了。"

赖姿拍拍大腿："随意啊。"

位置靠窗，木质吧台对着落地玻璃，中间挂着一串风铃。

赖姿伸出手指敲了敲风铃，有悦耳的声音，她把酒倒上，举杯。

曹哥四处打量着，说："看不出来啊，这小地方还挺有感觉的。"

赖姿笑笑："是吧。"

曹哥指着那串风铃："这还是子弹壳做的，嗬，有点儿意思。"

赖姿竖起大拇指："眼光不错。"

曹哥看着远处低矮的房屋，问："阿姿，说句话你可别不高兴啊，哥知道你不差钱。但这里景儿好，酒也够味儿，怎么看着少了点儿人气？"

"想知道啊？"

"想知道。"

"其实这儿……"赖姿把手放在曹哥面前，食指敲了敲木桌咚咚作响，故作神秘说，"死过人。"

曹哥"噗"地把酒吐了出来，连滚带爬地从位置上下来，指着赖姿："你、你说什么？"

赖姿被他滑稽的样子逗得哈哈大笑。

林晓辉在一边却笑不出来，只是无声无息地叹了口气。

风吹过，玻璃前的风铃叮叮当当，赖姿靠在窗边，她明明在笑，眼睛里却好像带有悲伤。

"没事吧。"曹哥觉得有点儿不对劲儿。

"没事，"赖姿笑笑，"我能有什么事？"

曹哥不再言语，自顾自地喝起酒来。

赖姿陪坐在一旁，似乎也没有兴致开怀畅饮。这么多年这里还是一点儿没变，屋顶的积雪、昏暗的路灯、寒冷的冬天，唯一变的，恐怕是她再也没有原来的心境去欣赏这里的雪景了。

其实她从没想过会害死叶叔叔，想都不敢想。

chapter 5

▼

所以，我们结婚吧……

赖姿从小就孤单，脾气也怪。周围的邻居大多非富即贵，除了嘱咐自家小孩儿离她远点儿之外，又有哪个愿意去关心讨好她这种怪小孩儿。

叶叔叔却是个例外，连苏姨都夸赞说别看叶叔叔模样清秀，骨子里可是个铮铮的男子汉。身为检察官的叶叔叔刚正廉洁，经过他手的大案不计其数，从没一个叫冤叫屈的。

赖姿记得自己上学时最讨厌开家长会，因为她永远是落单的那个。看到同学父母一个个来到学校，赖姿就找各种理由逃跑，大不了就是第二天被训，反正爸爸也不会过来，一切都无所谓。

叶叔叔不知从哪儿知道了这件事，于是下次家长会，他就跟单位请了假去学校当了一天赖姿的爸爸。

班主任拽着叶叔叔直告状，说她上课迟到早退，作业也不写，把校服的裙子剪得短到大腿根……

赖姿嘴里叼着棒棒糖，吊儿郎当地站在一边看着叶叔叔跟班主任道歉，她觉得这男人可真是假惺惺。

叶叔叔把小叶瑛领到赖家陪她玩，她就趁叶叔叔不在骗叶瑛喝饮料，结果叶瑛一口喝下去才发现是酒。这时候赖姿看叶瑛被呛得直咳嗽，她就捂着肚子在一边哈哈大笑。

"傻瓜，你可真是个小傻瓜。"

叶瑛瞪她，她就朝他做鬼脸。

赖姿就是讨厌别人对她好，越对她好就越讨厌！她又不是乞丐，不稀罕别人的那点怜悯。

后来，叶叔叔问她："小姿，生日想要什么礼物啊？"

赖姿就鬼笑："二锅头。"

结果叶叔叔还就真的准备了一箱二锅头："这个叔叔先替你放着，等你长大了，叔叔陪你一起喝。"

"我已经长大了。"

"明明还是个臭丫头。"

"你说谁臭丫头！"

"谁骗小瑛喝酒，我就说谁是臭丫头。"

什么嘛，原来他都知道了。赖姿脸黑一阵白一阵地站在旁边。

叶叔叔把一串风铃给了赖姿，是纯手工的，每个铃铛都是子弹壳镶的，很精致，很好听。

"小瑛抢着要，我都没舍得送他哦。"叶叔叔拍拍她脑袋。

"喊！"

赖姿承认，那时她虽然撇了撇嘴，但心里还是有那么一点儿感动。

后来她才知道这些子弹都是曾经叶爷爷参加战争后留下的真枪实弹，叶爷爷留给叶叔叔，叶叔叔又送给她的。

她把风铃当成宝贝一样地挂在窗户上，出门时又把它塞进书包里，好像这东西放在身边她才安心。那时赖姿觉得叶叔叔也许不是个坏人。

只可惜，赖姿没等到陪叶叔叔喝酒的那一天。

那场意外发生得太突然，火不知道怎么就烧了起来，小伙伴喊着救命到处乱窜。赖姿跑到窗户边，她想跳，可是太高了。她脚刚迈出去就害怕得缩回来，揣在怀里的风铃"呼啦啦"地掉了下去，在地上摔了个零散。

赖姿害怕极了，她缩在角落里，周围满是浓烟，她觉得自己死定了。

她不知道叶叔叔是怎么找到自己的，她只记得叶叔叔冒着大火冲了进来，他把湿毯子裹在她身上，让她别怕。大火滚着浓烟不停地燃烧，倒塌的木梁，凄惨的喊叫，她获救了，叶叔叔却没能走出来。

他们说，叶叔叔原本不用进去救人的，只是他看到地上的风铃，不顾别人劝阻，说什么也要冲进去。

幸存者有十七人，赖姿是其中一个。她捧着满地的子弹壳，一整天没缓过神。

赖姿躲在家里，她不敢见任何人。隔着院墙她似乎能听到隔壁叶家传来的哭泣声，她扒在窗户边看着小叶瑛抱着叶叔叔的相片走在黑压压的人群前面，像个木偶一样没有任何表情。

那时，她根本不知道自己该做些什么，还能做些什么。

大火是场意外，出事的那幢楼也始终荒废着。直到后来赖姿买下了顶楼的两层，重新粉刷装潢，找了林晓辉帮忙看店。林晓辉心细，店里平时也不是特别忙，况且交给别人她也不放心。算一算到现在，也快有六年了。

"你有好久没来了吧。"林晓辉端了杯酒坐在了她旁边。

"是有一年多了……"赖姿说。

她既想来，又害怕来，这有点儿矛盾。

"是啊，叶瑛走了，你就再没来过，也不怕我黑你钱？"他开玩笑。

"我借你俩胆儿。"

"叶瑛是谁？"曹哥插话问。

"你不认识。"赖姿摆手。

林晓辉说："哎，对了，曹哥这么一问我突然想起件事来，一直说要告诉你，见着面却总是忘了。"

赖姿问："什么事啊？"

林晓辉说："前几天我见到叶瑛来着。"

赖姿一口酒险些喷出来，她忙抽纸擦了擦嘴角，问："在哪儿见的？他怎么回来了？"

林晓辉发现自己口误造成了误解，忙解释："不是不是，我在网上看的。"

"啊？"赖姿蒙了。

林晓辉拿出手机找到视频点开："你自己看。"

赖姿凑过去，真的是叶瑛没错。白色沙滩上，白衬衫牛仔裤，他光着脚坐在一架钢琴前，远处是海浪和天空，背景里有海鸥低低地鸣叫，掠过浪花滚滚的水面，海阔天空。

MV 里的歌赖姿似乎感觉有点儿熟悉，像是之前叶瑛写的某首曲子，只是她对音乐不算通透，再具体的也听不出个所以然来。她只是觉得这样的曲子过于悲伤，不是她喜欢的类型。

"这小子现在混得不赖嘛，"林晓辉挠挠后脑勺儿，"比我强。"

赖姿一脸"你这不是废话吗"的表情，噎得林晓辉突然忘了后面要说什么了。

曹哥也凑过去看了看："这是谁啊？"

赖姿挑眉，颇为骄傲："我弟。"

"弟弟？"曹哥突然皱眉，压低了声音疑神疑鬼地问赖姿，"难道说你爸在外面……"

赖姿无语："你想哪儿去了。"

"不是，我看这小孩儿挺漂亮的，跟你还有点儿像，这才问你的嘛。"

"邻居家的。"

"哦……"曹哥又看了两眼，说，"这模样长得就是老天赏饭吃嘛，早知道你有这么个弟弟我就先下手签了，怎么能让别人捡了便宜。"

赖姿嘴角抽了抽，幸亏她当初把叶瑛送走了，要是还在国内叶爷爷会让他当歌手才怪，还不得全面封杀。

曹哥拿着手机，饶有兴致："你还别说，这歌挺不错的。"

"他自己写的。"赖姿指着叶瑛。

"你怎么知道的？"

"我之前听过一点儿。"

"是吗？这小子还挺有才的。"

"那是。"赖姿比听到夸自己还高兴。

曹哥把视频又从头放了一遍，指尖在木桌子上敲着节奏。他仔细听完后，问赖姿："你有没有觉得这曲子跟我们的电影挺配的？"

"我们的电影？"

"就《消失的天空》啊，不是一直没找到合适的主题曲吗？"

的确，《消失的天空》从一开始就走的保密宣传路线，除了题材受限不宜大肆宣传外，很重要的一个原因是因为影片的主题曲始终没有确定。

赖姿与音乐监制都是本着宁缺毋滥的心态，认为在与影片配乐足够契合的前提下，主题曲如果碰不到好的那宁可不要。

曹哥年轻时做过几年的音乐制作，在这方面的敏感度还是有的。赖姿经他这么一提醒，也把曲子又听了一遍，她承认，曹哥说得有点儿道理。

只要你闭上眼睛，听到这首曲子浅浅哼唱时，就真的会想到海阔天空的画面。

赖姿用胳膊碰了下曹哥："你给个主意呗。"

曹哥摩挲着下巴，想了想："第一这是韩文版，拿过来做主题曲肯定得把词用中文再填一遍，正巧它也是个新曲子，影响不大，这都不是问题。第二，我刚才也注意到了，MV 最后的 LOGO 是 L.Y.Entertainment，咱们制片方正好跟那边还有点儿关系，想合作也不是不可能。你回去找老秦再商量商量，要是都觉得可以，咱们就找上面人问一问，下下功夫。"

"行，我拿回去问问老秦。"老秦是曹哥的老同学，也是《消失的天空》这部电影的音乐监制。

"哎？你不是说这是你弟吗？你也问问啊。"

"他一小屁孩儿说话又不算数，还不都得听公司的。"赖姿不想给叶瑛添麻烦。

"什么是宣传，什么是脸皮，就是得把一说成十，你连问都不问，这首先态度就不端正。"

"行，我问，我问行了吧。"赖姿受不了曹哥洗礼式的教育。

曹哥点头感慨："曲子真是好曲子，就看到时候有没有这个缘分喽。"

林晓辉笑着竖起大拇指，打趣道："放心，赖导出马，一个顶俩。"

赖姿送他一个白眼。

曹哥开玩笑说："林老弟，这还不得谢谢你把手机亮出来了，到时候事儿成了让咱们赖导请你吃饭。"

"必需的啊。"林晓辉说，"饭我是要吃的，不过我可不敢邀功，平时我哪会听这种歌儿啊。是我们店新来的一女孩儿给我听的，我一看这不就是叶瑛吗？"林晓辉指了指正端着盘子上楼的人说，"哎，巧了，就是她。小姑娘嘛，就喜欢听这些，谁知道还就撞上老相识了。"

赖姿顺着林晓辉手指的方向看过去，她只觉得这个女孩儿的身影有些熟悉。

"唯心，你过来下。"林晓辉招呼着。

赖姿这下总算想起来她是谁了，世界还真是小啊！

"导演？"女孩儿看见赖姿后，连忙跑过来打招呼，"导演，还记得我吗？我是袁唯心啊。"

赖姿抿了口酒，若有似无地点点头。

"导演，没想到还能在这儿碰见你。"

"是没想到啊。"不知道为什么，赖姿对袁唯心这类人总是不大喜欢，若要问为什么，她也说不出个所以然，总觉得不是一路人，多说一句话都是在浪费时间。

"原来你们认识啊。"林晓辉问。

"嗯，我之前在赖导组里待过。"袁唯心自己抢先说了。

"怪不得呢。"

"嘿嘿！"袁唯心低头搓了搓裙角。

有半分钟的尴尬，见赖姿丝毫没有要跟自己聊下去的意思，袁唯心欲言又止，最后也只好端着盘子走了。她走几步然后回头看，但赖姿的目光从没落在她身上过。

等袁唯心下楼了，林晓辉才说："干吗对人家小姑娘黑着脸啊，这不像你。"

赖姿说："我还没问你呢，她来这儿干什么，你怎么也不跟我说一声？"

"我又不知道你们认识。怎么，她得罪你了？我看人家小姑娘干活挺勤快的，比你这硬胳膊硬腿强多了。"

赖姿把杯子一放："她好是吧，那你跟她混去。"

林晓辉也是一撂杯子："你今天怎么了，吃火药了？"

"就是吃了，你想怎么着？"

"……"林晓辉知道赖姿吃软不吃硬，只好慢慢解释，"好吧是这样的，上次一演员受伤退组，你爸急着找演员，就亲自去挑人了。正好这小姑娘来面试，我当时没在场，但据说表现得相当优秀，你爸当场就拍板了。"

赖姿冷笑："哟，敢情攀上高枝了。"

"……"林晓辉无语，"那是你爸啊大姐，一定要用这种语气吗你？"

"然后呢？"

"然后就是她戏演得好，你爸也喜欢，说小姑娘挺有天赋。结果那天有社会上的人找她麻烦，我这才知道她家里欠了人不少钱，你爸瞧她可怜先给了她点儿钱，还特地嘱咐我给安排安排。我这才想到让她过来打打零工嘛，住在这里也安全，省得那些人再找她麻烦。毕竟马上片子就要走宣发了，出了事我可担待不起。"

"是谁在找她麻烦？"

林晓辉摇头："不知道。"

赖姿说："你可以啊，拿我的钱卖人情。"

　　林晓辉不想再被这么折磨下去："你要不愿意，我现在让她走人就是了嘛。"

　　"算了，没必要。"

　　即使赖姿不赶袁唯心走，她也在这儿干不长了。

　　参演父亲的电影意味着什么赖姿很清楚，意味着将拥有强大的幕后团队，足够的曝光率，哪怕一个小小的配角也是多少人竞相追逐的对象。拥有这些光环的袁唯心，很快就会打个漂亮的翻身仗，她很快就不会是原来的她了，还能在这儿端几天盘子。

　　就这点来说，赖姿还是没有看走眼的。

　　"头晕，走了。"赖姿披上大衣，起身看了看正在跟隔壁小姑娘搭讪的曹哥，嘱咐林晓辉说，"你劝着他点儿，别玩得太晚了。"

　　"行，我看着他你放心，那你怎么办？我找个人送你？"

　　"不用了，喝得不多。"赖姿说话间已经走出了酒吧。

　　林晓辉拍拍玻璃嘱咐道："你小心点儿，别被查了。"

　　"知道。"

　　红色的保时捷很快消失在夜色中。酒吧的阁楼里始终站着一个白衣身影，她透过窗户看着远处，黑暗里，嘴角牵起一个似笑非笑的弧度，跟她那张娃娃脸显得格格不入。

　　她按下一串号码，语调甜美温柔："杨总吗，这么晚了还打扰您真不好意思啊。我今天见到赖姿了……对，在店里，我听他们说要找那个叶瑛，我们是不是应该提前做些打算了……"

　　影片档期一旦确定，日子似乎就过得格外快。

　　主题曲的事情赖姿跟老秦合计后，两个人决定直接去找杨海，毕竟时间紧迫，要是一层一层关系找上去，首映礼都过了。

　　赖姿天没亮就到了公司，是为了避开不必要的麻烦。

这几天也不知道是谁爆出了宋钟仁和赖姿牵手同游首尔的几张照片，虽然照片有些模糊，但当天赖姿工作室的电话还是被打爆了。娱乐圈就是这样，捕风捉影，夸大其词，能把没的说成有的，更何况这次是赖姿自己心虚。

只是让赖姿没想到的是，万映这回竟没有出任何公关文，任凭这条新闻在娱乐版面闹了个天翻地覆，完全不像是万映的处事风格。

影片上映前期爆出这样的新闻，难免让人误会是炒作，这也是赖姿最不愿看到的，她最不希望看到的就是无聊的八卦掩盖了影片本身，所以她能避就避。

昨晚在地下停车场被堵，她硬是在车里睡了一晚，早上醒了整副骨架都是酸的。

老秦说："要不行我自己去找杨总，你就先回吧。"

赖姿摆手："来都来了，我要是再不上去，这罪不白受了。"

老秦点头："那一块儿走吧，你悠着点儿别又被堵了。"

"嗯。"

杨海表示这并不是什么难事，他愿意出面去跟万映谈，毕竟牵线搭桥还得找万映，如果音乐原创方不是强烈抵触，多花点儿钱什么的都是小事。

老秦见杨海难得这么干脆，不忘提醒他说："杨总，你还没听呢。"

杨海摆手："你们俩看上的曲子，我不用听也知道是好的，毕竟你们比我更专业。尽管放心，帮你们也就是帮公司，这边联系上我会尽快给你们消息。"

似乎从那次以后，杨海对赖姿就格外客气，或许他还是碍于宋钟仁的那层关系，可他哪里知道她现在对姓宋的唯恐避之不及。

巧的是，赖姿跟杨海一路下了电梯，见旁边没人杨海问道："两个人最近怎么样？"

赖姿当然知道杨海指的是谁，只是她没想到他会突然这么问，尴尬一笑也没做过多解释："老样子。"

杨海手背在身后，看着电梯降落的楼层："那些报道别放在心上，炒作而已，钟仁应该告诉你了吧，毕竟电影就要上了。"

赖姿说不清那是种什么感觉，宋钟仁不但从来没有向她做过关于绯闻的任何解释，竟然还用这件事来给电影炒热度。虽然心里有芥蒂，但赖姿还是保持了很好的风度："炒作而已没什么的，都是为了电影，我不会放在心上。"

杨海点头："那就好。"

电梯停在一楼大厅，刚出来赖姿就收到了一束花。鲜红的玫瑰在纯白的大厅里显得格外扎眼，也格外讽刺，换作以往赖姿会拒绝签收，可这次是在大庭广众下，她不想劳师动众，犹豫了一下还是接过了快递小哥的笔。

"钟仁的？"杨海目光若有似无地扫了一眼。

赖姿"嗯"了一下。

杨海无声无息地笑了笑，没再说话。

赖姿咬咬嘴唇，她什么时候开始变得这么怂了？一束玫瑰又不是食人花，弄得她好像见了鬼一样。送走了杨海，赖姿瞧瞧怀里姹紫嫣红的东西，随手直接丢进了垃圾箱。

口袋里的电话响了，陌生号码，赖姿接听："你好。"

"我不是很好哇。"对方说。

赖姿立刻就听出了对面人的声音，她看看手机屏幕，然后问："你号码换了？"

"我要是不换号码你肯接吗？"

"有什么事吗？"

"我想你了。"

赖姿转身找了个角落，压着声音说："宋钟仁，你闹够了吧，有话就直说，没事我还忙着呢。"

宋钟仁笑了笑："为什么扔了我送你的花？"

赖姿觉得脊背一阵凉意，她立刻抬头环顾四周，高楼林立，玻璃上映着蓝天白云，或许他正躲在某个窗户后堂而皇之地盯着她。

"宋钟仁，你究竟想干什么？"

"我说了，我喜欢你。"

"我谢谢你。"

"不客气。"

她只剩叉着腰冷笑。

"怎么不说话了，平常不是挺能说的？"

"那要看对谁了。"

他的声音是沉沉的低音炮："对谁？对你那十个前男友？"

"宋钟仁！"

"我在呢，赖小姐。"

"我没你那么闲，没空陪你在这儿打嘴仗浪费时间。"

"可我不觉得跟你说话是在浪费时间啊！"

"那好，宋钟仁我问你，新闻是你放出来的吧。"

"没错。"

"嗬，"她无语望天，"你可真行。"

"这不挺好的吗，搜索词条实时第一，还愁电影没宣传吗？"

"宋钟仁，别总是用你的思维丈量别人，那么多嫩模美女的，你放过我行不行？"

"这个提议我暂时不考虑。"

"你非要这样是吧。"

"嗯。"

"你就要玩是吧。"

"我说了我是认真的。"

赖姿咬着牙："成，你想玩，我陪你！"

"这么干脆？"他说。

"我一向如此。"

他似乎是坐在书桌前，签字笔一顿一顿地敲在桌面上的声音很清晰。他带着善意的警告说："赖姿啊，到时候你可别后悔。"

赖姿回他："这话原封不动还给你。"

他隔着电话在那头笑。

"你在哪儿？"她问。

"千豪 2207。"

"给我等着。"她把外套扯下丢进车里，一脚油门直奔千豪。

宋钟仁一杯茶没喝完，门铃就已经响了，他放下报纸去开门。

门锁刚旋开赖姿就像带着风一样走进来，她将挎包和大衣直接"哗啦啦"地丢在玄关，然后把他推在墙上，她一手拽着他的领带，不由分说地吻上他的嘴唇。

宋钟仁显然没料到赖姿会来这一套，他胳膊用力地将她反压在墙上，说："不过几个月没见，就这么想我？"

她咬着嘴唇，眼含怒气。

结果衣服是从玄关一路散落到卧室床前，窗外是鹅毛大雪，屋内是沉默相对的两个人，没有细语缠绵，倒更像是一场博弈，各自剑拔弩张，谁先放弃谁就输了。

他的肌肉紧致又有些弹性，她跨坐在他身上，想要掌握主动权。

"赖姿，悠着点儿。"他笑她。

她五指张开直接盖住了他的脸，她讨厌看他那样笑。

宋钟仁一把拽开她的手将她压在身下："知道你这种人欠什么吗？"

她不语。

"欠收拾。"

他靠近她，她即使再挣扎，在他怀里也使不上什么力气。他扯掉她最后的那点衣裳，这次，一定要好好收拾她……

　　冬日的太阳高高地挂在天边，圆圆的像个鸭蛋，没有什么温度。赖姿缩在雪白的被单里，汗虽然渐渐褪去，身体却已经很累了。

　　赖姿不知道那是一种什么样的感觉，像是溺了水一样，有些喘不过气。

　　宋钟仁背对着她，不知道是睡了还是醒着。

　　赖姿披上浴袍走到窗户边，她想点根烟，却怎么也找不到打火机。她有点儿恼了，把每个抽屉都翻了一遍。

　　这时有人从背后环住了她的腰，赖姿停下动作。

　　"找什么？"他问。

　　"没什么。"

　　"这个？"他把一盒火柴放进她手里，"不知道的还以为你找什么宝贝。"

　　赖姿掂了掂手里的东西，问他："宋钟仁，你是不是觉得你很了解我。"

　　"当然，从上到下，从里到外，"他不怀好意地又强调了一遍，"完全地了解。"

　　赖姿笑了笑。

　　他在她腰上轻轻一掐："我在你眼里很可笑吗？"

　　赖姿擦亮火柴，把烟点燃："宋钟仁，这种事玩玩就算了，你现在是要当真吗？"

　　"这话你对几个人说过？"他直接问她。

　　她挑眉看他。

　　他笑了："十个？加上我十一个？哦，我忘了，加上那小鬼有十二个对吧。"

　　赖姿挥手想要扇他，却被他拽住了手腕，他把她拽进怀里，说："怎么，我一提他你就这么大动静？"

　　她被他按得动弹不得："放开我。"

　　他下巴抵着她的肩膀，不顾她的反抗，把她推进身后的浴室，花洒被碰到，水哗啦啦地流着。

水很凉，冰得赖姿一个激灵。他立刻将她搂进怀里。

湿漉漉的衣裳下肌肤相亲，他的心跳在她胸前显得很有力，对面的镜子里映出他坚实的线条，透过水汽，是两个人影交错。

一开始赖姿侧过脸，咬着嘴唇不说话，这在宋钟仁眼里未免显得不够配合，但他似乎有足够的耐心，一点点击溃她的防线。

宋钟仁说得对，他足够了解她，她在他的掌控下没有丝毫反抗的余地。

他拨开她湿答答的头发，沿着脖颈向下吻，他把她拢在怀里，深情地爱抚，却舍不得弄疼她。宋钟仁不知道自己为什么会这么做，他只知道那时候他只要一闭眼，脑子里全是赖姿的样子，这让他突然感到害怕。

所以他不再闭眼睛，他掰过她的脑袋强迫她看着他。他在她的瞳孔里看到了自己的样子，只有这样，他才觉得安心。

她很漂亮、很迷人，却是食人心肺的妖蛇，他在心里一遍遍地告诫自己。他把她压在洗手台上，镜子里是她紧皱的眉头，轻咬的嘴唇，他贴紧她的身体，直到最后一刻……

浴室里的光有些昏暗，镂空的灯束映在光滑的浴缸上，满池的泡沫五彩斑斓，像梦境般不真实。

宋钟仁从背后环抱着她："赖姿……"

她靠着他轻轻地应了一声。

"赖姿啊……"他又喊她。

她的皮肤很光滑，他把她又往怀里扯了扯，像个撒娇的小孩儿："我真的喜欢你。"

赖姿有些讪讪地笑了："所以呢？"

"所以，我们结婚吧……"宋钟仁说。

老秦把好消息带来的时候，赖姿正靠在沙发上睡觉。这些天她跟宋钟仁的绯闻闹得沸沸扬扬，因为谁手里都没有确凿的证据，再加上万映始终没有出公关文稿，所以更多人还是认为这是赖姿在为自己的新片做的一次炒作。

她着实冤枉。

宋钟仁一天打三个电话，她都没接。因为赖姿觉得她就算接了电话，也不知道该说什么，所以还是继续把这段感情保持散养状态为好。

到了傍晚，老秦找到赖姿，脸上是如释重负的感觉："还好哇，最后总算是赶上了。"

有时你不得不佩服"有人好办事"这条铁的定律。老秦说 Sea Soul 最终被定为了新片《消失的天空》的主题曲，对于 L.Y. 来讲，这是拓展中国市场的好机会；对于制片方来说，得到了首好曲子，双方互利共赢，都是不赔钱的买卖。

L.Y. 的效率非常高，这才几天就已经出了中文填词。赖姿原本怀疑他们有滥竽充数的嫌疑，可真拿到歌词版本时，也只剩下感慨人家国外高效高质量的娱乐产业链了。

赖姿说："辛苦了秦哥，这可是好事。"

老秦点头："对了，这事是你跟宋总打过招呼吗？"

"哪个宋总？"

"还有哪个，小宋总呗。"

看来老秦也不完全是个一心只读圣贤书的音乐人，赖姿急忙撇清跟宋钟仁的关系："没有，不是说杨总给出的力吗？"

"谁知道呢。唉，不管了，总之事儿搞定了就行。"老秦一拍谱子，对自己的水平还是有些自信的，"这曲子，准成。"

果不其然，在距首映礼还有五天时 Sea Soul 中文特别版正式发布，也许是原本就有粉丝基础，歌曲在国内一经发布便取得了不错的成绩。中文特别版由中韩双方顶尖音乐人亲自操刀，霸占各大音乐排行榜的首位，不但赢得了口碑，而且使影片曝光率得到迅速提高。

为了进一步推进电影热度，制片方更是邀请叶瑛远赴毛里求斯参演特别版 MV，并由赖姿担任 MV 的导演。

　　直到这时，赖姿才真正感觉到了粉丝群体的声势之大。她才知道，自己所认识的叶瑛已经不一样了。他再也不是那个被酒呛得流眼泪的男孩儿，不是缩在床底不肯出来的小鬼，不再是需要她保护的弟弟了。

　　他站在舞台上，是所有光源的汇集点。

　　不过怎么想，这都是件好事，值得庆幸的好事。

　　"我们也别高兴得太早。"曹哥提醒赖姿。

　　赖姿明白他的意思。

　　昨天刚得到的消息，父亲的新片《西川 1978》临时提档，只比赖姿的片子晚了七天，可以说两部影片在圣诞档一前一后来了个正面交锋。

　　曹哥说："不过也不用太担心，《西川 1978》毕竟是部纪录片，受众群少，我们还是有一搏的。"

　　纪录片相对于商业片来讲的确是处于劣势，可赖姿也明白瘦死的骆驼比马大的道理。

　　父亲大半年不着家，前些天来了通电话，话里话外问她新片的进展情况。父亲有意提点她，她也自然明白外界盛传父亲新片将要提档的消息并非空穴来风。

　　赖姿不是怕，她从小生活在父亲的光环下习惯了，也受够了。

　　她只是不明白，《西川 1978》虽然挂名在父亲自己的影视公司，可真正的东家还是万映，她自己的影片更不用说，杨海身为总制片，追根究底也是万映的人。

　　这样明显的自家人跟自家人干架的事儿，怎么想都让人觉得新鲜。不过资本家的算盘永远比你想的打得精明，她无须多想，只要让电影保质保量地上映即可。

　　连轴转的工作行程，为了拍摄特别版 MV 不得不将行程再次缩紧，十二个小时的飞行，赖姿与工作人员一起从上海浦东直飞到非洲南部的毛里求斯。

与撒哈拉和金字塔不同，毛里求斯没有非洲大陆的包罗万象神秘粗犷，倒像是散落在印度洋的一颗珍珠，珊瑚环绕着碧海蓝天，非常适合 MV 浪漫自由的主题。

叶瑛他们到时已是深夜，因拍摄行程只有两天，所以一下飞机便紧锣密鼓地开始了工作。

摄制组在鹿岛岸边搭起了临时帐篷，叶瑛还是跟以前一样安静，闭着眼睛坐在镜子前，造型师在一旁不停摆弄他毛茸茸的头发。

赖姿尤其喜欢他黑发顺毛的模样。

她走到跟前，照着他脑门儿敲了一个栗暴。

旁边的工作人员明显被吓了一跳，只有叶瑛，他连眼睛都没有睁开，直接问道："干什么？"

赖姿撇撇嘴："没意思。"

他是长了狗耳朵吗，竟然听出了她的脚步声。

她原本还以为两人这么千里迢迢地赶过来，很长时间没见了，他至少有点儿激动的样子，可事实证明他连戏都懒得演。赖姿多少有点儿泄气，于是使劲儿揉了揉他的脑袋："你个小兔崽子。"

叶瑛终于睁眼了。

"你敢瞪我？"她说。

叶瑛依旧堂而皇之地瞪她。

最终还是赖姿投降："懒得跟你闹，赶紧的，大家都等着你呢。"

万籁星辰装点着这座岛国的夜晚，天空偶尔略过几只夜蝙蝠，白色珊瑚沙滩上燃着一簇篝火，几个黑人孩子手捧着缅栀花在南半球的月光下显得别有异域风情。

赖姿努力地调整着监视器里的画面，用专业的态度来对待工作，并没有因为对方是叶瑛就有所改变，她指着他说："你再靠近女主角一点儿，这样显得太生疏了。"

叶瑛没有接受过正统的表演训练，更不是科班出身，若是从前在赖姿眼里难免不够格，不过好在只是 MV 的拍摄，对台词和演技的要求并不是很高。

也许是自小少言寡语的缘故，叶瑛在面对搭档时显得有些不自然。赖姿离开监视器走过去，耐心地讲解："你要知道你看她的眼神不能有躲闪，我这边打光的时候，你们俩再同时回头，手要搭在她的肩膀上，像这样……"赖姿站在叶瑛面前，调整着他的站姿，自己将位置走了一遍，"明白了吗？"

曹哥在一旁看得诧异，这个平时对工作严苛的大小姐今天不但没有因为对方的迟到暴走，反而格外有耐心，也真是少见。

休息时，赖姿仍在对机器做调整，不断跟演员沟通，她拿着本子眉头紧皱："本子上原来不是有吻戏吗？怎么给删了？"

曹哥小声解释："叶瑛那边要求的。"

赖姿明白了其中原因，于是拿着本子去找叶瑛经纪人，又拖着叶瑛当起了翻译："是这样，我们设计的这段吻戏是剧情需要，并不是为了做什么噱头。而且仅限于蜻蜓点水，MV 里的这帧画面原本是要做 Ending 用的，也符合整个故事的基调。如果是怕吻戏影响他偶像形象，我认为是多虑了。"

叶瑛逐字逐句地翻译，一双漂亮的眼睛似有深意地看着赖姿。

经纪人起初并不退让，最后是赖姿软磨硬泡，他才好不容易松了口，他转身问叶瑛："你觉得呢？"

赖姿暗地里戳了叶瑛胳膊一下，叶瑛一怔，随后声音浅浅地答道："我觉得没问题。"

紧锣密鼓地拍摄到了重头戏时已经将近黎明，黑色石崖边，海浪拍打在岸边碎成朵朵浪花，海风拂过洁白的衣裳，漂亮的少年牵着女孩儿的双手，落下一吻。

她讲戏讲得好，他演得也入木三分。

赖姿坐在机器前看得出神，仿佛所有的风景里她只看到了叶瑛一个，像是掉落凡间的天使，干净而又明亮。

叶瑛终究还是长大了。

MV 拍摄得很成功，结束后赖姿自掏腰包，在 Cap Malheureux 开了小小的杀青宴，请大家喝酒，也算是感谢大家这两天不分昼夜地工作。

叶瑛一个人坐在海边沙滩上，海风吹乱了他的额发，撑起白色衬衫像一只纸叠的海鸥。他却望着远处的海岸线，也不知道在想些什么，他向来不喜欢热闹。

赖姿忙中偷闲地来到他身边，递给他一杯果汁，自己却拿着红酒上前碰了碰："又一个人发呆呢。"

她发现了他的倦容，问："不舒服吗？我看你脸色不好，是不是水土不服？"

叶瑛拍拍身边示意她坐下，赖姿见他没有大碍，稍稍放心。

她坐在一旁感慨："阿瑛，我们有多久没这么看夜景了？还记得吗，那时候你小，也就才这么高，"她举着手比了比，"爷爷带着你跟我就喜欢坐在院子里数星星。"

叶瑛回头静静地看着赖姿，像是想起了什么值得欢愉的事，嘴角弯起恰到好处的弧度。这似乎就是他们相处的模式，话从来不需要多说，彼此都已经明了对方所想。

曹哥隔得老远看着赖姿他们，原本是要去打个招呼，结果想了想还是走开了。

海阔天空下赖姿揽着叶瑛的脖子，明明是想说些什么，却又什么都不说。她的长发轻微地扫过他的手背，有熟悉的淡淡的香味，他双手握着，他想自己会永远记得在这个凉风拍岸的海滩，有海浪、有繁星、有他最想说却又不敢说的念头。

赖姿抬手指着身后的红顶教堂，问："阿瑛，你说这儿是不是还挺漂亮的？"

叶瑛不知她为何这样问，长长的睫毛一抬，等待她的下文。

赖姿伸了个懒腰，头枕着胳膊倒在沙滩上，像是自言自语，又像是在说给他听："我要能在这儿结婚就好喽。"

叶瑛把手里的果汁放在一旁，声音不大却透着认真："你要结婚？"

赖姿一笑："是吧，我也觉得怪怪的。"

叶瑛没再说什么，赖姿扯扯他的衣角，他才回过神。

叶瑛顺势躺在她身旁，漫天繁星的非洲苍穹，明明漂亮得璀璨夺目，此刻他却没有什么心情去欣赏。

有些东西会让人无比卑微，让人深感惧怕。

这个世界原本就有许多东西值得探索，东非裂谷巨壑深渊、极地冰川万年积雪、青藏高原的珠穆朗玛，它们绵延不绝亘贯古今，它们宏大到让你害怕。可即便如此仍有人为其费尽心血，哪怕是失去生命。

死，谁不怕呢？可那些叫嚣着自己惜命的小鬼，之所以吝啬，是因为他们从来没有遇到值得他们无私无畏的东西，可怜又可悲。

可他不一样，他不乏勇敢。

就像那时他坐在济州岛悬崖边的栏杆上，经纪人慌忙拉他回来。他也只是默默拍掉裤子上的泥巴说："哥，我怎么会想死呢？你想多了。"

他舍不得死。

他没有什么苛求，只不过是贪婪眼前的那一点点美好，想和某人一起见证的美好。

身后仍是熙熙攘攘的人群，他们逐渐朝这边走来，对着赖姿起哄，嚷着要她回宴上作陪。她就是这样，将工作应酬当成了家常便饭，无时无刻不用娱乐圈专业标尺来衡量自己的能力。

叶瑛看不过，就劝了两句。

于是人们又一阵起哄，叶瑛把自己也搭了进去。

"别，我这就跟你们走，让叶瑛歇着吧，他明天还要赶飞机呢，你们总不能见人家年纪小就一个劲儿地欺负啊！"赖姿被簇拥着往回走，见叶瑛气色不好就忙替他开脱，"急什么，我什么时候缺斤短两过，不就是叶瑛嘛，他那一份儿我替他喝总行了吧……"

赖姿被招惹得毫无还击之力，也就随了那些凑热闹的人。远处喧闹声渐小，叶瑛咬着嘴唇，像是提着的那股劲儿终于没了着落，整个人倒在沙滩上。层层涌上的潮水打湿了他的衣裳，他皱皱眉，想要用胳膊支起身体，却又再次倒了下去。

海水很凉，明明是咸的，他却觉得甚是苦涩。腰间的刺痛从未停止，他拿手按着，想用力扼杀这疼痛。

可没用。

他再用力按，结果换来更刺骨的痛。

"瑛！"经纪人三步并作两步跑过来，像是见惯了这种情况，将叶瑛往岸边拖了拖，他又从急救盒里拿出一个细小的针管，一针下去，叶瑛脸色也渐渐好转起来。

"怎么样？"他问。

叶瑛全身已经被海水打得湿透了，发梢也滴着水，看起来有些狼狈。他像是提着精气神挤出一个微笑，淡淡地说："好多了。"

经纪人一边替他按摩着一边担心地说道："不舒服是要说的，你硬撑着干什么？"

他弯着腰，心在胸腔里沉闷地跳着，脸上的微笑再也维持不了了，像是忍了很久最终不得不服软认输："哥，我疼得厉害，动不了了。"

经纪人叹口气，蹲下身子拍拍自己的后背："上来吧。"

这个孩子向来少言寡语，有什么苦都独自闷在心里。同期入公司的几个学生，不乏有貌有才的，却没有哪个像他这么努力。

练习生里被劝退的有，吃不了苦的更多，尤其是身在异国他乡，要承受的是精神和身体的双重考验。

公司里讲究前辈和后辈，讲本土和外来，无论是哪一条，叶瑛都是最底层的。

起初，他听说叶瑛遭人排挤，总是独来独往。他觉得叶瑛这样沉闷的人一定适应不了公司高强度的生存法则。可等到公司定期测评时，这孩子一口流利的韩语，即使腰伤在身也将高难度的舞蹈完美演绎，远胜同期生甚至是前辈。

他不信，于是默默观察这孩子，他发现叶瑛躲在录音室过夜，把沙袋绑在身上练舞。他每天只睡三个小时，为的只是多学些韩语。

也不知道为什么，除了在公司楼下的那个红色电话亭里，你几乎看不到他放松的模样。

这孩子是真拼。

所以定人选的时候，他毫不犹豫地选择了叶瑛，不为别的，只为叶瑛身上的那股韧劲儿。

好在，叶瑛从没让对他怀有希望的人失望。

经纪人拍拍叶瑛，才发觉他已经累得在背上睡着了。

chapter 6

▼

夜 莺

《消失的天空》上映三天劲头十足，却在第四天遇到了《西川1978》。

媒体用"毫无悬念"来形容此次赖氏父女的正面交锋。

因为前几天的票房积累，《消失的天空》输得并不算惨，至少比预计的好一些。《西川1978》霸占各大院线 70% 的排片量，让众多同档期的影片在强大压力下只能用苟延残喘来形容，其中当然也包括《消失的天空》。

《消失的天空》因为宣传到位，尤其是主题曲有当红歌手叶瑛的加入，影响力和讨论度甚至大于影片本身，真是件让人哭笑不得的事情。更有粉丝放言，如果不是为了主题曲 Sea Soul 才不会去观看影片。

当然也有人呼吁关注影片的现实意义，校园犯罪案件，犯罪成本的日益降低究竟是在保护孩子们，还是在害孩子们，但这些细小的声音又很快被淹没在口水战的大风浪里。

曹哥也宽慰赖姿说："想开点儿，咱们算是不错的了，至少开了个好头，说不定后面会打个翻身仗。"

赖姿拿着一本杂志，上面的报道让人哭笑不得，声称赖姿顶着星二代的光环如今也是黔驴技穷，靠着韩流明星炒热度。那个曾经自诩品质电影标杆的才女导演，也不得不为现行娱乐市场买单，要靠拍粉丝电影才能讨好观众。

赖姿把杂志一摔："粉丝电影？我什么时候闲到去拍他们嘴里的粉丝电影了？"

曹哥说："那些影评人一个个对着电脑当'键盘侠'，谁都不如他们有水准。这种文章你过过眼就行了，还过脑子，这不是给自己添堵吗？"

"嘴虽然碎了点儿，不过他们说得也对，自不量力，"赖姿额头青筋微跳，"咱们确实有点儿自不量力啊！"

曹哥劝她："咱们投资成本少，有这成绩也是赚了好几番的，上面已经要给咱们开庆功宴了。开心点儿，难道你指望自己一步登天修炼到你爸那境界啊。"

赖姿一笑："我没不开心啊，反正老头子赚了钱也是给我花，里外都是赚啊，我干吗不开心？"

"得，算我白说。"

曹志明只是觉得她这么一个小丫头，有点儿太要强。圈里跟她同龄的哪个不是拾掇得花枝乱颤，跑跑剧组，卖卖笑脸。只有她赖姿，明明资源好得可怕，却一早跟老爸划清界限，天天蹲在荒山野外的片场，风吹日晒地干着粗活儿，就凭这点他就服她。

后来，《消失的天空》并没有像曹哥所说的那样打一个漂亮的翻身仗，在《西川1978》强大势头的压制下，票房走势低迷的情况一直持续到影片下档。

在年度的电影节颁奖典礼上，《西川1978》包揽四项大奖成为最大赢家，而《消失的天空》最终只获得了最佳剧本的奖杯。

难得的是，赖姿整晚都将奖杯攥在手里，似乎对它极其看重，也没有像从前那样把它丢进垃圾桶。

　　颁奖典礼向来都是一场带着笑脸的暗战，如果要选一个当晚最受瞩目的明星，那要数新晋演员袁唯心了。她凭借赖永政导演的《西川1978》一举夺得年度最佳女配角奖，对于一个出道不到一年的演员来说，这简直是上天恩赐的机遇，是多少人渴望的一夜成名。

　　簇拥的话筒、无数的镁光灯，袁唯心笑得温柔腼腆，像只刚刚蜕变成的小天鹅，有种含蓄的美。在接受采访时，她始终在强调两个字"感恩"。

　　感恩观众对影片的支持。

　　感恩赖导演给她这个机会。

　　感恩评委会给她这项荣誉。

　　媒体似乎对这样谦虚的说辞很受用，在得知袁唯心本是电影学院高材生时更是称赞她温柔可人，是大荧幕新一代的后起之秀。

　　官方样稿，抠出几个字，再补上几个字，一篇最佳女配的采访稿应运而生，完全不像赖姿那样难搞，她不按套路出牌，让你刚写了上一句，就不知道怎么写下一句。

　　有人问袁唯心："你是否观看了同档期的电影《消失的天空》？"

　　她答："我当然看了。赖姿导演是我的学姐，她的电影我一定会支持，真算起来，我跟《消失的天空》还有一点儿渊源呢。"

　　袁唯心把球踢给了赖姿。

　　记者们捕捉到蛛丝马迹，立刻向赖姿提问："之前有袁唯心曾被你踢出剧组的传闻，是真的吗？你是否感到遗憾呢？"

　　赖姿反问："为什么要遗憾？"

　　记者有些尴尬。

　　赖姿笑了："我不遗憾，如果不是袁小姐当初的离开，也不会有现在的成绩，不是吗？"

　　袁唯心笑得依然甜美。

　　袁唯心的蹿红速度可谓是一夜成名，头顶"赖女郎"的光环，曝光率激增，人稍微乖巧些就会获得不少好的资源。难得的是，袁唯心始终谦卑懂礼的性格，据粉丝们透露，在片场只要有前辈站着，袁唯心一定不会坐着。永远是第一个到片场，最后一个离开，这在新生代演员身上是很难得的。

　　茜哥那天跑到赖家，一言一行都是带着火气，赖姿问她抽什么风。

　　茜哥摆手："别提了，还不是姓袁的那臭丫头。"

　　赖姿从林晓辉那儿多少知道了点儿，说是茜哥正在谈的一个服装代言被半路杀出的袁唯心给截了。茜哥事业也是刚有起色，现在被这个还不到二十岁的小姑娘压了一头，难免会气恼。

　　赖姿明知故问："她招你了？"

　　"要真招我就好了，一巴掌扇了她，我心里也好受点儿。"原来茜哥压根没把代言当回事。

　　"你说这话我就更不明白了。"

　　茜哥啃着手里的苹果，说："我说了你可别急啊。"

　　"怕我急，你就别说。"

　　"我说你有没有良心啊，我大老远跑过来还不是为了你，早知道我就躺在家里晒太阳，也比在这儿热脸贴你冷屁股强。"

　　"行了，快说吧你。"

　　茜哥挪挪坐："你爸签了她你知道吧？"

　　赖姿点头。

　　"知道为什么签吗？"

　　赖姿讪笑："别跟我说她有可能当我后妈。"

　　茜哥脸上三道黑线："你爸都不敢想的事，你倒是敢想。"

　　"所以到底怎么了？"

　　"我听人说你爸替她家还了债，然后她就签了个根本赚不到钱的'卖身'合同。不过这毛丫头确实有两把刷子，左右逢源的功夫做得很到位啊，不但把你爸哄得团团转，就连万映的宣传部都开始接触了。万映在香港那边有个分公司知道吧，据说那边的头儿叫什么乔总，前几天还跟这丫头吃饭来着。"

赖姿笑："她倒是挺有本事的。"

"可不嘛，现在人家低调得很，你想挑错都挑不出来。就你爸替她还的那些钱，人家也是打了欠条，签了合同的。"

"你猜有多少钱？"

赖姿摇头："我没你聪明，猜不到。"

茜哥伸出七个手指头。

赖姿说："七十万？"

"七百万啊，大姐！"茜哥想想都觉得肉疼，"据说这个袁唯心的老爸在老家还是个银行的头儿，手里的资金倒来倒去丢给那些高息企业。谁知道这几年形势这么差，上千万的钱全打水漂了，上头一查能饶了他？现在都还在里面蹲着呢。"

"哦。"赖姿想起那次袁唯心把消息卖给媒体的事，原来事出有因。

"你不恼吗？"

"恼什么？"

"你爸的钱不是你的钱啊，倒都给这小妖精了。"

"那得等老头儿死了，这钱才算是我的。"

"……"

"当然，小妖精要是真成了我后妈那就另当别论了，钱指不定是谁的。"

茜哥彻底无语。

这时电视里好巧不巧地播放着袁唯心的采访，茜哥拿起遥控要换台，结果被赖姿摁住了。

画面里的袁唯心依旧甜美，有记者问她，最喜欢的导演是谁、最喜欢的演员又是谁，到了最喜欢的歌手，袁唯心笑容姣好，回答说："最喜欢的歌手？叶瑛吧。"

记者自然不会放过眼前的八卦："看来你们私交不错。"

她却突然撇得干净："我们只是普通朋友。"

茜哥哭笑不得："你瞧瞧这小妖精，老的小的她是一个也不放过啊！叶瑛怎么也搅和到里面了？他们认识吗，怎么没听你说过？"

"得了吧，场面上的话你也信。"

在赖姿眼里，袁唯心的功利心太重。赖姿知道叶瑛有什么事向来不瞒她，她也从没听他说过关于袁唯心的只字片语。也许是想搭着叶瑛这趟顺风车吧，她再把新闻炒一炒，反正叶瑛不在国内，山高皇帝远的，什么还不都由她说了算。

茜哥拿起遥控器，关了电视："不看了，看见她就烦。"

赖姿抄起手边的拖鞋，指着电视机一本正经道："敢惹我们茜哥不痛快，用不用我帮你把它给砸了？"

茜哥"扑哧"笑出声："你可别犯病了，你就告诉我，你当我老板娘的事还有没有戏。"

"你说宋钟仁？"

"废话，除了他你难道又勾搭别人了？"

赖姿坦言："前几天刚一起吃了顿饭。"

"吃饭？这有什么好说的，什么时候都能吃，这不是重点，我要听劲爆的。"

"跟他爸吃的。"

茜哥先是一愣，随后当即笑开了花，竖起大拇指连连赞叹："姿儿，可以啊，速度挺快的，要我看这事靠谱儿！"

"你打住。"

"老爷子怎么说的，没为难你吧。"

"没有，那天刚吃到一半他爸就撤了，说是公司临时有事，结果就剩我和宋钟仁在那儿干瞪眼。"

"他们没表个态吗？"

"表什么态？"

"娶你过门啊。"

"那我还是求他们饶了我吧。"

"啊？你到底怎么想的，难道你不喜欢宋钟仁吗？"

赖姿犹豫了两秒。

"你这明明就是喜欢嘛。"茜哥凭借十多年的经验立刻读懂了赖姿的表情。

赖姿承认，她会偶尔想起宋钟仁，想起他坚实的线条、炽热的激吻，还有那些夜晚的意乱情迷。

她到底是输给他了吗？她不知道。

茜哥一脸的兴奋："以前问这种问题你都是不过脑子地否认，现在为了宋钟仁竟然还想了想啊！果然，我们老板的待遇就是不一样，赶紧的，快把这事定了吧。"

"这事是我一人说了算吗？"

"你就作吧，我看最后人家真放你鸽子，你哭都没地儿哭。"

赖姿最后送了她两个字："呵呵！"

接下来的日子平淡无奇，或者说比之前过得更加乏味，电影热度渐退，赖姿也暂时退出了最近的热搜榜。而叶瑛就不同了，他忙得似乎再也没有时间接听赖姿的电话。但是他也从未从她的生活中消失，因为只要她愿意，随时都能在网上看到叶瑛的相关新闻。

他最近有什么行程、在哪里做活动、效果如何，似乎只要他一个小小的举动，那些记者就能攒出一篇新闻稿。

闹得最凶的要数最近叶瑛因伤缺席演唱会的事儿。

评论里有鼓励的，也有讽刺的。

有说叶瑛劳累过度确实需要休息，有说他自己愿意给韩国人打工活该受罪的。

赖姿自己没有微博，就常用林晓辉的刷，看到正面的评论她就点个赞，看到黑叶瑛的她就跟人呛。

林晓辉也挺无奈的："姑奶奶，别总拿我当枪使行吗？"

赖姿摆手打哈哈："最后一次，最后一次。"

林晓辉："这话你已经说两天了，我可不信你。"

赖姿一脸假正经："你有没有同情心，好歹叶瑛也喊你一声哥哥吧，面对这种无理取闹的网络暴力，你不但不站出来，还千方百计地阻止别人？"

林晓辉冤枉得很。

结果就是赖姿用一顿饭把林晓辉摆平了。

吃饭的时候，赖姿见林晓辉一副心神不定的样子，以为他又在惦记着叶瑛那档子事，于是问："你怎么整晚都心不在焉的？"

可林晓辉的心思似乎并没有放在叶瑛身上："赖姿，我问你，你跟宋钟仁的事儿是真的吗？"

赖姿也没了热情，她低头夹着菜："你问这个干吗？"

"问准了，我心里好有个底儿。"

"怎么，出什么事儿了吗？"

林晓辉说："师父前几天被叫去局子谈话的事儿，你听说了吗？"

赖姿确实有所耳闻。

说是《西川1978》存在票房不实、虚假排场现象，涉及的虚假票房约五千万。身为该片的第一发行方，也就是赖永政的影视公司，头一个被勒令整顿。

虽然影片《西川1978》的质量得到大众认可，但虚假票房的报道还是或多或少地给影片染上了污点，再加上媒体添油加醋地报道一番，让人不免唏嘘。

赖姿只是道听途说，并不确定，毕竟他们父女俩的关系向来犹如陌生人，更别说是公司的事，就连家里的事两个人也是形同陌路。

赖姿对这件事看得比较淡，只说："你干这一行的又不是不知道里面的规矩，票房这块儿多多少少都有水分。听说也只是勒令整顿，不是什么大不了的事，过些时间就好了。"

"偷票房"已经是圈里潜规则，只是或多或少的问题，监管部门睁一只眼闭一只眼。

林晓辉摇头："问题就在这儿，对别人视若无睹，偏偏拿师父开刀。"

"谁让他树大招风，拿他开刀也很正常。"

"你不懂，这里面没那么简单。原来公司的财务我多少还有接触，自从你去年出了车祸，师父就没怎么让我管过这块。你想，公司去年一共就投了三部片子，大头当然是在《西川1978》。现在爆出票房是泡沫，可我看过，去年年底公司的财务报表却是清一水的好账，这可能吗？"

"你怀疑他们做假账？"

"好账给投资方看，赖账避税，简直乱得一塌糊涂。"

赖姿笑了笑："这倒像是老头子能干出来的事儿。"

"我不确定，但我总觉得师父有事瞒着我。"林晓辉说，"我就是心里乱得慌，赖姿你也知道，我跟了师父这么多年，最了解他，他要是真有什么难处，宁愿自己打碎牙往肚里咽也不会出去求人的。"

"可我爸的事儿我一向不过问，就算去问，他也不会搭理我。"

"哎，赖姿，所以说你要是跟宋钟仁的事儿成了，我还稍微放心点儿。毕竟一家人，到时候真有好歹他也能搭把手。"

赖姿放下筷子："林晓辉，你把我当什么了？"

林晓辉忙解释："你别误会，我是说有什么事请教一下宋钟仁也是好的，这里面的弯弯绕绕，他比我们懂。"

赖姿感觉怪怪的。

话不投机。

后来林晓辉被一个电话招走了，赖姿看天色还早就让服务员又上了点酒，只不过她还没招呼，一个女招待就已经端着杯鸡尾酒放在了她面前的吧台上。

可是她哪里有心情喝得下去。

"女士打扰了，这是那边那位先生送您的。"女招待指了指角落里的一个身影。

赖姿顺着她指的方向瞟了一眼，那人一步一挪地走过来，有些醉醺醺的，快到跟前时一个趔趄差点儿栽倒在她怀里。

赖姿忙退后一步跟他保持距离。

"赖姿啊，好久不见。"男人说。

她瞥了他一眼。

"瞧你现在混得多好哇！"男人笑着上去撩她的头发。

赖姿一躲，看清了来人的面貌："陈家格，你喝多了。"

她想绕道而行，却被他堵在了原地。他拽着她把她拖到走廊拐角，他想吻她，却被她赏了一个巴掌。

"你放尊重点儿！"

"尊重？赖姿你这种人还要什么尊重？"陈家格摸了摸脸上的红印，冷笑，"我说你怎么说翻脸就翻脸，原来是勾搭上了个大金主。我以为你跟她们不一样，可到最后没想到你也是个见钱眼开的。"

赖姿懒得与他争辩，只说道："你别忘了陈家格，我们说好的，好聚好散。"

"你跟谁说好的？你跟我说过吗，商量了吗？从头到尾不都是你一个人决定的！"

"陈家格我们完了，结束了，你再这么纠缠下去只会显得你更没出息。"

"对，我没出息，我没你赖姿有出息！"他借着酒劲像是发了狂的野兽，紧紧攥着她的肩膀，"你多有本事啊，三两下就能跟宋钟仁躺一张床了，能耐啊，厉害啊！就你这种千人骑万人跨的女人，你凭什么指责我！"

"你放开我！"

他根本听不进去她的话："赖姿，你怎么就这么贱！"

过往的人用异样的眼光打量着他们，有几个窃窃私语地议论着。

赖姿想回避，却又被陈家格拽了回来："我还没说完，你跑什么？我为你受了多少罪，成了多少人眼中的笑话！你倒好，拍拍屁股走人了。赖姿，我告诉你，这事没完，没完！"

她被他满身的酒气醺得头痛。

"那你想怎样？"

他双目通红："我要把照片发网上，让大家都看看你是什么人。你让我不安生，干脆咱们谁都别想好过！"

"你去啊！发啊！"赖姿的气势明显高过一头，她还不了解他，什么破照片，他要是真有会忍到现在？

赖姿冲他道："陈家格，就凭现在的你也想整我，歇着吧你！"

他咬牙："你别逼我。"

她警告他："你再不放手，我不客气了！"

他抓着她的手腕："我不放！"

她抬脚朝他裆下踹，他像是料到她会这么做似的，将她按回到墙上，他恼羞成怒，扬起手就是一巴掌。

可打下去他就后悔了。

这巴掌打得不轻，赖姿侧着脸，白皙的皮肤上印着五指印。

也许是动静闹得大了，围观的人越来越多，有几个认出赖姿的还拿出手机拍照，赖姿想遮住脸，陈家格就拽着她的手不让她挡。赖姿再强势毕竟也是个女的，在陈家格的挟持下根本逃脱不了。

也许是怕把事情闹大，女招待很快将店长喊了过来，店长手一挥，旁边几个人上去把陈家格给摁住了。

赖姿握着酸麻的手腕，对面走来的店长右手拄着拐杖，走路有些跛脚，她只觉得他眼熟，却又想不起来在哪儿见过。

"赖小姐，你好，我们又见面了。"他说。

赖姿非常努力地在记忆里搜寻，然后恍然大悟："哦，你是杨总的……"

上次跟杨海吃饭时，差点儿跟宋钟仁吵起来的那个跟班，叫什么来着？赖姿是真的忘了。

"赖小姐叫我阿凤就好。"他看出了赖姿的为难。

赖姿尴尬地点头，依旧感谢他的仗义相助。

也许是怕影响生意吧，阿凤似乎有心当个和事佬，他把赖姿跟陈家格都请进了一间包房，然后说："陈先生是我们店的老主顾，赖小姐就更不用说了，您说一句话我阿凤上刀山下火海都没关系。"

"你言重了。"赖姿说。

阿凤挪了挪面前的酒瓶子，说："我做事不喜欢刨根问底，两位有什么恩怨咱们里面解决，出了门大家和和气气的，也算卖我阿凤一个面子。"

赖姿向来能屈能伸，一巴掌而已，挨就挨了，比起她从前赏陈家格的巴掌，这真算轻的了。

但陈家格不知道为什么，似乎连抬头看一眼阿凤的勇气都没有。

气氛安静得有些压抑。

阿凤似乎对目前的情况很满意，他把台子上的几杯酒分别推到陈家格和赖姿面前："大家酒一喝，这事儿就算过了，阿凤在这儿感激二位赏脸，先干为敬了。"

阿凤一饮而尽，陈家格也不好意思拒绝，赖姿更是想着早了事早走人，毫不犹豫地干了。

然后就是阿凤有一搭没一搭地劝着，陈家格跟赖姿谁都没接话，大家各怀心事。

这时，门外的女招待进来在阿凤耳朵边说了几句话，阿凤听了皱皱眉，然后起身："实在抱歉，外头还有点儿事我得过去一趟，二位如果想坐就继续坐会儿，酒什么的随便点，全记我账上。"

赖姿客气地点头。

阿凤刚出门，赖姿起身就要走，陈家格抓着她的手腕把她拽回卡座上。

"干什么？"她问。

"我……"陈家格说。

此时阿凤悄无声息地站在门外，嘴角牵起一抹得意的冷笑。他把门悄悄反锁上，然后把钥匙丢进招待手里，吩咐说："给宋钟仁打电话。"

陈家格把脸埋进手里，看得出他酒醒了不少，也懊恼得不轻。

"对不起赖姿，我不该动手的。"

"我没事。"她应得淡淡的。

"要不，你打回来吧。"他抓起她的手放在自己脸旁，"你打回来吧，使点儿劲儿。"

好好的一个人被折腾成这个模样，赖姿也觉得自己委实造孽。

她永远记得陈家格的妈妈找到自己时说的那些话。

她说他们家小格从小就听话，学习好、模样俊、招人疼。直到后来他遇到赖姿，说什么也不继续念书了，非要去当模特，原本的女朋友也不要了，据说前女朋友的父亲还是陈爸爸的顶头上司。

陈妈妈气得直哭，不得已才去找赖姿："丫头啊，你也体谅一下做父母的苦心吧，你是富贵人家，我们攀不上，就想着让小格一辈子平平安安的就好了。就当阿姨求求你了，行吗？"

行，为什么不行？

她按照约定放过了他，他反倒不放过他自己了。

也许是酒喝多了的缘故，赖姿感觉腹中似乎燃着一团火，胳膊也没什么力气，她好不容易才把手从陈家格手里抽了回来。

"家格，你自己也明白，过去就过去了，我们没可能的。"

他的音调有些绝望："我不相信……"

她叹了口气，起身，红色高跟鞋，一双又白又直的腿，黑色的短裙包裹着凹凸的身形。她还是那么迷人，让人一眼看过去就会想入非非。他沿着脚跟向上打量，最终跟她目光相交汇。

"我先走了，你也早点儿回吧。"她说。

陈家格那时只有一个想法，他不能放她走，不能。

他像是不受控制一般，起身将她摁倒，酒瓶子被碰翻，玻璃碎碴儿落得哪儿都是。

赖姿猝不及防，腿一滑直接翻倒在沙发上，玻璃碴儿划过大腿，割出了几道血印，鲜红色的血一滴滴往外流。

她痛得咬牙。

"赖姿你不能走，哪儿都不许去。"他一遍遍强调着。

"陈家格你把手放开。"

"我会对你好的，赖姿，我保证。"他把吻落在她的脸上。

她想反抗，身体却像不听使唤一样，半点儿力气也使不上。

难道说，刚才的酒……赖姿暗想不好。

还好她尚且保持清醒，她大声地叫人，可房间外的音乐开得震天响，哪里有人能听到她的声音。

那时手机突然显示宋钟仁的来电，赖姿像是抓住了救命的稻草，她伸着胳膊去拿，可陈家格抢先一步把手机砸在地上摔了个粉碎。

"又是他，又是宋钟仁！你眼里到底有没有我！"他像拎小羊似的把她拖到身下，开始解衣服。

她身上是久违的香气，他贪婪地品尝着。从前他们在一起时，她从不反抗的，他总有足够的时间去发掘她的好，可这次不同了，她从头到尾都不听话，这实在让他恼怒。

他摁着她："你装什么装？"

一个绯闻缠身的星二代，装什么装！他根本不需要再怜香惜玉。

赖姿只有任人宰割的份儿。

破碎的裙子半挂不挂地遮在身上，陈家格鼻息里的酒气让人作呕，赖姿用手捂着也无济于事。

混乱地撕扯持续了很久，陈家格虽没得逞，可赖姿也没好受到哪儿，浑身都是被玻璃碴扎破的伤口，淌着血。

直到宋钟仁在外面两脚把门踹开。

陈家格光着膀子在上，赖姿衣衫不整在下，门外有跟过来看热闹的人。

赖姿从没见过宋钟仁脸上露出那样的表情。

时间像是静止了几秒，所有人都碍于惊讶却又不知道如何收拾这眼下尴尬的场面。

"都他妈把眼给我闭上！"宋钟仁握紧了拳头。

人群稍稍噤声。

阿凤跟在宋钟仁身后，吩咐服务员收了门口围观人的手机，一边安抚一边把人群疏散开。

只见宋钟仁不由分说地抄起手边的防暴棍，几步走到陈家格跟前，一棍下去快要了他半条命。陈家格抱着头，蜷曲在地上告饶，这让宋钟仁更恼火，拎起棍子想打他第二下，结果让阿凤给拦住了。

这是阿凤第二次见宋钟仁露出如此神态。

阿凤记得，头一次是当年杨海上宋家娶亲，几乎是连逼带抢，他作为杨海的左膀右臂自然是走在前面。那时，宋钟仁十五岁，拿着高尔夫球杆不顾众人阻拦打断了他一条腿。

一场混乱。

你无法想象，一个黄毛小子满脸是血地堵在门口，像是被仇恨吞噬的恶魔。

他抚着断腿嘲讽宋钟仁："小子，有用吗？你姐最后不还得姓杨。"

他们不能拿这落魄的小少爷怎么样，他们看到他满是仇恨却又无能为力的样子就在心里狰狞地笑着。他突然好想给这小子一个拥抱，欢迎他已经加入他们所谓的癫狂世界。

窈窕淑女、金发女郎，宋钟仁身边似乎从不缺形形色色的女人。

他带着她们出席各种场合的宴会，却在别人次次问起时，记不得其中任何一个人的名字。他懊恼一笑，自罚三杯，却又继续恍如无事地谈笑风生。身旁的美人气得花容尽失，却又不舍得放过这绝佳的机会，只得忍气吞声，挽起他的胳膊笑靥如花。

此间也只有那么一个，他用情颇深，最后也是不了了之。

这么多年，阿凤以为这小子不会再感情用事，以为他会有所收敛，没想到，他还是没有长进。

"会死人的。"阿凤上前拽着宋钟仁的手腕。

"我今天就是要弄死他！"宋钟仁指着陈家格，说着就要继续打。

"交给我好了，"阿凤依旧拦着，"你就别插手了。"说完他示意手下进来把陈家格拖了出去。

宋钟仁怒骂一句，松了松领带，把防暴棍丢掉，然后一脚狠狠踹在陈家格身上。

有了毛毯，赖姿感觉暖和了一点儿。

宋钟仁摸着她嘴角撕裂的伤口，有些心疼："对不起……"

除了这几个字，他不知道还能说些什么。

她把脸埋在膝盖里，摇了摇头。

"我们走。"他裹着毛毯把她打横抱在怀里。

从酒吧到车上，她紧紧搂着他的脖子，空荡荡的马路只有他的脚步声，他一共走了七百二十三步，她竟然在数。

他打开车门想把她放进去，她抱着他的手却没松。

"赖姿……"他拍拍她。

她不说话，就这么紧紧抱着。

"我送你回家。"他声音很轻，生怕再吓到她。

她仍是不吭声。

他低了低脑袋，一手拨开粘在她额头上的碎发，尽管她把头又往毛毯里缩了缩，可他还是看到了她想要隐藏的东西。

"怎么突然哭了？"他想把话说得轻松些，"我们的女强人，哎哟喂。"

她在他的肩膀上狠狠咬了一下。

他装作很痛的样子："喂，你这算是恩将仇报吧。"

结果赖姿由刚开始默默地掉眼泪，演变成华丽的啜泣。

宋钟仁显然被惊到了，有些手足无措："别这样啊，人家还以为是我欺负你了呢。"

"你管我！"她吼他。

总算吭声了。

宋钟仁暗暗松口气，然后在她屁股上拍了拍："我不管你谁管你，谁管得了你？"

"我不稀罕。"

"成，你不稀罕，我走就是了。"他佯装把她往地上放。

结果她紧紧箍着他的脖子不松手。

宋钟仁诡计得逞，于是笑："我还是先送你去医院吧。"

"不去。"

"那怎么行，这浑身扎得跟马蜂窝似的。"

"不去！不去！"她开始耍赖。

他被她晃得头晕："那你说先去哪儿，全听你的。"

她的声音溺在毛毯里："我要吃阳春面。"

……

"大半夜我哪儿给你弄面去？"

"我不管，我要吃！"

他僵持不住，只好认输："吃，现在就吃，上刀山下火海我也给你弄去。"

其实没有宋钟仁说得那么夸张，一碗阳春面简单得很，一捧面，几勺高汤，香油香葱，她完全不算为难他。

厨房里正蒸腾着热气，赖姿刚出浴室就闻到了香味儿。

"怎么样，不错吧。"宋钟仁挥挥筷子。

他袖子半�，紧实的线条更显得性感。

即使赖姿隔着老远，也有想吞口水的冲动。可一晚上她到底是折腾累了，就是个健美冠军搁在面前，她也没心情欣赏了。

赖姿随手拎起宋钟仁准备好的医药箱，坐在沙发上。

她背对着他，半透的衬衫滑落右边肩膀。

她拿出棉签蘸了碘酒，涂在胳膊的伤口上，偶尔的刺痛，她"嘶"地倒吸口凉气。

"能搞定吗？"宋钟仁正在盛面。

"嗯。"

她的衬衫跟后面的落地纱窗是一个颜色，风一吹，她整个人像是陷在纱幔里一样。

后背的伤口不好涂，她解开几个扣子，香肩裸露，樱色灯光下美得像天使。她反手拿着棉签总是涂不到伤口上，她正要想办法，这时身后一个人压了过来。

他拿过她手里的棉签："我来。"

她有些不自在："我自己行。"

"别动。"他把她的头推了过去。

凉凉的、麻麻的，她强忍着发抖的身体。

"疼？"他问。

她摇摇头。

于是他涂得更小心。

"怎么搞的？"他忍了一晚上还是开口问了她。

一秒之内，赖姿脑海里闪过无数个想法，她不确定是不是那杯酒的问题，也不确定这事儿是否是预谋已久的。而她，向来不喜欢在真相大白之前妄加猜测，乱扣屎盆子，自己以后小心就好。

"怎么不说话？"

"哦……"赖姿说，"是我对不起他，他恨我……恨我也正常。"

宋钟仁没再问下去。

这样的八卦放在面前，他没有深究。

赖姿扯了扯衬衣好让伤口露出来，她的脊背光洁如珠，像是让人忍不住想要作画的白纸。他双手绕过她的腰身，从背后把她揽进怀里。

"好了？"她问。

"嗯。"

"那吃面去。"她欲起身。

他揽着她不动。

"怎么了，你不饿啊？"

他下巴抵在她的肩膀上，温热的气息扑在耳旁，话里有话："你在呢，我饿不了。"

她被他硌得直笑。

他骚着痒把她放倒。

"喂，你干吗呢……别闹了……"

"你敢笑我？"

"我没有……"她打着滚想躲开。

"敢不敢了？"

"好好，不敢了，你饶了我吧……"

"我要是不饶呢？"

她箍着他的脖子"嘤嘤"地笑着。

他低头轻轻刮了她鼻尖一下："不错，开始学会听话了。"

厨房里的水仍在烧着，白色热气蒸腾着，壶嘴溢出的长笛声穿透整个房子，久久没人理会。

后来，茜哥总喜欢问赖姿是在什么时候喜欢上宋钟仁的。

赖姿真的不知道。

或许是在宋钟仁不遗余力帮她的时候，或许是某天她醒来看到他躺在身边的时候，又或许，是她第一次见他时。

她自己也说不出个所以然来。

茜哥听了摇头叹气："虽然嫁得有点儿'不明不白'，但姐妹儿还是挺你。"

这明显是得了便宜还卖乖。

赖姿主张先订婚，宋钟仁没有异议，一切听她的。

双方的长辈简单地吃了个饭就暂时把事情给定了。就连订婚戒指也不像其他人那么讲究地去定做，而是周末两人去香港玩时，随便进了一家珠宝店挑的。

赖姿向来不拘小节，也不在乎这些。不过说起买戒指，还是有个小插曲。

赖姿是看那家珠宝店整体风格合口味才拽着宋钟仁进去的，刚进去，似乎就被服务员认了出来。

女服务员微微一笑，带着广东口音的普通话，不仔细听还有些听不懂："宋先生，您又来挑戒指了。"

敢情还是个老主顾。

"又？"赖姿叼着棒棒糖看他。

宋钟仁一把搂住她的肩膀，隔着墨镜看她："上回为了求婚来过一次，后来被你气得直接扔了。"

赖姿坏笑："哟，真的假的？"

他推她的头："不信拉倒。"

赖姿撇撇嘴。

他故作严肃："撇什么撇？还不快挑。"

赖姿哼了一声，开始趴在玻璃柜前挑，从最左边开始，一边数一边念叨："挑兵挑将，骑马打仗，有钱喝酒，没钱你走……"

"喂，你干什么呢？"宋钟仁问她。

可赖姿根本没理他，自顾自地念着那几句顺口溜，淘汰了一个又一个戒指。就这么数了十几分钟，赖姿指着最后剩下的那枚戒指，回头朝宋钟仁哈哈一笑："就它了。"

他嘴角一抽："会不会太随便了？"

她摇摇手里的棒棒糖："不会啊。"

服务员从头到尾一脸蒙圈。

赖姿点了点那枚戒指："美女，就它了，麻烦你包起来吧。"

服务员回过神，应声："好的，您稍等，女士，您可真是好眼光。"

"怎么，难道我挑了个最贵的？"赖姿挑眉瞅了眼宋钟仁。

服务员从柜架上拿出个小册子，翻开解释："这是我们品牌的最新款，女士，您挑的戒指跟这款吊坠是一个系列，叫'夜莺'。"

"叶瑛？"赖姿听得驴唇不对马嘴。

服务员像是看懂了什么似的指着店外的广告牌，笑着说："是的，女士，这个'夜莺'系列就是由叶瑛代言的，很受欢迎，是我们的明星产品。"

服务员熟练地翻到册子的扉页，看她业务这么熟练，想必有不少人冲着这个来买戒指吧。

夜莺……叶瑛……蛮般配的。

广告册的扉页上印着叶瑛那张精致的脸，赖姿托着下巴看了看，她有多久没见到他了？这个小祖宗，也不知道现在过得好不好，应该还不错吧，至少她认为应该不错。

"喂，你干什么？"

赖姿刚接到手的戒指被宋钟仁又拎回了柜台，他敲了敲玻璃柜，对服务员说："换一个。"

赖姿不干了："为什么？"

宋钟仁摘了墨镜："你要天天戴着夜莺跟我见面吗？"

"……"

"你怎么这么小气？"不就是个叶瑛吗？

"我还就小气了，"宋钟仁把戒指往前一推，冲着服务员，"换了。"

她快被他气死了。

结果就是宋钟仁趾高气扬地一手拿着新换的戒指，一手搂着赖姿走出了珠宝店。

后来，赖姿只好借着上洗手间的空当，跑回珠宝店把"夜莺"又给买了回来。

"美女，谢了。"赖姿拿着戒指心满意足。

"女士，您慢走。"

服务员莞尔一笑，等赖姿匆匆离开后，柜台里几个人才不约而同地聚在一起用粤语窃窃私语地议论着：

"你确定那个男子是宋钟仁？"

"我看是啦。"

"真的假的？我记得上次不是这个女子，又换了一个？"

"那有什么关系，他有钱嘛，啧啧！"

"我看那个女的面熟，是不是个明星？"

"我不知道啊，但看着挺漂亮的。"

"啧啧……"

……

chapter 7

你怎么能说我不爱你?

最近赖姿得了空当,清闲了许多,倒是宋钟仁忽然之间就忙了起来,她差不多有近半月没见过他的面了。赖姿干脆开车去郊外山里住了几天,换一种生活方式,也换一种心情。

无名指上的戒指在灯光下折射着美丽的光。

赖姿把它摘下放进盒子里,这戒指她出门是不敢戴的,万一被拍到,又是一阵鸡飞狗跳。

背包里还放着那枚"夜莺",赖姿拿出手机拍了张照片,传给了叶瑛,后面附了一句话——我眼光还不错吧。

叶瑛一如既往地没有回复,赖姿见怪不怪,她只顾发她的,那小子看不看就随缘了。

山里晨光熹微,赖姿搬张竹凳坐在农家的屋顶上,不错,信号满格。

这家的屋顶很高,坐在上面能看到整个村庄,院墙里的公鸡在抢吃食,巷子里有几只狗,远处还有耕田的水牛。天边的太阳层层拔高,金灿灿的光铺满了梯田。

"叮!"手机突然响起。

赖姿忙拿起手机,不是叶瑛,她有些失望。可想了想又没什么,毕竟,他原本很少主动联系她。

"喂，什么事？"赖姿应声。

"姑奶奶，你在哪儿呢？"那边是林晓辉火急火燎的声音。

赖姿踢了踢脚边的玉米棒，说："在山里遛弯呢，怎么了？"

"你倒想得开，还躲到山里装清闲？外面已经乱套了，你知道不？"

"怎么，你这么着急忙慌的，不知道的还以为是我爸死了。"

"……"林晓辉无语，"我说你嘴巴能不能积点儿德？"

"谁叫你天天大惊小怪的，有事不能好好说吗？"

林晓辉努力让自己不跟她计较，他缓了两口气，才说："你自己去看看新闻，外面都炸开锅了，全是你跟宋钟仁的绯闻，你说你俩出去也不防着点儿。"

赖姿戴着耳机，手上已经开始滑动网页，文章、图片，两人一起携手同游香港并且买戒指的报道，连同之前蛛丝马迹的猜测，照片、视频链接这次给上了全套。

"你自己好好想想该怎么办吧！"

林晓辉直接挂了电话，他肯定是被她气急了，再也懒得管她这点儿破事。看来，她在山里待的日子还没开始就要结束了。

赖姿连夜赶回了市区，宋钟仁说这次不是他搞的，赖姿信了。因为要真是他干的，他会毫不犹豫地承认，他才不怕她拿这件事指责他。

赖姿想要一个解决办法："那你说现在怎么办？"

宋钟仁："怎么办？认了呗。"

她不干。不是赖姿一定要隐婚，只是他们生活在放大镜下，一举一动都要格外小心。在一切都不成定数之前，她不想破坏既定已久的生活轨迹。

"怎么，你觉得吃亏啊？"

她说："那是当然。"

"好，戒指还我。"他佯装去夺。

她当然不给。

"赖大小姐，你这就是要赖皮了吧。"宋钟仁抄起手，表情里有隐隐的笑，"所以做了就得认，又不是什么见不得人的事。"

舆论的风口浪尖，赖姿似乎已经没有选择的余地。

宋钟仁这些年算是头一次正面回应绯闻，不但证实了两人的关系，还将订婚消息公布于众。赖姿对宋钟仁的做法表示惊讶，她没想到他会将订婚的消息堂而皇之地说出来。但事已至此，她也只能狠狠心跟着发文回应了下，算是给公众一个交代。

两篇公关文一出，瞬间平息了不少风波，接受祝贺的同时，质疑声也此起彼伏。赖姿也没有过多在意，毕竟绯闻就是这样，一旦被证实没有猜测跟风的价值，大家也就当看看热闹给散了。

茜哥是头一个致来贺电："哎哟，正宫娘娘你可以啊，总算修成正果了，这下多少小姑娘得哭死啊。"

赖姿隔着电话只打哈哈。

茜哥说："行了，你别得了便宜还卖乖了，回头请我吃饭啊。"

赖姿不敢不答应。

一个上午，赖姿手机没停。各种同事、好友……一个接一个，电话简直要被打爆，最后赖姿索性关了机。

她丢掉手机，一个猛子躺进柔软的沙发，左手抬起，背着阳光，无名指上的戒指闪闪发亮。

是期待的感觉吗？

赖姿被自己吓了一跳，她猛地坐起，狠狠地揉了揉蓬松的头发。心跳得厉害，她起身跑到冰箱开了瓶酒，凉凉的液体沿着喉咙灌下，她捶捶胸口，这才舒服了一点儿。

"呼……"她吐一口气，赖姿啊赖姿，你这就要结婚了？她想着嘴角就隐隐地弯了起来。

月圆风凉，千里之外的少年站在湖旁，连续二十多个小时的拍摄让他本就苍白的脸上多了一丝疲惫。手机里是"嘟嘟嘟"的声音，他放下了手机，胳膊垂在腿两侧，身后有工作人员在喊他的名字，可他没有应声，安静得像是揉进了一片湖光山色里。

口袋里凉凉的，是那把口琴。

他拿出来，掮在手里，不知道在想什么。

站了很久，也像是想了很久，他抬起胳膊朝远处一丢，湖面"扑通"一声，口琴折射着月光淹没在水中央。

"瑛，你在干什么？"经纪人隔着老远问。

叶瑛低头看着空荡荡的手心，嘴角抿了抿，脸上又浮出些许后悔的神色。他几步上前，盯着波光涟漪的湖面。

"瑛，你干什么？"

叶瑛没有回头。

"喂，站住！"

又是"扑通"一声，湖面激起水花，叶瑛的身影已经消失在岸边。

"快、快下去救人啊，这孩子不会游泳！快去啊！"

工作人员一前一后地跟着跳进去，叶瑛被捞上来时，浑身冻得发抖，水"啪嗒啪嗒"地沿着头发滴下来，眼睛却始终看着手里的口琴。

经纪人心疼不已："瑛，你疯了啊。"

毫无血色的嘴唇，叶瑛低着头，声音是淡淡的、微微颤抖的："哥，我想回国，现在就回，可以吗？"

"是出什么事了吗？"从早晨他就一副魂不守舍的样子，着实让人担心。

"没什么，我只是想回家。"

"瑛，你还有打歌舞台、CF拍摄，公司这边……"

"哥，不回去我真会疯的！"叶瑛突然吼道，明明是愤怒，他眼中却闪烁着从未有过的悲哀，像是突然没了主意一样，乞求着，"我很快就回来，我保证。"

或许是面临了前所未有的舆论压力，赖姿最近过得并不舒心。尤其让人不爽的是，这些关注的眼光并不是源于赖姿本身，而是因为宋钟仁，貌似什么事物只要沾上了这个名字，就可以受到万众瞩目。

可万众瞩目却从来都不是件轻松的差事，比如飞上枝头变凤凰，比如豪门媳妇儿不好做，一切带有贬义的词条贴在身上，这种感觉真的让人无语又无奈。

这天宋钟仁和赖姿一起在赖家吃饭，晚上下着小雨，风也是凉的。

"伯父不在吗？"宋钟仁问。

"哦，他有事在忙。"

"是吗？"宋钟仁不动声色地在玄关换了鞋，"他忙什么呢？电影也下档了。"

其实赖姿也不知道父亲在忙什么，不但是父亲，就连林晓辉最近也是破天荒地不接电话，赖姿打了两个便没有耐心了。

最好一辈子也别联系，赖姿这样想。

"你总说我小气，我看你也大气不到哪里去。"他在背后环抱着她。

赖姿堵他："我一直都小气啊，你才发现吗？"

宋钟仁一笑而过，看着满桌的美食摩拳擦掌："这都是你做的？"

"我哪有这本事，"赖姿拿起筷子，"苏姨中午提前做好的，我放微波炉里热了热，不知道味道怎么样。"

"那你什么时候能给我做顿饭吃？"

"你不是吃过吗？"

"牛奶和面包啊？"

她点点头。

他笑得有些夸张："那也算？"

"当然算。"

"你太不讲道理了。"

她朝他吐了吐舌头。

正吃着饭，门铃就响了，赖姿左思右想也猜不出谁会这时候过来。

"这么晚了，谁啊？"宋钟仁问。

"我哪知道。"赖姿放下碗筷，去开门。

门一打开，携着寒气的晚风迎面扑来，赖姿抓了把头发，表情怔怔地愣在了那里，有缕头发丝还挂在了嘴角。

"阿瑛？"赖姿吃惊，"你怎么回来了？"

叶瑛穿着一件灰色卫衣，白色的毛绒拖鞋，还沾着花园里的泥土，原本是个爱干净的孩子，却不知道是怎么踩了一脚的泥。

赖姿把他往屋里拉："你什么时候回国的，我怎么不知道？"

叶瑛明显知道里面有人，所以站在门口没动。

"爷爷生病了，我回来看看。"他条理清晰。

"哦……"赖姿点头，叶爷爷前些天旧疾复发，紧急住院，还好医生说并不严重。赖姿去医院时，爷爷特意交代不要告诉叶瑛，这小子也不知道是从哪儿得了消息。

"刚从医院回来啊？"她问。

"嗯。"

"吃饭了吗？吃过就赶紧回去休息啊，外面这么冷，看你脸色憔悴了许多，又熬夜了吧。"

叶瑛摇摇头，随手指了指身后说："我卧室灯坏了。"

"……"赖姿有点儿蒙。

从小时候起叶瑛就不会换灯泡，偏偏那时候叶爷爷忙，通常不在家，到了晚上，叶瑛就只能来赖家找赖姿帮着换。

他还真是从小就没把她当女的看。

起初赖姿搬着把椅子，上面还得放个小凳子才能够着；后来长个儿了，一把椅子就足够了；再后来，叶瑛的个子远远超过赖姿，完全可以自食其力，

YE YING

153 /

却已经被她惯得不肯自己换了。

这苦差事就彻底落在了赖姿头上。

无奈叶瑛也是个小傻瓜，买的灯泡总是坏，三天两头她就得当一次修理工。那时候，赖姿一怒之下自己去店里挑了个最贵的灯泡，结果支撑了一个月，还是坏了。

赖姿耷拉着脑袋，只好继续当电工。

宋钟仁不明就里，只是听见他们简单的对话走到门口，看见是叶瑛，就打了个招呼："哟，我当谁呢，原来是咱们的大明星啊。赖姿你让人家站着干什么，进来一起吃饭啊。"

"我不饿。"叶瑛冷冷地说。

"嗬，"宋钟仁笑，"你不饿，你姐还饿着呢。"

赖姿忙在一旁给宋钟仁使眼色。

"等你吃完我再来。"叶瑛扭头要走。

"哎，你等会儿，"赖姿忙拽着他，脚下已经开始换鞋，"我跟你一起过去看看。"

宋钟仁不知道赖姿要去哪儿要去干吗，他只是拦着她："再过会儿饭就凉了，吃完再去吧，你辛辛苦苦做的。"

叶瑛表情微微现出异样。

"你先吃，我去去就回，很快的。"赖姿说话间，已经推着叶瑛肩膀出了门。

"早点儿回来，我等你。"宋钟仁朝着两人的背影故意大声喊道。

赖姿把门掩上，叶瑛已经走出了院子。外面的雨渐渐大了起来，早知道就拿把伞了，还好两家只隔了一条路。赖姿拍拍身上的雨水，跑步跟上叶瑛。

叶家二楼左转第二个房间，叶家的路，她比他都熟。

赖姿站在椅子上，手上还有些雨水直打滑，她一边擦着额头的水珠，一边转着灯泡。

空旷的房间，只有书桌上晃动的蜡烛，周围是隐隐的黑暗，她背着身，伸展的胳膊像是莲藕一样白嫩，衬衫被提起来露出细细的腰身。

叶瑛别过脸不再看。

"你去试试怎么样？"赖姿扭头说。

叶瑛走到开关前试了一下，灯没亮。

"这是你新买的灯泡吗？"赖姿问。

"嗯。"叶瑛点头。

"算了，算了，再换一个试试。"赖姿指着盒子里的另外几只灯泡说，"你拿给我。"

叶瑛走到盒子前，他犹豫了一下，像是不想再惹她生气一样，挑了最右下角的灯泡，然后递给赖姿。

"成了！"灯光立刻充满了整间屋子，赖姿拍拍手，得意道，"先去关了，你再多试几次，免得一会儿我还得再跑。"

他开关几次，一切正常："是修好了。"

"多年的老手艺，能是开玩笑的？"

叶瑛一笑。

赖姿居高临下地戳了叶瑛一指头说："你多大了，这种事还要别人帮忙？我要不在家怎么办，下回你就得自己弄，听到了没。"

叶瑛原本帮忙扶着凳子，听她这么一说，故意晃了一下椅子。

赖姿差点没站稳，站在椅子上踹他一脚："你再晃一下试试？"

叶瑛偏偏不受她威胁，又使劲一晃，结果赖姿整个人歪了下来。

赖姿还没来得及喊，叶瑛已经眼疾手快地拽住了她，凳子"哗啦啦"地翻在地上，赖姿的背猛地磕在桌角上，疼得她直咬牙，整个人都僵在了那里。

她想揉，可叶瑛拽着她的手没松。

风拍打着雨飘进窗户，蜡烛晃了几晃就灭了。

"阿瑛……"她觉得这样的距离有些近。

"嗯？"他像是不肯理会她的意思。

气氛有些尴尬。

叶瑛似乎不以为意，低头盯着赖姿腰上的那块黑紫，又看了看她。赖姿怕他担心，连忙挤出一个笑："我没事……"

他放在她腰上的手轻轻一揽，她离他更近一步，呼吸很近，带着雨水的潮湿。

叶瑛的发梢还滴着水，"啪嗒"落在她的睫毛上，她忙眨了眨眼睛。

这时赖姿只感觉嘴唇被什么东西轻轻碰了一下，浅尝辄止，软软的，吞吐着薄荷的清香。

等脑袋转过来明白是怎么一回事后，她像是触电一般推开他，有些意外，有些嗔怒，明明十分惊讶却又不忍心吼他，只是压低了声音："你干什么？"

叶瑛并没有理会她的意思，而是像要向她宣战一样，将她逼得又退一步，再次靠近。

赖姿立刻别过脸。

叶瑛看着她毫不犹豫侧开的脸，停止了进一步的动作。

他默默地站在她面前，良久，他开口，有些许落寞："你讨厌我。"

她笃定："没有。"

"为什么不看着我？"他毫无征兆地问。

她无奈："叶瑛。"

叶瑛淡淡一笑："骗子。"

"我……"赖姿被他没头没脑的话说得一怔，愣了几秒才反应过来。

那是她第一次帮叶瑛换灯泡，业务不熟练弄了大半天，最后修好时叶瑛已经靠在床边睡着了。

赖姿脑中的鬼主意本来就多，揪着他的小耳朵逼问他做了什么梦。

　　叶瑛一开始死活不肯开口，最后被赖姿问得烦了，只好说："梦到你一辈子都会给我换灯泡。"

　　"你这小鬼！"赖姿捏他的脸蛋，"还想一直使唤我？"

　　"放开我啦。"

　　"我就不放。"赖姿开始耍赖。

　　"你说我告诉你就会放手的，"叶瑛挣扎着，"你这个骗子。"

　　"嗬，还敢说我是骗子，看我不揍扁你。"叶瑛那时候敌不过赖姿，也只有挨揍的份儿，哪里像现在人高马大地高她一截儿。

　　窗帘被风吹起打在背上，赖姿看着面前的少年，她不知道该说些什么。

　　时间像是过去了很久，终于有了声音。

　　叶瑛低着头，像是不假思索，却又像是想了很久："我喜欢你。"

　　房间里有他清澈的声音。

　　窗外电闪雷鸣，天气还是这样阴晴不定，像是爱开玩笑的小孩儿，捉弄着每一个人。

　　"赖姿，我喜欢你。"

　　赖姿真不知道该如何回答。

　　换作别人她也许会有各种办法，可对象一换成叶瑛，就让赖姿觉得自己稍有邪念简直就是对这个人的亵渎，她像是被下了封印一样半点儿力气也使不上来。

　　赖姿干哑地笑着，想要极力化解尴尬，手和脚都不知道该往哪儿放，努力想让自己表现得镇定却又显得那么不自然："哈哈，我知道啊，我对你这么好，你敢不喜欢我吗？"

　　她虽然导戏无数，可自己演起来其实一点儿也不专业。

　　叶瑛的眼神莫名地让人心疼。

　　她拉着他："你一个人在家肯定饿了吧，走，去我家一起吃饭。"

　　她把话说得含糊，给足了叶瑛台阶，希望他顺着往下走，赶紧停止这个敏感的话题。

只是，他没挪步。

"叶瑛啊……"

她希望他不要再倔强下去，可他似乎不为所动。

赖姿没办法了，她没有办法继续假装刚才的一切都没有发生，她只好说："叶瑛，你那不是喜欢，更不是爱，你只是……只是习惯……"

赖姿也不知道该怎么说下去，她细弱蚊蚋的声音很快淹没在窗外的雨声中。

"你怎么能……"沉默了许久，叶瑛终于开口，像是饱含了委屈，却又有一股倔强劲儿，"你怎么能说我不爱你？"谁都没有权利这么说。

赖姿从没想过要伤害他，她从小最心疼的就是他，可她只把他当弟弟。

赖姿说道："不，我不是那个意思。"

"哪怕是骗我的话，你都懒得说吗？"叶瑛说。

那时候赖姿脑袋里有成千上万的念头闪过，她想抓狂，活了二十多年，她头一次如此进退两难。她真希望这是场恶作剧，叶瑛向来喜欢捉弄她，只要她一着急，他就最得意了。

"阿瑛，我把你当家人，当成亲弟弟，你对我也是一样的，但那不是爱情。"

她向来不会安慰人，也不会安慰自己。或许叶瑛只是糊里糊涂把亲情当成了爱情，这孩子从小没得到什么温暖，他依赖她，她明白，他把她当成最亲近的人，这都没关系。

他们还会跟从前一样的，不会变的。

空荡荡的房间，回荡着叶瑛的那句话："我跟你不一样，从来都不一样。"

那晚的雨下得突然，停得也突然，赖姿离开叶家的时候，雨已经停了，晚风很凉，她站在院墙外抬头看着二楼黑漆漆的窗户，仿佛看到少年倚在窗旁的身影，他不看她，却在听着她的脚步声。她叹口气，回了家。

赖姿一进门，宋钟仁就看出了端倪，他问："怎么了？"

"家里灯泡坏了，我帮忙看一下。"

宋钟仁一耸肩，像是有些无语："看来我们这个偶像是手无缚鸡之力啊，你也是，什么灯泡能修这么长时间？"

赖姿呵呵一笑。

宋钟仁看着对面叶家漆黑的窗户，问："灯没亮啊，没修好吗，要不要我再去看看？"

"用不着了，"赖姿说，"他得自己修，除了他自己，没人帮得了这忙。"

宋钟仁嘴角微微一牵，推着她到餐桌旁："好，我知道了。那赖大小姐，咱们就快点儿吃饭吧，菜都凉了。"

赖姿应声坐下，意识有些游离，拿起筷子又突然说："我想我们的订婚仪式简单点儿，可以吗？"

宋钟仁问："为什么？你不想让大家都知道吗？"

"不，"赖姿说，"毕竟不是婚礼，只是订婚，如果大费周章我觉得不太合适。"

宋钟仁点头："全听你的。"

"为了弥补，"宋钟仁笑得意味深长，"到时候，一定给你个惊喜。"

赖姿其实并没有期待什么惊喜，之所以要把自己嫁出去，倒更像是在用一个麻烦去解决另一个麻烦。可今晚的事怎么想都是叶瑛唐突，现在弄得她反倒像个轻薄的罪人一样，赖姿觉得憋屈。

赖姿想起小时候，她带着叶瑛坐在杏树下，捡来的树叶，只要是好看的，她都会留给他。她心疼叶瑛，她能把所有的美好给他，唯独这次她觉得不行。

他应该有一个美丽又善良的另一半，像洁白的云朵，像安静的天使，那才是他应有的爱情。而她跟叶瑛既定的爱情伴侣差得太远，风马牛不相及，最主要的是，她向来当他是弟弟。

现在是每个人都想挤入爱情中，但爱情里人口众多，总会有人被踢出局。真心假意，各凭本事吧。

此后的很长一段时间赖姿都没有见过叶瑛，只从新闻里得知叶瑛又到哪里演出，参演了哪部影视作品。偶尔也会传出绯闻，无非是和某些小花旦合作了作品，都是片方炒作的手段。

赖姿对于这些新闻有意无意地避开，偶尔看到也只剩下叹息。

一切似乎又回到了从前，叶瑛像是断了线的风筝，再也没人能联系上他。

赖姿偶尔还会拿着林晓辉的微博刷，但不会像从前那样，看到有人诋毁叶瑛就上去跟人掐架。她的这个弟弟已经长大了，再也不需要她的保护。之前是她疏忽了这一点，以为全世界只有她在乎他、关心他，才会越俎代庖。

她对他无私，却又自私。

如果不算晚的话，她会让一切回归原位，她不想害了他，现在不想，以后更不想。

宋钟仁从身后抱紧她："赖姿，我们终于要结婚了。"

她"嗯"了一声。

"你知道我等这一天，等了多久吗？"

她默默摇头。

时间过得飞快，订婚的日子一天天临近，宋家却平静得像一潭死水，除了宋钟仁大家好像都没有过多的精力和热情去张罗这件事。宋钟仁的姐姐在吩咐婚礼策划时也是不带任何感情色彩的对话，好像摆在面前的并不是她弟弟的订婚仪式，而是一个严谨的企划案，一板一眼都得按规矩来。

亲朋、嘉宾、媒体，俨然成了宋氏对外宣传的平台，比起厌恶，更多的是让人感到无奈。

宋钟仁在赖姿额头上印上深深一吻："放心，有我在。"

不知为何，在听到这句话，看到他那样的表情，赖姿心里反而开始有些不安。她仿佛被架上了这条不知方向的道路，把自己的幸福放在他手上，却在那一瞬间感觉到他手心无比冰凉，像是极地里的冰雪，怎么焐都焐不热。

花亭里，众人瞩目下，宋钟仁附在她的耳旁，问："还记得那束剑兰吗？"

赖姿的笑容僵在脸上，直直愣在原地。

他却稳稳当当地扶住了她："知道吗，今天是她的忌日。你知道吗，我很想她。"

赖姿不知道宋钟仁口中的那个人是谁，也不知道他为何要突然说这种话，她极力让自己保持冷静，却正对上他讳莫难懂的目光。

"你……你在说什么？开玩笑吗？"她只是想把仪式进行下去。

他却丝毫没领会她的用意。

"为什么她死了，你却能好好地活着？"他不肯退步地质问她。

周围开始有窃窃私语声，赖姿看到父亲略带担忧的眼神。她别过脸想要向宋钟仁问个究竟，却发现眼前的这个人变了，陌生得让人害怕，原本深情的眼神也透着狡黠，带着得意看着她在人群中惊慌失措。

那时赖姿才明白，任她再机警也逃不过他早就预谋好的陷阱。

订婚仪式在宋钟仁亲口宣布取消的时候戛然而止，赖姿刚构筑起的憧憬在顷刻间化成泡沫。她蓦然地站在原地，看着那个人头也不回地离开，她握紧了拳头，硬是没让自己倒下。

如果说一切都是错误，那么现在，是该结束了。

此后，当赖姿了解了前因后果，当她看到山上的那座墓碑，她才明白，她并不曾拥有幸福，她只是窃取了别人的幸福。宋钟仁对她的感情，从头到尾都是骗局，都是算计，她像个小丑一样被人戏耍、被人玩弄，竟然也会乐在其中。

那时赖姿才在懊悔中明白，当初的疯狂和冲动使她错过了许多人、许多事，可这世上从来都没有后悔药。

如果宋钟仁并不是陪她经历风浪的人，她只是希望，他不会变成她人生中必须跨过的风浪。

仅此而已。

赖姿被一个急刹车惊醒，机场高速出了小型车祸，前面一辆辆车被堵在高架上。她打开车窗看着前面如火龙一般的堵车大队，完全没办法，又把头缩了回来。

有些回忆太长，一想起来总是没完没了。

只是让赖姿惊讶的是，在经过一系列变故后，她所能想到的美好竟没有一件是关于宋钟仁的，真是让人唏嘘。

茜哥还在尽最后的努力劝说赖姿，她不想赖姿这么逃走，不想看赖姿一步步往火坑里跳。

"你别把事情想得太糟糕，都会有解决的办法，实在不行就去找叶瑛，那小子现在混得如鱼得水，会不帮你吗？"

赖姿反问茜哥："你是觉得我欠他的还不够多吗？"

"你啊，不是我说你。你是太把他当回事，还是太把你自己当回事啊。"

"我没有把谁当回事，只是想换个环境，静一静，去香港就挺好的，清净又能赚钱，你不用担心。"

"我是着急，那杨海什么人，他给搭的线你也敢接，万一……"

赖姿默默地笑了笑："我已经一无所有了，事到如今，还怕失去更多吗？"

茜哥摇头："好吧，你这脾气我是劝不动了，什么时候想明白你再回来就是了，反正我一直都在。"

到机场时，已经是凌晨。

茜哥把后备厢的行李拎出来，嘱咐着："到了香港那边记得报个平安，钱可以慢慢赚不要着急，有什么事一定告诉我，别自己扛，懂吗？"

赖姿点头："知道了。"

"还有，宋钟仁那边用不用我……"

"你不用管我，更不要蹚这浑水。他要真想让我死，我还能坐在这儿跟你说话吗？"赖姿心里清楚，他是想慢慢整她，就像刀划在鱼肚子上一样，慢慢把血放干了，味道才鲜美。

赖姿说："倒是你，别因为我被公司打压就好。"

"怎么会？"茜哥摆着手，"他们不至于这么下作，你不用操这个闲心，自己在外面多保重，有事儿多联系。"

"好。"

去往香港的航班准点起飞，赖姿靠在座椅上，回想着这几个月发生的事，真像是做了一场梦。

飞往香港之前，她去看守所探视了父亲。他老了很多，也憔悴了很多。

毫不夸张地说，赖姿曾经不止一次诅咒他快些死去。可当这位年过半百的男人失去了所有名誉与光环，被围堵在高墙之内，她还是心软了。

赖姿一直觉得自己理性大于感性，或者说有点儿冷血，可是她跟宋钟仁比起来差远了。

隔音玻璃，赖姿拿着话筒问父亲："你……还好吧？"

父亲的声音沙哑："阿姿，是爸爸对不起你。"

公司经营出现了问题，赖永政将名下的别墅和商铺拿去抵押，结果投资失败资金链断裂，银行拒绝续贷，公司只能借高利贷。更为雪上加霜的是，公司累计逃税过千万，经人举报后检察院立刻查封他名下所有相关财产。

钱是小事，要判刑责才是赖永政要面临的问题。

消息一走漏无疑是给娱乐圈投了个重磅炸弹——昔日知名导演被警方刑拘成为阶下囚，逃避巨额税款可能面临终身监禁。

各大版面纷纷大幅长篇报道，更有甚者配上了赖姿出入酒吧买醉的照片。这位大众眼中的星二代，一个月之内先是被传媒大亨退婚，紧接着是父亲被刑拘，家产尽数被查封，简直成了大众茶余饭后津津乐道的话题。

赖姿对父亲说："我会去求宋钟仁，我会好好求他。"

父亲把形势看得很透："只怕没什么用了，如果不是宋氏突然撤资，公司也不至于……我原以为那小子一心一意对你，现在说什么都晚了，是爸没用，只是苦了你了孩子。"

宋钟仁预谋在先，引得他们一步一步往里跳，他是何等心思缜密的人，如果有心害她，她又怎么躲得过去。

更何况，宋钟仁也说了，这是他送给她的礼物，送给她的惊喜。

她的心在滴血，却只能笑着收下。他想看她的笑话，她却偏偏不让他得逞。

"这么说，那些举报都是真的了？"赖姿心想有些话总要问个明白才能安心。

父亲的沉默说明了一切，赖姿扶着额头，有气无力："爸，你可真行。"

父亲说："你有时间去找一趟崔律师，她会告诉你一切。"

"你究竟还有多少事瞒着我？我还是你女儿吗？你宁愿相信律师相信外人，也不相信我？"为什么所有的事情她永远是最后知道的那一个？

赖姿想继续追问，但已经到了探访时间，警卫将她拦出去，她站在看守所的大院里，头顶是骄阳，脚下是软绵绵的柏油路，一路恍惚地走下来，她自己也不知道该去哪里。

如果可以选择，她根本不想去香港，杨海是哪一路的人她不是不知道，可她真的没有办法，刀架在脖子上，如果再不做最后的挣扎，就只能坐以待毙。

这不，刚走出机场，赖姿就接到了宋钟仁的电话。她换了无数个号码，他却总能用最短的时间找到她。

"最近好吗？"他问。

好像她所遭遇的一切跟他半点关系都没有，而他只是作为一个朋友，给她一个简单的问候。

赖姿裹着棕色风衣，站在广场上："托宋总的福，我还活着。"

他说："嘀，这可是个好消息。"

风吹散了头发，她拨开："对不起，我还没死，让你失望了。"

"不，我很高兴啊，你这样，我才更有兴趣玩下去。"

赖姿紧握着拳头，咬牙道："宋钟仁，我知道你恨我，没错，是我害死了薛凝，我敢做敢认，你呢！你有什么事冲我来，整其他人算什么本事！"

宋钟仁的声音冷冷的："你不配提她的名字。"

赖姿问："我不配？如果不是你宋钟仁的耳提面命，你以为我想提到这个名字？你为了整我，跟我兜了两年的圈子，现在我已经一无所有了，你还想怎样？相较之下，你这无赖又比我高尚到哪儿去？"

宋钟仁痞言痞语："没错，我就是无赖，我就是要整你身边所有人却偏偏不动你。你说接下来是谁呢？毛茜茜，还是那个叶瑛，你挑一个吧。"

"宋钟仁！"

"我听着呢。"

"是不是只有我死了，你才肯罢休？"她看着路上川流不息的车辆，朝前迈了几步，"是不是我死了，你才肯放过其他人？如果是的话，我现在就能成全你！"她大步朝前。

宋钟仁听到电话里一阵刺耳嘈杂的鸣笛，大声喊道："你给我站住！"

赖姿迈出的脚离那辆呼啸而过的车不到五厘米，她是真的想死，却冷不丁被身后的人一把拉了回来。

赖姿不顾宋钟仁又说了什么，直接把电话挂断，风吹乱了脸上的长发，她无奈地拨开，眉头紧皱。

"小姐你好，请问你是赖导演吗？"后面的人有些战战兢兢地问她。

赖姿这才看到这个刚刚拉她回来的香港仔，他皮肤黑黑的，操着一口不怎么流利的普通话。

"我是姓赖，有事吗？"

那人挠挠头，有些腼腆："不好意思让你久等了，是杨总吩咐我来接你的，你叫我阿栋就好啦。"

赖姿明白事情原委，于是点头：“那走吧。”

阿栋殷勤地开了车门。一路上，他透过后视镜看着这个美丽却不苟言笑的女人，几次想开口，却又硬生生地憋了回去。

“你有话要说？”她观察力一向很好。

“没……没有……”他扭过头继续开车。

道路弯弯绕绕，最终停在一幢不起眼的独栋楼前面。

“我们到了。”阿栋请赖姿下车。

赖姿一路跟着他下了地下室，并不宽敞的走廊，忽明忽暗的灯光，墙上是五颜六色的涂鸦。赖姿踩着高跟鞋，回音在空旷的走廊显得突兀。

“我们来这儿干什么？”赖姿站在原地，不是说要先见见片方高层？

阿栋挠挠头：“我也是听上面的吩咐，具体的不清楚。”

赖姿以前从没有经历这样的事，之所以会答应杨海接拍这部电影，真的是因为她需要钱。毕竟，想在宋钟仁眼皮底下捞钱是件不容易的事，所以，跑得山高皇帝远是最明智的选择。

来香港之前，杨海曾经问她：“赖小姐不考虑我的提议吗，毕竟那小子那么对你？”

当初宋钟仁在订婚发布会上当众宣布取消婚约，无疑是给了赖姿一个响亮的耳光，媒体捕风捉影，夸大其词，把她形容成被退货的商品。再加上后来赖姿父亲被检举遭刑拘，据说这里面可都有宋钟仁不小的功劳。

杨海早想压一压宋钟仁的气焰，他笃定赖姿一定会帮他。

可是赖姿却摇了摇头：“杨总，我答应拍这部电影真的是因为你给的钱多，或许我说这话有点儿不识好歹，可我还是想把一些话说在前面，我对报复宋钟仁没兴趣，他是死是活跟我半点儿关系也没有。如果你是出于这种目的找我，那你找错人了。”

“哦，是吗？既然你有自己的打算，我也就不勉强了。”杨海没再为难她。

于是赖姿孤身一人来到香港，这地方她来过很多次，原本印象中的香港是璀璨的维多利亚港，是喧闹的兰桂坊，是中国顶级商业娱乐中心，可当她此次踏入这紫荆之城，却再也没有心情和精力去嬉闹玩耍。

昏暗的地下室里，赖姿见到了这部电影所谓的编剧，操着浓重的港普费力地向赖姿解释剧本。

编剧也是个女孩儿，年纪不大，一身的朋克装潮范儿十足，这也许就是她为什么喜欢在这个涂鸦地下室办公的原因吧。

赖姿也不拘谨，包摞在一旁的沙发上，她跷着腿点了根烟："姑娘，你还是讲粤语吧，虽然我不会说，但听得懂。"

小姑娘上下打量了一番赖姿，然后一挑眉毛，说："好。"

这是赖姿见过的最无聊的剧本，从头到尾充斥着男女主角各种无病呻吟和矫情，莫名其妙的感情线，突如其来的结局，让人眼花缭乱。但又有什么用呢，她拍这片子又不是为了拿什么奖。

相比较之下，赖姿对这位编剧小姑娘更感兴趣，看模样她也不过二十左右，剧本明明写得烂得出奇，却有人愿意出钱拍，想必有着不凡的背景。

她看出了赖姿的心思，将剧本往桌子上一放，倒是毫不避讳："我叫谢可妮，谢坤是我老豆（爸爸）。"

"哦。"看来赖姿有些想歪了，她一笑倚回沙发里。

她还当是谁呢，又是留洋又是学戏剧，搞了半天是谢坤的女儿。

谢坤是杨海在香港的合作伙伴，既然是合作方，来港之前赖姿也做了一番调查。这个谢坤黑白两道通吃，本事不小，偶尔投资影视大概也都是来洗钱。赖姿很清楚自己来拍这部电影是为了什么，陪一个大小姐玩玩票，玩好了，你好我好大家好。

赖姿一手支着脑袋，任凭谢可妮将一本无聊透顶的剧本塞进了她的耳朵。

谢可妮对赖姿的态度表示质疑："你好像对这部电影并不感兴趣。"

赖姿嘴角扬起："你想听真话还是假话。"

"当然是真话。"

赖姿起身，两指夹起桌子上的本子，攥在手里三两下撕了个粉碎。

谢可妮气愤地指着她："你干什么？"

赖姿倚在桌子旁两手抄起来，说："我只问你，你是想玩票、想赚钱呢，还是真想做电影？"

谢可妮的语气并不友好："你什么意思？"

赖姿耸耸肩："你想玩票的话，这本子足够了，想真做电影啊，我看还是趁早算了。"

谢可妮不示弱："那我要是想赚钱呢？"

赖姿一笑："那你可就得想想办法了，找一个名气大点的演员，最好是什么当红'炸子鸡'。这种狗血剧本啊，粉丝们最喜欢看。"

谢可妮一副"我当你是有什么高招"的语气："我们不是没有想过，之前甚至也接触过叶瑛，只不过人家一听说不是大制作，事情都没传到艺人耳朵里就已经让公司给拒了。"她将演员表递给赖姿，"这已经是能找来的最好的阵容了。"

赖姿接过来扫了几眼，且不说这是部离上映都遥遥无期的电影，单看这剧本这阵容，别说是叶瑛了，就是毛茜茜恐怕也不会应承。小姑娘初来乍到，眼高于顶，也难怪了。

谢可妮拿出手机滑着："你看，由她做女主角挺合适的。"

赖姿一看，演员表里竟然会有袁唯心的名字。袁唯心曾因父亲的《西川1978》名噪一时，按理说不会接这种片子。不过赖姿转念一想，父亲公司被查封，袁唯心直接签约杨海的经纪公司，虽然不知道其中原委，但凭着杨海跟谢坤的关系，袁唯心能过来撑场也算正常。

赖姿无奈地笑笑，这个袁唯心怎么总是阴魂不散。

谢可妮拿着手机继续翻，赖姿眼尖，阻止了她把照片又往后滑了一张，指着问："这什么情况？"

"袁唯心跟叶瑛的合影啊！"谢可妮并不觉得有什么问题，"这也是我求老爸把她请来的原因，袁唯心形象清纯，跟剧本人设比较吻合，再加上她跟叶瑛有合作，两个人捆绑在一起又有话题性。我们虽然请不到叶瑛，要是能借着他炒炒新闻也是好的。"

　　前段时间袁唯心确实跟叶瑛刚拍了一部音乐MV，有网友晒出了两人私下见面的照片，虽然也有人站出来辟谣说是片场私服照，可袁唯心这方暧昧不清，叶瑛方始终不回应，让这样的新闻显得更加扑朔迷离。

　　谢可妮摸着下巴说："我早就让人查过，下个月叶瑛亚巡演唱会会来香港开，到时候我们只要动一动脑筋，新片也不愁曝光率。"

　　没想到这丫头年纪不大，对行里的门道倒是摸得一清二楚。

　　赖姿没有肯定也没有否定："你这么单方面地炒新闻，如果到时候叶瑛那边不认账倒打一耙，那不是打脸吗？再说，这件事你做得了主吗？"

　　"我爸已经交代过，片子的事由我全权负责，我也不是一腔热血，这都是跟团队商量过的。"谢可妮手一甩，"如果有别的办法，我也不会这么做了。你既然那么厉害，你去把叶瑛找来啊。"

　　赖姿不傻，她可不想让一部烂片毁了叶瑛的名声："别，别。可妮啊，我看你的办法挺好的，就这么着吧，按流程走，我这边没意见了。"

　　"真的？"

　　全当玩票的片子，赖姿自然没什么意见，她点头："真的。"

　　正说着话，阿栋就走进面来，他指指后面对谢可妮说："乔总来了。"

　　赖姿还没搞清楚状况就见谢可妮一个箭步冲到门口，搂住来人的脖子娇嗔道："Honey！"

　　来人西装革履，三十出头，生意人。两人旁若无人地腻歪了一阵子，谢可妮才拽着他介绍给赖姿："姿姐，这是我男朋友。"

　　"你好。"赖姿伸手。

　　谢可妮似乎也并不想把时间浪费在赖姿身上，一手挽着男友，一手伸向赖姿："姿姐，预祝我们合作愉快喽。"

赖姿笑得得体："那是当然。"

"亲爱的，那我没事了，咱们走吧。"谢可妮已经迫不及待地要离开。

男友搂过她："好。"

两人离开时，赖姿分明看到那男人回头将视线落在她身上，她报之一笑，那人也意味深长地笑了笑。

当晚在酒店，赖姿闭着眼睛很久才睡着，睡得浅，整夜都在做梦，那个纠缠了她很久的噩梦。

梦里她一个人驾车行驶在宽阔的高架上，突然两旁的路灯渐次熄灭，她像是被吸进黑暗一样看不清方向。道路中央冒出一个白衣长发的女孩儿，一双冷漠的眼睛盯着她，她握着方向盘猛踩刹车，但整辆车却不受控制一般冲向前去。

强烈的撞击像是要把人给撕裂了一样，她想要从车里爬出去，却正对上白衣女孩儿居高临下的一张惨白的脸，女孩儿的嘴一张一合地重复着："杀人偿命，杀人偿命……"

赖姿一个激灵，猛地从梦中惊醒，额头上满是冷汗。

她慌乱地摸索着柜子上的药，倒了平日两倍的量，灌着冷水仰头吃了下去。这几个月，她都要靠药物才能安定静神。

吃过药，赖姿像是被抽掉了所有的力气，无力地倒在枕头上。

两年前的那场车祸，赖姿也是受害者，车从后面撞来她躲闪不及，连人带车翻在高架上。她虽然不是有意，可到底是造成了车毁人亡的事实。

她害死了他的心上人。

宋钟仁说得也有道理，当他面对无数个梦魇时，她在做什么？看着她在接受着荣耀，在憧憬着新的爱情，他却要忍受着失去挚爱的痛苦。他怎么可能容忍一个对他犯下过罪行的人如此惬意地活着？

他恨她，完全可以理解。

即便是噩梦，也到了换人来做的时候。

所以宋钟仁在发布会上宣布取消订婚，他要当众给她难堪，算是给她一点儿小小的惩罚。

赖姿仍然记得那天天空有些阴沉，宋钟仁走得潇洒，留她一个人站在台阶上面对众人。

她已经尽力让自己保持冷静，可她毕竟也不是圣人。她原本以为自己始终坚强，没有掉眼泪，但后来却在电视中看到自己当时闪烁的目光，在一众人群里显得那样滑稽。

直到宋钟仁振振有词地在她面前说着两年前的那场车祸，她才知道，原来他之前跟她在一起的每一刻，都是算计。

她不是难过，只是生气，气自己没早些看出他那点儿可笑的算计。

宋钟仁如果早说出来，她未必不会赎罪，兜了这么大一个圈子，他自以为玩弄了她的感情，心里爽快了不少。可笑吧，他揭开伤疤的那一刻，那个死去的女人也不会活过来。

他要她难过伤心，她却偏偏不让他如意。

赖姿迅速搭上了一个男模，好用来证明自己完全不受影响，她尽量躲着他，拒绝让他看她的笑话，可他总有办法逼她来找他。

父亲的入狱，查封的家产，他微笑地看着她栽在他手里。

那时赖姿才终于明白，她不该用力证明什么，自己在宋钟仁眼里好像成了垂死挣扎的猎物，让他更有胜负欲和满足感。

所以，这场追逐赛的最后，赖姿还是选择了逃避。

在香港，有些事拿钱好办，有些事却也不好办。

演员陆续到位，这晚的拍摄地选在兰桂坊的一家酒吧，提前跟老板打了招呼，准备在凌晨闭店，腾出场地供剧组拍摄。

当天是袁唯心的第一场戏，排场不小，赖姿现在是落魄的凤凰不如鸡，不过她想得开，心态也好，毕竟这个当口谁也不会跟钱过不去。

剧组在附近等待布场消息，可直到半夜两点也不见老板来电话，谢可妮机灵，带着助理直接去了现场。不到半个小时，她就把电话打了回来："姿姐，你快带着人来，这边出事了。电话里说不清楚，你赶紧来吧。"

听着谢可妮焦躁的语气，赖姿也不敢耽搁，火速赶到现场，刚到酒吧就听有人在围观议论："里面是谁？"

另一人摇头："不知道啊，好像是大陆的一个女明星。"

赖姿拨开人群挤进去，只见大厅里站着一群人，正中间坐着一红色包臀裙的波浪发女子，妖艳地靠在沙发里，纤细的手指缓缓地敲着节奏，慵懒里透着嚣张。

前面几个人拽着一个女的，"啪啪"地扇着耳光。

赖姿问谢可妮："什么情况？"

谢可妮说："你先看看挨打的是谁吧。"

赖姿看过去，挨打的女人又被往前拖了几米，她低着头，头发也散乱地盖在脸上，有红红的巴掌印。

"袁唯心？"赖姿脱口而出。

"哎，你等一下别着急。"谢可妮拦住她。

"我有分寸。"

谢可妮原本想拦可是没拦住，赖姿已经站了出来，她人很聪明没有质问打人的，而是指着袁唯心先问："你这是干什么？演戏哪？"

袁唯心趴在地上不敢说话。

坐在沙发里的女人见到赖姿出头，于是问："你是谁？"

赖姿回头指了指袁唯心说："我叫赖姿，跟她一个剧组，我是导演。"

"哦，原来是赖小姐啊。"女人显然是听说过赖姿，她看了看赖姿，又看了看袁唯心，"扑哧"一笑，"这丫头不懂规矩，我叫别人教教她。"

谢可妮上前一步，漫不经心地对赖姿说道："这是珂姐，跟我老爸有那么点儿关系。"

谢可妮白眼翻到了天上，眼瞅着是懒得管这事。赖姿再笨也看出了其中的关系，江湖上还真是鱼龙混杂，她不想招惹是非，于是说："我组里的人不懂规矩，如果她做错了什么，希望您能谅解，我在这儿先给您道歉了。"

珂姐笑了："道歉？好哇，她把酒泼我身上，我现在没衣服换了，你把你的脱下来给我，我就放了她。"

袁唯心在赖姿父亲入狱后充当白眼狼角色，迅速投入万映怀抱，对老东家不但不仗义出言，反而落井下石，按理说赖姿应该是抱着看热闹的心态冷眼旁观。

但赖姿也明白袁唯心背后一定有人给她出主意，不然她没胆子这么折腾，充其量也就是个狐假虎威的角色，这么想了想她又有些于心不忍。

袁唯心穿着白色长裙，跌坐在地上，无力又无助的模样楚楚可怜。

赖姿还没做出任何动作，珂姐这时候递了个眼神，那几个人拖着袁唯心，把她摁在桌子上，玻璃酒瓶"咣"地被砸碎，照着她的脸就往下划。

袁唯心死命挣扎，挣脱后抱着赖姿的手腕，声嘶力竭："导演，导演救我！我不能毁容，我不能，你救救我，求你救救我……"她像是拽着救命稻草一般央求着。

这时一直沉默不语的谢可妮说话了，她站在众人面前，收起了刚才看热闹的心态："珂姐，我们今天在这里拍戏，本来都是高高兴兴的，你这么一来大家哪儿还有心情工作。你就算不看我的面子，也得看我老爸的面子吧。"

珂姐似乎很满意谢可妮的出面，她笑着坐回去："既然可妮也求情了，我就放了你，不过……"她指了指赖姿，"这最后的十巴掌我要你替我打。"

珂姐得意道："你现在就打，打完了我们马上走。"

赖姿怎么可能下手。

"怎么，不愿意啊？那我就没办法了。"

"不，不！"袁唯心猛地坐起来，拽着赖姿的手，"导演，是我错了，你打我吧，打我吧！"

见赖姿不主动，袁唯心就拉着她的手打在自己脸上。

赖姿气恼地推开袁唯心，她往后一倒落在旁边人的怀里，人家嫌她闹腾，扬手便是狠辣响亮的一巴掌，打得袁唯心当时就蒙了，脸上也立刻浮出了五指印。她捂着脸，满眼委屈地看着周围的人。

珂姐笑了："怎么要打的是你，要哭的也是你。"

这时，赖姿突然开口对珂姐说："今天骂也骂了，打也打了，再这么闹下去别人还以为她有多大牌能劳您在这儿费时费力的。"

珂姐问："你什么意思？"

赖姿还算客气："我哪敢有什么意思，毕竟都是一个圈子的，真把她弄出个好歹来，您按规矩办事别人自然不敢说什么。可她毕竟是我组里的演员，也是谢总找来的人，要是真闹得不可开交，最后还不是谢总脸上没光吗？"

话说到这儿，对方总算有了偃旗息鼓的意思。谢可妮顺水推舟地又劝了几句，珂姐一行人才慢条斯理地离开了。

闹剧结束后，袁唯心的经纪人才被人放了出来，她痛心疾首地看着袁唯心脸上的伤，像是看到了一棵倒塌的摇钱树。她不敢追上去与肇事者做争执，倒是一眼看到了门口的赖姿，几步上去拽住她说："是你让人干的？"

赖姿觉得好笑："你发什么疯？"

"是，我们唯心曾经是对不起你，可你也犯不着落井下石吧，她可是看在你的面子才接这部电影的。"

赖姿立刻堵住经纪人的嘴："你少拿我说事，她为什么接这部戏她自己清楚，在我面前你装什么清高！"

"你、你简直是狗咬吕洞宾！"

赖姿直接指着那人的鼻子："我劝你嘴巴最好干净点儿，谁是人谁是狗你们自己心里清楚。不想拍就滚，没人拦你。"

"别以为你现在还是从前的赖姿，"经纪人简直气得发抖，"我要告你，告你！"

赖姿将外套拎在手里，扭头走了："我等着。"

"哇哦！"看到赖姿的唇枪舌剑，跟在身后的谢可妮一改往日态度，一脸崇拜地看着赖姿，"袁唯心的经纪人也敢呛，看来我们导演很大牌嘛。"

赖姿悻悻道："少给我来这套，你也不简单嘛，我还没问你呢，怎么你上去说句话那女的就放人了？"

"哦……那是因为我爸啊！"谢可妮搬着凳子坐在赖姿身边，"她想嫁到我们家，是我死活不同意的，她不得巴结我吗？"

赖姿心里已经有数："怪不得你刚开始不肯出面，原来是怕欠人家人情。"

谢可妮摆手："先不说这个了，袁唯心怎么也得休息几天，要是她真不拍了怎么办？"

"白纸黑字的合同，除非她又要换东家，不然也由不得她。"

那次，赖姿终于感受到了什么叫光脚的不怕穿鞋的。

事实证明即便她是个光脚的，因为她曾经有鞋穿，所以大家对于这种落地凤凰不如鸡的新闻仍然是喜闻乐道。

类似于"某 L 姓女导演在中国内地混不下去，去了中国香港仍不安分，伙同当地势力欺负内地女影星"的新闻很快上了热搜榜。

对于这种标签明显就差没把她名字写出来的新闻，赖姿也只剩下无语。网友更是有路透照，虽然模糊但可以看到人群中，一个穿红衬衣的女人站着盛气凌人，一个穿白裙子的女人匍匐在地上楚楚可怜，一眼就能分辨出谁是谁。

一石激起千层浪，谩骂声可想而知，一片狼藉。就连当初对赖姿婚姻不幸给予同情的人，也都因为这次暴力事件对她进行联合声讨。

牵扯到地域的问题总是更敏感，一些内地艺人自然抱成团声援袁唯心。对于赖姿来说，本来就是墙倒众人推，除了茜哥竟无一人敢在社交网络公开声援。

事情越演越烈，甚至有影迷直接质疑万映集团的执行力。于是在随后的新闻发布会上，宋钟仁身为集团董事陪同袁唯心共同出席。

对于打人事件，万映传媒表示袁唯心不会受此影响，伤养好后一切通告继续，也请袁唯心的众多影迷放心，万映传媒对此类事件绝不姑息，对施暴者也将采取法律手段捍卫本公司艺人权益。

"对于本公司艺人毛茜茜声援施暴者的言论，是否代表万映的观点？"

"那只是艺人的个人言论，跟公司无关，目前万映已经暂停了该艺人的相关活动。"

"大家纷纷猜测 L 姓女导演是赖姿，请问宋总您怎么看？"

此问一出，立刻有工作人员阻拦："对不起，这个问题我们暂不回应。"

"宋总，您是否认为这是赖姿的报复行为？"

宋钟仁已经起身离席。

"如果是赖姿，万映是否仍对其坚持使用法律手段？"

"对不起，请让一让。"工作人员开着路。

记者仍是不依不饶："宋总，您和赖姿是否还保持联系？"

"这是否是万映传媒自导自演的炒作行为……"

"……"

宋钟仁已经走出会场，好不容易避开围堵，他扯掉领带直接钻进车里，拿出电话拨了几次都是关机，看来是又换号码了。

她怎么就这么喜欢躲着他？！

宋钟仁一拳打在车窗上，手背发红，气得不轻。

司机吓得一愣。

"看什么看，走啊！"宋钟仁说。

市中心的繁华区，巨大的 LED 屏滚动播放着近期娱乐新闻，车子停在十字路口等红灯时，正巧播放叶瑛回国的消息。

炒了几个月的新闻，叶瑛终于得到 L.Y. 娱乐特批，在中国成立工作室，成为该公司第一个拥有海外工作室的艺人。

接受媒体采访时，有人问到了最近闹得很凶的暴力事件。毕竟，袁唯心出道就以清纯形象示人，又与叶瑛有过合作，有粉丝更是自组 CP 称他们是"应援夫妇"，红极一时。

记者抓住机会，自然要刨根问底。

"有没有联系袁唯心去安慰她吗？"

叶瑛答："她是内心很强大的演员，应该会自己调整心态。"

"接下来两人是否会有合作呢？粉丝们都很期待。"

"暂时没有。"

"那你怎么评价袁唯心本人？"

"我们并不熟。"

"你们难道没有在交往吗？"

"从没有。"叶瑛把话说得太死。

"那你有看过照片吗？大家都在猜测 L 姓女导演是赖姿，你有什么看法。"

叶瑛只说："照片是假的，她不会那么做。"

"你是说赖姿吗？"

"不然呢？"

记者抓到重点："你跟赖姿很熟吗？为什么说不是她？"

叶瑛直接反问："那你跟她很熟吗？为什么说是她？"

记者被问得哑口无言。

绿灯亮起车子启动，LED 直播屏幕逐渐后退，宋钟仁收回目光靠在后座，他在想，是不是有些时候，他的担当还不如一个毛头小子。

宋钟仁摆弄着手机，最终打给了助理："帮我订张去香港的机票，对，下周的。"

chapter 8
▼
我们算什么，不痛不痒

最近赖姿远离网络，对一些新闻眼不见心不烦，拍着没什么压力的电影，过得也算清闲。

只是那天在听到茜哥被封杀时，赖姿有些坐不住了，她一个电话打了回去："我不是说了我的事你不要管吗？现在把你也搭进来，这算怎么回事啊？"

茜哥说："他们要是想整我，我做什么都是错的，也不差这一回。"

"你倒想得开。"

"过奖了，我跟你比起来可差点儿，正好这次就当休假，平时哪有这机会啊。等你把我老板整翻了，我好再回来狐假虎威。"

"你就贫吧你。"

赖姿知道，茜哥只是不想自己担心她才说这些玩笑话。可茜哥越是这么做，她心里就越不是滋味。

那天赖姿接到消息，说是制片方有安排，剧组提前收工后有人来接，谢可妮本想跟着一起去，可是来接的人是阿栋，谢可妮一见阿栋直接赌气走了。

阿栋边开车边解释："她应该是因为乔总没来接她而生气吧，大小姐脾气啦。"

"乔总是谁？"

"就是可妮的男朋友啊，你上次见过的。杨总的表弟，据说年初跟可妮刚订婚，两人差十一岁。"阿栋的表情说明这里面可大有故事。

赖姿并没有八卦，只是问："那个乔总今天也去？"

"应该会去，杨总今天来香港，他能不作陪吗？"

"哦……"赖姿对大致的关系有个了解，"多谢。"

"你谢我干吗？"

赖姿笑："我来这么多天都是你开车接送，没有功劳也有苦劳。"

"这都是我应该做的。"阿栋挠挠头，边说边瞟着后视镜里的赖姿，"我也就是这段时间出来跑跑，老婆生孩子，缺钱。他们瞧我是生脸，就让我专门跑车，这不，刚一来就碰到你这么个大好人。"

赖姿听了摘下手腕的镯子放在副驾驶的座位上："那这个就当作我给孩子的见面礼吧。"

"小姐，这怎么好意思？"

"拿着吧，"赖姿怕他不肯收，于是说，"我也不缺这个。"

阿栋千恩万谢，小心地收着。

阿栋说顺道再接个人，赖姿自然是没意见，车停在巷口，不一会儿两个美女跨门上车。

"怎么来这么晚？"其中一个抱怨着上车。

阿栋好声好气："不好意思啊，路上堵了会儿。"

另一个鬈发美女说："你看着眼生，新来的？"

阿栋点头。

"怪不得这么没眼力。"她说。

倒在后座的赖姿拿掉盖在脸上的帽子，直起身瞧着那两个人："我说美女，嫌慢就自己开车去，要饭的你还嫌饭馊？"

鬈发美女见车里有人吓了一跳："你是谁？"

阿栋连忙解释："这位是赖姿，谢总请来的导演。"

他特意强调了谢总而不是杨海的名字，果然，两位美女一听这话和颜悦色了不少，可见谢坤的名号非凡。

"姿姐啊，你好，我是 Aimee。"

"我说嘛，姿姐这气质一看就不一般，肯定是才女。"

两个姑娘年纪不大，好好的大陆人到了香港偏偏要叫什么 Aimee 和 Joyce，嘴一个比一个甜。一路上 Aimee 和 Joyce 说说笑笑，赖姿拿着手机坐在一边慢慢地划拉，也不和她们搭话。

听得出来这两个算是嫩模，还在念大学，平时出来拍拍平面杂志赚些零花钱。这样的人赖姿见多了，念书时，一到周末学校门口停着形形色色的豪车，堪比车展。年轻就是本钱，就有挥霍的资本。

赖姿见怪不怪，她觉得这样也好，晚上有她俩在，自己也能少喝些酒，容易找办法全身而退。

会所是位于市郊近山的一座独栋高楼，外面乍一看不起眼，里面却是别有洞天，古色古香的装潢风格，格调可见一斑。

赖姿一行到得早，坐了大概半小时正主才到场，谢坤在几个人的陪同下入席，赖姿起身，脸上是恰到好处的微笑。

大门砰地打开的瞬间，赖姿的笑像是打了霜一样僵在脸上，那个熟悉的声音、熟悉的人影惊得她心中一颤，整个人定定地愣在那里。

如果可以，她想立刻、马上离开这儿。

Aimee 和 Joyce 一口一个"谢总""乔总""张总"喊得亲切，最后目光落在站在谢坤身边的那个年轻人身上，两人没急着打招呼，看样子是第一次见面。

谢坤拉着自己身边的 Aimee 说："杨总临时有事，这是宋氏集团的宋总，人长得帅又年轻，最讨你们这些小姑娘喜欢。更重要的是，单身！"

Aimee 问："真的假的？"

谢坤笑着指了指："一会儿你把他喝倒，好好问问，不怕他不说实话。"

Aimee 长发一甩，拉着谢坤的胳膊："我不，我就要跟坤哥喝。"

谢坤被哄得哈哈直笑，手放在 Aimee 腰上就没松开过。

气氛还算不错的包间里，赖姿感觉四周的空气都像是被抽空了一样，让她连呼吸都觉得困难，可对面那个冤家却像没事人一样，不慌不忙里又带着倨傲。

"赖导演，我们又见面了。"宋钟仁不慌不忙地伸出手，彬彬有礼的模样差点儿让人忘了他之前做的那些破事。

他的手掌依旧温暖，赖姿连忙将手抽出，面子上的事点到为止。

Aimee 显然是谢坤的人，一言一行就没放在别人身上；Joyce 就不一样了，相比 Aimee 来说嫩了点儿，应该是专门挑来陪宋钟仁的。宋钟仁相当配合地把 Joyce 搂在怀里，Joyce 时不时地抬头看看宋钟仁，双颊泛红像个怀春的少女。

宋钟仁坐在对面跟谢坤交谈甚欢，时不时朝赖姿递过来一个暧昧的眼神。赖姿当即瞪回去，他却只是一笑并不放在心上。

也许是谢坤常居香港的缘故，并不知道宋、赖两人的那点儿恩怨，他只说："这次多谢杨总和宋总费心，也多亏赖小姐仗义相助，谢某都记在心上了。"有点儿江湖侠客的感觉。

谢坤端着酒一起身，在座的所有人都站了起来。

酒过三巡后，大家嘴上也都没什么把门的了。想要谈正经事，总要先说点儿不正经的。这种场合总会有几个爱闹的，该说的不该说的段子来几个逗得在场人哈哈大笑，气氛一调动，什么事都好说。

一个看起来分量并不重的角色端起酒打着哈哈："宋总，这 Joyce 上个星期才出的专辑，歌唱得好着呢。"言下之意，我们姑娘刚入行，干净着呢，您放心。

宋钟仁相当配合："是吗？"

那人又说："Joyce 一会儿记得给宋总唱几首，你不一直想回内地发展吗，让宋总多指点指点。"言下之意是，还不快倒酒，伺候好了，也就是他一句话的事儿。

Joyce 相当聪明，拿起酒杯，瞟了眼宋钟仁做娇羞状："那就请宋总到时候多多指教了。"

宋钟仁带着微笑，象征性地端起酒杯，碰了一下却没喝，照旧放回了桌面。Joyce 稍有惊诧，却很快掩饰过去，自己把酒干了。

谢坤见状哈哈大笑："我说什么来着，我们宋总眼光高着呢，Joyce 你要不拿出真本事可搞不定我们这位青年才俊哦。"

Joyce 连连称是。

赖姿眼不见心不烦，索性端着酒找了个角落坐着。不一会儿，那个被人叫作乔总的，也就是谢可妮的男朋友走到了她身边。

虽然是第一次交谈，可赖姿到底是赖姿，场面上左右逢源的本事还是有的，更何况他是谢可妮的未婚夫，刚才做介绍时，她就特意留意了这个叫乔瑞的人。

"乔总，你好。"

乔瑞很开心，不忘继续套近乎："我可是看过赖小姐导的戏，是你的粉丝，这次来香港拍戏可要多劳你费心了。"

乔瑞身为杨海的表弟，行事作风却有点儿小聪明。自从杨海生意上有所起色后，给乔瑞投了些钱，让他帮忙打理着香港的生意，后来乔瑞越做越大，索性自立门户，平日也几乎不跟家里联系。

乔瑞的话三分真，七分假。赖姿虽然心知肚明，可仍然继续与他周旋："谈什么辛苦，只是过来跟着谢总赚点儿钱花。"

乔瑞如何不知道拍电影实际目的是为了洗钱，他见赖姿如此坦率，也乐了："还是赖小姐有魄力。"

赖姿笑："钱可是好东西，谁会跟它过不去呢。"

"说得对，说得对。"乔瑞连连点头，"不知道赖小姐有没有兴趣一起玩个游戏？"

"你尽管说。"

乔瑞抓住了赖姿的胳膊，往自己身边一揽，指了指面前的高脚酒杯，说："这桌子上的酒，你喝一杯我给一百万，这买卖划算吧？"

老套的把戏。

赖姿说："乔总，要不玩点儿新鲜的吧？"

"哦？"乔瑞兴趣大增，"玩什么，你说。"

赖姿转着酒杯，酒液光泽透亮，玻璃桌面上映着一个身影越走越近，她不动声色。

"乔总，又骗姑娘呢？"宋钟仁走来，不忘呛他一句，"都是要结婚的人了，也不收敛点儿？"

"哟，小舅子啊。"杨海是宋钟仁的姐夫，乔瑞这么称呼他虽然有点儿半开玩笑，却也有点儿道理。

宋钟仁跟乔瑞真谈不上熟，他本来就不待见杨海，更别说杨海家里的其他人了。

宋钟仁将手里的酒杯一举，算是打招呼。然后他故意打量一番赖姿，跟乔瑞说："乔总最近口味挺重的吗，糙米剩饭你就这么生吃，不怕拉肚子啊？"

宋钟仁明嘲暗讽，赖姿只当他在放屁。

乔瑞作势拉了拉赖姿的手："来来来，赖小姐，我这就给律师打电话，咱们一同告他诽谤，非治治他这嘴贱的毛病。"

赖姿纤细的手指转着玻璃杯，漂亮的眼睛一抬，说："我看行。"

她的表情全然没有半点儿要跟宋钟仁算账的意思，两个人像陌生人一样，表面谈笑风生，暗地里却各怀心事，看不出个所以然来。

赖姿自始至终小心应酬，毕竟她不想弄得在香港也混不下去，她不多求，只求宋钟仁不是过来断她后路的。

不知是否是自己多心，赖姿总觉得有道目光如芒在背，她回头却只看到宋钟仁跟别人高谈碰杯，她冷笑，自己还真是想得多，想得美。

席间有人问袁唯心小姐什么时候过来，宋钟仁说应该快了。一旁的Joyce紧紧贴上去，娇嗔着自己不如袁小姐重要，宋总偏心自家艺人，惹得周围人一通好劝，你一句我一句氛围又高涨了不少。

赖姿抽空溜了出去，洗手间的水"哗哗"流着，她吐得厉害，是从什么时候开始她的酒量大不如从前了。

赖姿看着镜子里那张俊俏却苍白的脸蛋，无声地笑了笑。

这时，身旁的门突然应声而开，透过镜子赖姿看到了乔瑞。

他明显是喝醉了，上来就搂住了赖姿的腰，赖姿反应还算快，一手连忙扒着洗手台，一手试图掰开他的手。

乔瑞哪里肯松，搂着赖姿开始胡言乱语："你陪陪我，就一个晚上，你要多少钱我都给你。"

赖姿无奈地翻了个白眼。

"赖姿啊，我真的喜欢你。"

搞什么？赖姿挣脱不了，只好用高跟鞋狠狠踩在他的脚上，痛得他连连后退。

乔瑞被她这么一捉弄，有些恼了，上前捏着赖姿的下巴："你不过是个落魄户，还在我面前装什么清高？"

他在她脖颈间蹭来蹭去，她推不动他，心里一阵恶心，手伸进包里直接拿防狼喷雾，自从陈家格的那件事后，她包里就常备着这东西。

但这东西还没来得及派上用场，洗手间的门已经被人"砰"的一声推开。

乔瑞正在兴头上，不耐烦地正要开骂，却见宋钟仁一脸笑容，抄着手倚在门口，不进也不走，一副看好戏的模样。

乔瑞虽然气恼却也不敢发脾气："你来干吗？"

赖姿这时推开乔瑞，站在一旁整衣服，宋钟仁瞧这两个人的表情举动，佯装抱歉："哟，真不好意思，我不知道乔总正忙着呢。"

"你不知道？就你最贼，你要也瞧上了，我做个顺水人情拉倒。"乔瑞知道自己好事玩完了，拿宋钟仁出气。

赖姿心里怒骂，去你大爷的，真当她陪酒来了。

宋钟仁哪里听不出来乔瑞的意思，于是说："打住啊，我可不如乔总口味劲道，比起麻婆豆腐我还是更喜欢新鲜小菜。"

被这么一说，乔瑞脸色有点儿变了，男人心里但凡都有个比较，不怕找不到自己喜欢的，就怕找个被别人嫌弃的。

乔瑞心里犯起了嘀咕，不禁扫了一眼赖姿，白皙光润的皮肤，前凸后翘的身材，美是美辣是辣，可这样的女人还不知与多少个男人好过，自己不去吃那新鲜小菜，倒是在这麻婆豆腐上浪费时间，酒劲儿一上头，他越想越不是个滋味。

宋钟仁作势要走："小弟就不打扰了，乔总慢慢玩啊。"

赖姿拎起洗手台上的包，甩门而出，临走时不忘狠狠踩一脚宋钟仁，他倒好，张开胳膊给她腾出个过道儿，开玩笑说："走好。"

赖姿白了宋钟仁一眼直接走人。

乔瑞整理着衣服上前对宋钟仁说："开玩笑的嘛，出来玩你懂的，做做样子，我又不是真要把她怎么了。"

宋钟仁拍拍乔瑞肩膀："我知道。"

赖姿一路踩着高跟鞋"嗒嗒"地敲在大理石地面上，宋钟仁不近不远地跟在身后，两人最终停在电梯门口。

镏金电梯门上映出两人的身影，男的倨傲，女的妖娆。

看见露出那种眼神的宋钟仁，赖姿讳莫如深，她佯装不经意地摆弄了一下松散的领口，轻咳一声保持镇定。

电梯到达 17 层，赖姿走进去，宋钟仁跟着进去。

里面就两个人，金色光影里，磨砂雕花的空间倒更像是个金丝雀鸟笼。

赖姿不愿与他纠缠，于是没按楼层，想着等他按过，她再按个隔得远的，总之，躲着他就好。

　　门缓缓合上，她不开口，他也不说话。

　　这时宋钟仁伸出手，无声无息地把楼层按钮从17层到1层都按了一遍。

　　于是电梯渐次下落，每一层都停一下，两扇门开开合合。赖姿踩在地毯上，双脚有些发软，但她肯定这跟宋钟仁没什么关系。

　　"我以为你害怕见我。"宋钟仁率先开口。

　　赖姿装聋作哑。

　　"你没有想我吗？"他说，"这么久了。"

　　赖姿："有话你直说。"

　　宋钟仁一笑："据说你过得太好，我就忍不住来看看。"他话里有话。

　　赖姿环着胳膊站得笔挺："那你也该看到了，我并不如人们说的过得那样好，每天要靠这种应酬争取个赚钱的机会，还是你眼里那些不值一提的小钱。当然，如果宋总觉得我过得逍遥自在，碍你眼的话，那就放马过来吧。"

　　"你是在告诉我你光脚的不怕穿鞋的？"

　　"没错。"

　　电梯停在了7层，两扇门缓缓打开，宋钟仁按了下闭合按钮，语调平和："我开玩笑的，别介意。"

　　"那就请宋总以后不要开这种玩笑了，我们的关系不太适合。"

　　他嘴角一扬："跟我宣战啊？"

　　"宋钟仁，你指望我像个泼妇一样找你三天两头闹一通吗？还是算了吧，我没那本事跟你斗，也玩不过你，我认输了还不行吗？"

　　"怎么这么快就投降了，这可不像你。"

　　"我从没有想跟你宣战，宋钟仁，是你一直纠缠着我不放。"

　　电梯门已经合上，宋钟仁略带嘲讽的笑意在密闭的空间里显得尤为突兀："纠缠？赖姿，你真看得起你自己。"

她站在他身后，不卑不亢："我向来不自量力，不然以前也不会喜欢上你。"

让宋钟仁没想到的是，赖姿竟然丝毫不抹杀两人之前的关系，他说："如果我不找来，你就打算一直躲着我？"

赖姿拢了一把长发，清香扑鼻："原来想，现在不想了。与其这么躲着，倒不如见你一面，一雪前耻来得痛快。"

她还是原来的赖姿，一点儿没变，他也不该期待会有什么改变。宋钟仁嘴角扯了扯，却也只是一秒就恢复了默不作声的模样，似有不屑，似有隐忍。

电梯到了负一楼，赖姿朝前走了一步与宋钟仁并肩站着。电梯停了，宋钟仁没有要挪步的意思，赖姿迈步出门却被他一把捞了回来。

他稳稳地挡住她的去路，将她逼到角落，像是极力克制却又忍不住地质问："一雪前耻？"他对她来说，是耻辱吗？

赖姿并不想惹恼宋钟仁："如果我的措辞有问题，我道歉。"

他钩住她的腰："道歉？赖姿也会跟人道歉吗？"

宋钟仁指尖微微用力，赖姿心里微颤，他了解她身体的每一部分，不费什么力气就能让她缴械投降，她被他撩得难挨，理智却还在。

他抓着她打过来的手问："刚才不还跟别人卿卿我我的，怎么，他给你什么天大的好处，让你笑得那么开心？"

赖姿："没错，是有不少好处。乔瑞说，我陪他喝一杯他给我一百万，陪他睡一晚，也许我就不用自己还债了。"

他眉头紧皱："自甘下贱。"

"是，我是下贱。"赖姿靠近他耳旁，"如果宋总给我张支票，我现在就跟你走，"她一笑又说，"这就是现在的我，你看到了，也该满意了吧。"

他攥着她的手松开了。

她如释重负地靠在一旁，说："宋钟仁，我不招惹你，也求你放过我，行吗？"

最后电梯停靠负二层，宋钟仁没再纠缠，迈步出了电梯，临走时说道："周六晚上七点，你来这儿，我们把事情说清楚，说清了我就放了你。"

他脚步声越来越远，赖姿朝相反的方向走去，她只觉得自己像被剔去了膝盖骨，每一步都走得软绵绵的，找不到重心，也找不到方向。

晚上回到酒店，赖姿又接到了乔瑞的电话。

"赖小姐，在干吗呢？"

"乔总有事找我？"

"没事啊，找你聊聊。"

"我现在很忙，恐怕没有时间闲聊。"

"别啊。"出于礼貌赖姿没有挂断，可这似乎使乔瑞更加得寸进尺，他语气轻佻，"赖小姐，玩过一夜情吗？"

赖姿讪笑。

"放心，我给钱，你要多少我都给。"

赖姿站在窗户旁，点了根烟："乔总，我拿可妮当妹妹。"

乔瑞明白了，于是道："她是她，你是你，这不矛盾嘛。"

"你不怕我告诉可妮？"

"你不会的。"

赖姿吐了口烟圈："乔总，钱虽然是好东西，但我赖姿好歹还是个要脸的人。这种事，你找别人吧。我就当你没打过这通电话。"

听筒里是"嘟嘟"的挂断声，乔瑞冷笑着将手机丢进沙发里。

"跟谁通电话呢？"酒店浴室里走出一美女，只裹了层浴袍，白皙的双腿蹭上来，跨坐在乔瑞身上，一脸清纯惹得人心痒难耐，"又是你们家那位大小姐啊。"

乔瑞搂上她的腰："她？得了吧，我躲还来不及。"

"那是又找了个相好的？"

"唯心，我怎么会？"

她不信，上前拿起他的手机，一看通话记录显示的是赖姿，不禁冷笑："怎么全世界的女的都死绝了，要你们一个个都往她身上贴？"

"亲爱的，你别生气嘛，我有我的打算。"

袁唯心作势一推："打算？你能有什么打算？我跟你两年了，当初是你要我昧了良心整赖家的，还说要弄到她手里什么股份，非要我接这部烂片。现在你倒好，见人家漂亮又落了难，就想英雄救美了？"

"跟我有什么关系，你想哪儿去了，这不都是我表哥安排的吗？"

"杨海？"袁唯心冷笑，"你跟他都不是什么好东西。"

"你说他就算了，怎么连我也一起骂进去了？"

袁唯心冷声道："自从我进了万映除了不痛不痒的几部电视剧，还得到了什么？天天靠跟叶瑛捆绑炒剩饭，你和杨海答应过我的，整死了宋钟仁和赖姿，万映股份有我的份儿。可现在呢，我又不是稀罕那一点儿股份，好歹得让我过得舒心吧。那时候我在香港挨人巴掌，你们却拍拍屁股一个个当缩头乌龟去了！"

"那不一样。"

"有什么不一样？"

"现在舆论明显倾向你这边，结果还不是害赖姿被骂得体无完肤吗？什么事总得一步一步来吧，心急又吃不了热豆腐。更何况珂姐是谢坤的女人，你难道让我把巴掌给你还回去吗？"

袁唯心讪讪一笑："少说得这么冠冕堂皇，你现在干的事要让谢坤知道，他照样扒你一层皮。你既然这么怕他，就别躺在这儿。"

乔瑞作势搂过她："怕他，也只是暂时的，很快就不用怕了。"

"真的？"

"当然，你只要知道咱们都是一条船上的蚂蚱，我给赖姿打电话也只是玩玩，她给不了我任何好处，又是宋钟仁玩剩下的，我怎么可能不要你去跟她乱搞？"

袁唯心轻轻一推，似笑非笑："我可不信你这些鬼话。"

乔瑞眼睛里透着算计："到时候你就等着看好戏吧。"

这天是叶瑛在国内创立工作室后开的第一场独立演唱会，谢可妮拿到了两张票，她没什么朋友就去找赖姿。赖姿以自己欣赏不了流行音乐为由拒绝了，其实她只是怕万一见到叶瑛自己控制不住情绪。

谢可妮有些失落："那我就只能找乔瑞了，他一定又要说我脑残了。"

赖姿想了想，还是问出了口："可妮，这个乔瑞人品怎么样？"

谢可妮眼珠一转："很好啊，他刚来香港的时候我爸爸帮过他不少忙，他常常说要报恩什么的。可我爸爸帮过那么多人，哪里让他们报得过来嘛。他只要对我好就行了。对了，你问这个做什么？"

赖姿摇头："没什么，我只是不希望你被骗。"

"不会啦。"谢可妮拍拍赖姿的手背，"姿姐，你不能因为一棵歪脖子树就否定整片森林吧。我自己有分寸的，放心好了。"

赖姿看着她兴致高涨的样子也没再说什么。

赖姿给叶瑛发了条短信，许久没联系，也不知道他有没有换号码。

——祝演出顺利。

直到傍晚她才收到叶瑛的回音，简单的一个字——嗯。符合他一贯的行事作风。

说是不想，其实还是有些按捺不住，晚上收工回酒店，赖姿打开了叶瑛演唱会的网络直播，同时在线观看人数已达百万。

叶瑛安静地坐在钢琴前唱歌，在台上热舞，他一笑带过自己的伤病，挥起手带动全场的合唱，银色的荧光海，炫彩的灯光，挥洒的汗水，无人替代的现场。

叶瑛站在舞台中央摘掉耳反，拿出口袋里的一把口琴。

"下面这首曲子，其实很早之前就写了……"

台下沸腾。

"今晚唱给大家听。"

叶瑛的眼睛看着主机位，双眸清澈透亮，隔着屏幕赖姿坐近了一点儿。全场灯光熄灭，一束白光自上而下打在他的身上，飘落的泡沫泛着浅浅的光，叶瑛捧着口琴站在立麦前，音调委婉有着特别的味道。

> 我们算什么
>
> 不痛不痒
>
> 不明真相
>
> 如果你像我一样大方
>
> 如果我像你一样说谎
>
> 鸟和鱼　天与海
>
> 可笑的悲哀
>
> 可怜的被爱
>
> 不该被祝福的活该……

赖姿端着高脚杯坐在电脑前，摇晃的红酒像是催化剂，她无法形容听到这首歌时的感受，就好像做了一个很长的梦，却又在不经意间被叶瑛拉回了现实。

赖姿现在是招黑体质，她该躲着他的，这样做没错，不会给他带来什么不必要的麻烦。毕竟这世界上她最不想伤害的就是叶瑛，她宁愿自己被骂得狗血淋头，也不希望他受一丝一毫的损伤。

最后演唱会圆满谢幕，不知为何，叶瑛没有出席后面的记者会，让一众等待的媒体不免有些失望。

赖姿没有想太多只是关掉了直播窗口，今晚还有不少素材要看，怕是又要熬夜了。

一盏台灯，一杯咖啡，她又熬到了深夜。

工作结束，赖姿伸了个懒腰，准备关灯睡觉，却等来了茜哥的电话。赖姿接通后问有什么事，毕竟茜哥很少这么晚来电话。

茜哥的语气听起来有点不对劲："姿儿，你在香港见着叶瑛了吗？"

赖姿对于茜哥突然这么关心叶瑛有点儿意外，她点头："你说演唱会吗？刚在网上看了会儿直播，怎么了？"

"他没怎么样吧？"

赖姿心里一咯噔："什么怎么样？是出什么事了吗？"

"看来你也不知道。"

"到底发生了什么，毛茜茜你少卖关子，快说啊。"

茜哥一时也不知道从何说起，索性开门见山："叶瑛爷爷去世了。"

"什么？"赖姿整个人从沙发上站起来，"这怎么可能？"

茜哥说："我刚开始也不相信，可我今天见苏姨了，她告诉我的，说就是昨天晚上的事。"

赖姿像是被抽空了力气，不安地扶着身旁的桌子，声音也在抖："那叶瑛知道吗？"

"不知道吧，怎么敢告诉他，就这么一个亲人了，好歹等演唱会开完了才会说吧。"听对面没有动静，茜哥问，"喂，赖姿？你在听吗？"

赖姿想，难怪叶瑛连记者会都没有出席，怕是一下台就已经知道这个噩耗了吧。他就只剩这么一个至亲，从小相依为命，这打击对他来说太大了，太突然了。

"赖姿，你在听吗？喂？"

"茜哥，我得回去帮他。"赖姿斩钉截铁。

"你是说现在吗？"

"对，我向组里请个假马上就回去，不然你要叶瑛一个人怎么张罗这些事？"

"他不是还有叔叔伯伯吗，会有人帮他的，赖姿你现在是自身难保。"茜哥好意提醒，"你先别着急，把那边事安排好了再回来，这边有我。"

可赖姿哪里考虑得了那么多，挂掉电话第一件事就是订了回程的机票。叶瑛的电话已显示关机，她瘫坐在沙发里脑子里一团乱，把脸埋进手掌，她不知道该做些什么。

第二天一早，赖姿就给谢坤去了电话。当然，之前赖姿已经跟谢可妮打了招呼，有这个小丫头帮衬，谢坤倒也没说什么，给了两天假只说让赖姿专心忙完家里的事，其他的都好说。

赖姿自是万分感谢，保证事情解决完就立刻返港。

刚到机场，赖姿就听到了关于叶瑛的消息。

原本是亲人的生死相别，在媒体眼里却成了不可错过的新闻，电视里播放着殡仪馆的画面，叶爷爷生前曾在检察院任职，相关政要陆续来参加遗体告别仪式。

当然，与叶爷爷相比，叶瑛的身份显然才是大众关注的焦点。嗅觉灵敏的媒体早已察觉事有蹊跷，叶瑛昨日在演唱会结束后连夜离港，就有记者尾随跟踪，更有甚者守在叶瑛家门口，拍到了他面色憔悴的模样。

即使保密工作做足了，可还是有媒体大肆报道，标题以"当红偶像""高干""孤儿"等字眼博尽眼球。画面上，叶瑛身着黑色风衣走在一众人的最前面，手里端着叶爷爷的遗照，虽有悲痛却没有表现在脸上。赖姿捂着嘴，强忍着眼里打旋的泪水，她明白，这就是叶瑛，不喜欢在大家面前表露喜怒哀乐，就好像他内心里有一个小世界，哭也好，笑也好，他都只愿意表现给自己看。

飞机到达时北港已经是傍晚，赖姿拦了辆的士，一路催促着师傅开快些，但似乎一切都在跟她作对，高架上堵了一个多小时，到家时天已经黑透了。

赖姿站在这条曾经无数次走过的小路上，路南是被贴了封条的赖家，路北是叶家。叶家还是一如既往的安静，之前叶爷爷在世时就不喜人打扰，除了赖姿偶尔来找叶瑛之外，就连叶家的亲戚也很少来。

月光下叶家的房子像是座寒冷的冰窖，漆黑的、死寂的。

她知道，叶瑛一定在家。

赖姿一身风尘仆仆，她敲门，门没锁，于是她顺势推开："阿瑛？"

空荡荡的屋子，没有回应。爷爷房间里没人，叶瑛房间里也没有人。突然，赖姿想起了个地方，小时候叶瑛只要不开心，就喜欢躲到地下室。

赖姿连忙下楼，壁灯已然坏掉了，她点了根蜡烛走进地下室。她听到了隐隐的声音，从走廊尽头的房间传来，她走近，开锁推门。

狭小的空间，叶瑛一个人蜷曲在角落里，黑暗里她看不清他的表情。

"阿瑛……"她声音颤抖。

他没答应，只是把脸朝另一边侧了侧。

赖姿举着蜡烛靠近，昏黄的光渐次照亮了他的身影，单薄的外衣，濡湿的额发遮住了泛红的眼眶。他身旁放着爷爷的遗照，他怕她看到什么，连忙低下头。

她蹲下身，一双手想抚摸过他的脸庞，却颤抖地凝滞在半空："阿瑛啊……"

她声音未落，他已经扑进她的怀里，他搂住她的腰，猝不及防地哭泣。

叶瑛所有的隐忍最终在这寂静的深夜爆发，他再也不像镜头里那个平静的少年，他所有的伪装在她面前分崩离析。

在赖姿的印象中，叶瑛从未如此痛哭过，即便是当初叶叔叔的离开，那时他还小，等到渐渐察觉，他已经渐渐习惯了一个人的沉默。他一直很冷静，冷静得像个大人，从来都是个让人捉摸不透的孩子。

她抚过他颤抖的脊背，说："会好的，一切都会好的。"

月光透过小窗，洒在叶瑛苍白的面颊上，他哽咽道："可我想他们……真的好想……"

他的妈妈、他的爸爸、他的爷爷都纷纷离他而去，老天，你对这个孩子太不公平。赖姿紧紧抱着他发冷的身体，眼泪早已决堤："阿瑛……别难过，你还有我。"

可他不会再失去她吗？他不敢想。

她身上有温暖的味道，他紧紧抱着她，像是个稍不留意就会失去幸福的孩子："别走，行吗？"

赖姿揉着泛酸的鼻尖，勉强挤出微笑："我不走，哪儿都不去。"

清冷的夜晚，地下室里映着被拉长的两道身影，无声无息，像是多年来培养的默契。他不再言，她也不再语，所有的悲痛都像是要被尘封的秘密，不会有人再提起。

香港，Gaddi's 餐厅。

穿着得体的服务生踱步而来，微微鞠躬："先生，不好意思，我们要打烊了。"

宋钟仁低头看了一眼腕表，已经等了三个小时了吗？自己什么时候变得如此有耐心，他有点儿吃惊。

宋钟仁盯着对面空荡荡的座位，说笑也不算笑。他想，自己是犯了什么病，竟然想要再给她一次机会。结果呢，她还是一副拽得要死的模样，狠狠扇了他一个响亮的耳光，真是可笑。

翌日清晨，天下起了蒙蒙的细雨。

叶瑛睁开惺忪的睡眼，周围是朦胧的亮光，没有看到他所期盼的身影。他默然起身，照常洗漱后下楼，拖鞋踩在地毯上一深一浅，直到看到厨房里有个身影走来走去，他慢慢靠近，像是松了口气。

"你醒啦。"赖姿端着一碗粥和几颗卤蛋到餐桌，"快过来吃吧。"

叶瑛心里虽然有许多念头，到了嘴边却也只是"嗯"了一声。

赖姿把一碗姜汤推到他面前："先把这汤喝了。"

叶瑛很听话地端起碗，刚喝了一口就被呛得直咳嗽。

"怎么了？"赖姿忙拍着他的背，她端过碗闻了闻，嘀咕着，"这么难喝？不会吧，我看网上说就是这么熬的啊，说是防感冒。"

叶瑛把碗直接推到了她面前，说了两个字："难喝。"

赖姿尝了一口，确实有股说不出的焦煳味，她只好倒了。

"那先吃其他的吧，我再熬一碗。"

叶瑛乖乖把饭吃完了，赖姿这才松口气。自己的家回不去，这两天都是住在叶家，正好她对叶瑛也不放心，在身边看着点儿也好安心。

"阿瑛，下午陪我去看看爷爷吧，自从回来我还没去看过他。"赖姿不想他永远沉浸在痛苦中，或许勇敢面对才是真正解决问题的方法。

叶瑛嘴唇一抿，点点头。

直到下午雨也没停，整片天灰蒙蒙的，一路驱车到公墓，参天的古松，稀稀拉拉的几个人，让本就静谧的环境更显得压抑。

叶瑛撑着伞与赖姿一同来到爷爷墓前，赖姿将花放在墓碑旁："爷爷是我，小姿啊。我来看您了，带着您最宝贝的孙子，看到我俩在一起您肯定又要担心了吧。虽然您总对我很严厉，说我调皮，说我带坏阿瑛，但我知道……我知道是您让叶叔叔替我爸去学校开家长会，是您在我家出了那些事后，上下打点托人说情，这我都知道。"

赖姿说着说着眼泪"啪嗒啪嗒"往下掉："小时候，您站在家门口等阿瑛放学，却每次等到我也回家了才肯回去……明明是我害死了叶叔叔……明明是我带着阿瑛离家出走……您却还……"

赖姿蹲在墓前，眼眶已经泛红："爷爷，我真的不知道，这份恩情我要怎么还对叶家才算公平……"

叶瑛撑着黑色的伞，上前一步扶着她的肩膀，轻拍了两下。

赖姿抹了把眼泪，眼睛朝上想把泪水倒回，又干哑地笑了笑。

叶瑛比赖姿显得平静很多，他把墓前的花摆放整齐，拔掉旁边的杂草，每一个动作都有条不紊。赖姿站在一旁静静地看着，她觉得他像个天使。

一切打点完毕后，赖姿拨了拨叶瑛头发上的雨水，说："我们走吧。"

积水的小石子路，有几只白鸽扑棱着翅膀在抢着吃食，赖姿专注看路。

赖姿明显感觉到叶瑛停下的脚步，伞沿移开，宋钟仁捧着一束白色百合站在那里，他应该是来看薛凝的吧，他所谓的挚爱。

墓碑上的女孩儿照片恬静美丽，赖姿想，自己就是再过十年也修炼不出这样的心性。之前宋钟仁把薛凝的死全部迁怒于她，不择手段地要撕毁她的一切。

赖姿知道自己那晚没能去餐厅跟他谈判，依照宋钟仁的性格，这无疑又是火上浇油，可事到如今她也只能见招拆招了。

赖姿挽在叶瑛胳膊上的手收回。

宋钟仁见状眉毛微挑，说："你们俩这么快就躺一起了？"

赖姿并不想跟他在这种场合争执，但听他言语轻佻，也有点儿抑制不住脾气，最后是叶瑛拽住了她。

赖姿说："我现在怎么样，跟你没有任何关系。"

宋钟仁冷笑道："是吗？跟我没关系那就是跟他有关系喽，是不是整他，也就是整你了？"

"宋钟仁，你闹够了没有！"

"我没说完呢，你急什么？"宋钟仁走到赖姿身旁说，"什么时候这么不冷静了，你从前可不是这样子的。"

赖姿强按捺住怒火："那么请问宋总要怎样才能罢休？"

宋钟仁指着墓碑上的照片，说："除非薛凝活过来，亲口说她原谅你了，或者……"他说，"或者，你去问她我该不该罢休。"

"你！"这简直是无稽之谈。

"你那么爱她，为什么不陪她去死？"一旁沉默的叶瑛冷不丁冒出了一句。

宋钟仁先是一愣，转而笑道："我死了，留你们逍遥快活，那我多冤哪。"

叶瑛笑："你怕了。"

"你说什么？"

叶瑛幽幽道："不敢吗？"他看着墓碑上的女孩儿说，"你不够爱她。"

宋钟仁把伞一歪，对赖姿说："你找的这个救兵挺厉害的嘛。"

叶瑛堵住上前一步的宋钟仁，修长的手指指着他："让开。"

"阿瑛……"赖姿暗地里拽他的衣服，示意他不要冲动。

宋钟仁觉得好笑："叶瑛，你想出头啊。"他突然笑了，"那我要是不做点儿什么，岂不是太对不起你们俩了？"

叶瑛下巴微扬，丢了一句："随便。"说完，他撞开宋钟仁的肩膀，拉着赖姿大步离开。

宋钟仁不慌不忙地弹掉衣服上的雨水，回头看着那两个离去的身影，双拳渐渐紧握。

上了车，赖姿对叶瑛说："你是傻瓜吗？你惹他干吗？疯了啊！"

叶瑛不理她，低头发动车。

赖姿按住方向盘，迫使他停车："他整我也好，告我也好，我根本不怕。"

车外响起"滴滴答答"的雨声，空气也是潮湿的，叶瑛盯着窗外："我知道你不怕，你从小什么都不怕……但我不希望，你因为我怕他。"

"赖姿……"叶瑛回头，"我只想成为你的肩膀，而不是拖累，不是你担惊受怕的原因，你知道吗？"

"阿瑛啊……我们……"他们没可能的，他没必要……

"我知道你要说什么，所以别说了。"叶瑛道。

车里是沉默的两个人，车轮碾过铺着柏油的山路，溅起一层层水花，模糊了离去的道路。

返港的日子到了，赖姿临走之前与茜哥见了一面。

"或许，宋钟仁只是吓唬吓唬叶瑛，你不用放在心上。"茜哥劝她，"再怎么说，万映跟叶瑛东家也是合作伙伴，不至于……"

赖姿不放心："不管怎样，我还是离你们远点儿的好，他那样的人我真不知道还会出什么牌，反正已经订了明晚的机票，香港那边的事也不敢再耽误了。"

"我就是担心，杨海跟宋钟仁什么关系你不知道？他万一要是帮着姓宋的，你还有活路吗？"

赖姿冷静道："他们什么恩什么仇我不管，也管不着。我只知道干好活儿，拿我该得的钱，走一步算一步。"

"你让我说你什么好。"茜哥颇有些无奈，突然想起了件事于是又说，"前几天林晓辉协助调查完事后已经给放出来了，下周你爸的案子就要开庭了，你还过来吗？"

"过不来吧，那边催得急，况且又耽误了几天，我打算到那边问问谢坤，看能不能多给些预付款，我爸那的窟窿，补一点儿算一点儿吧。"赖姿苦笑，"反正该做的我都做了，我想他一把年纪了，又那么爱面子，应该也不愿我看他受庭审的样子吧。"

茜哥点头："那到时候有结果我第一时间通知你。"

"嗯。"

茜哥拿出了一个牛皮纸袋，挺厚实的："这些你先拿着，都是现钞安全点，你找个 ATM 存了，也不怕被查。"

赖姿接过来大致瞄了一眼，有些惊讶："你哪儿来这么多钱？"

茜哥的眼神有些躲闪："还不是之前组里欠的，拖到今年才把钱给结了。这不正好放我那儿也没什么大用，给你救救急，到时候可连本带利地还我啊。"

赖姿半信半疑地看着她。

茜哥连忙把话岔开："怎么，你觉得我赚不了这么多钱啊，小看我？"

赖姿："不是不信，我不想你为了我为难，你可别瞒着我什么事。"

茜哥回道："我瞒你？你天天猴儿精似的，我瞒得了你？放心，就是船沉了我肯定先把你踹下河，我毛茜茜的命多值钱啊，我才懒得陪你玩。"

赖姿这才稍稍放心，把钱收下。

chapter 9
▼
只有他不能欺负你

　　去香港的飞机没有晚点，谢可妮很热情地亲自来接，让赖姿有些受宠若惊。听阿栋说，之前可妮说要来接，被谢坤骂了一顿，说什么最近不太平，让她少出门，但可妮大小姐脾气一上来谁都拦不住。

　　"没关系，我等她来好了。"赖姿说。

　　阿栋不忘交代："姿姐，你俩要是玩得晚了，记得打个电话让人去接，最近外面不太平。"

　　"出什么事了？"

　　阿栋说："我不知道，上面的事我也不懂。"

　　赖姿没再问下去。谢可妮来了后，两人坐在车后座，赖姿看到后面跟了一辆吉普，像是专门看着谢可妮的。

　　瞧谢可妮欲言又止的模样，赖姿问："怎么了？"

　　谢可妮不肯说。

　　赖姿："你现在不说，以后我可没时间了。"

　　谢可妮有点儿急了："姿姐，我们找个地方再说吧。"

　　谢可妮支开了跟在身后的尾巴，在酒吧开了包间。赖姿对她的举动有些摸不着头绪，难不成是什么了不得的大事，一时半会儿她心里反而犯起了嘀咕。

"什么事？"赖姿问。

"姿姐我说了你可先别着急。"谢可妮说。

"那你也得告诉我是什么事吧。"

谢可妮也没藏着掖着："我也是前几天偶尔听到的，我爸吩咐人最近盯着你。姿姐，你没做什么吧？"

"我？"赖姿明白那盯着是什么意思，可她怎么不记得自己做了什么会让谢坤不痛快的亏心事。

"难道是杨叔叔他们？"谢可妮话一出，欲言又止。

赖姿来港拍戏虽然是帮谢坤的忙，但到底还是杨海介绍来的，如今谢坤让人提防她，不外乎是跟杨海起了什么嫌隙，看今天前呼后拥的架势还指不定是出了什么大事。像他们这种混场面的人，表面仁义道德，说到底还是不相信任何人。

赖姿问："那你呢，你为什么跟我说这些？"

"我把你当姐姐啊！"谢可妮倒是对赖姿掏心掏肺，"我不想你们有什么嫌隙，你是，乔瑞也是。"

赖姿没有抬头，喝着酒："你就那么喜欢乔瑞？"

谢可妮点头："对啊。"

赖姿又问："那你了解他吗？"

她又点头。

说到这儿，赖姿已经倒了胃口，她放下杯子说："他半夜打电话要跟我玩一夜情，你知道吗？"

对于赖姿的坦率，谢可妮先是明显的惊诧，然后沉默了。她比赖姿想象中要冷静得多，赖姿本以为依照谢可妮的性格，她会蹦起来打破砂锅问个究竟，可她没有。

赖姿冷冷笑着，一针见血："看来他以前也没少干这事儿啊。"

"他们这种人出去玩玩很正常。"

"正常？是他正常，还是你不正常？"

谢可妮低着头，语调平静得像是在说别人的事："我们在一起四年了，要说喜欢，早就被磨得不剩什么了，说是习惯更合适吧。我上学的时候他就追我，每周飞新加坡看我一次，那时候他算什么啊，刚到香港一无所有，唯一的靠山就是杨叔叔。杨叔叔托我爸照顾他，他自己也算有本事，我就觉得他挺有魅力，跟别人不一样……"

赖姿无奈地笑着。

"可他生意步入正轨后，应酬也越来越多，第一次知道他做出那种事我是接受不了的。我找人去教训那女人，让那女人在医院住了半个月，这半个月乔瑞没去看她一眼，那时候我竟然还觉得那女人可怜。乔瑞就对我说，你看你爸身边多少女人，可家里祠堂里供的只有你妈。我这才想起我爸说过我们谢家只有两个女主人，一个是我妈，另一个就是我。"

"他简直是在给你洗脑，你傻啊！"

"可我就是下不了决心离开他。"

赖姿抬起头问："你是想让我赞扬你的想法开明？胸襟宽阔？"

"我不是那意思。"

赖姿继续说："你最好指望你爸一直保护你。不然，你爸妈那叫风雨同舟的结发夫妻，你跟乔瑞算什么？你指望他对你从一而终，你脑子坏掉了吧。"

谢可妮说："姿姐，放在从前我可能会想不开的，但现在不一样了。我爸这几天在为公司的事忙，据说是被什么人检举了。他虽然嘴上不说，但我隐约感觉到这事跟乔瑞有关……"

赖姿这就明白了："所以你觉得我跟乔瑞是一伙儿的，检举你爸或许跟我也有关系，才特意约我吃这顿饭？"

谢可妮连忙摇头："我现在不这么想了。"

赖姿也没生气："这些事连你都想得到，你爸怎么会想不到呢？"

谢坤的底有多深赖姿不知道，她只不过是刚刚接手了众多烫手山芋的其中一个，经手的钱也不多，真要算起来恐怕也只是庞大资金池里的九牛一毛。但谢坤跟乔瑞甚至是杨海有什么瓜葛，她就不得而知了。

好在赖姿也不是为了得到谢坤什么信任才来的，只要她老实干活儿，只要他钱照给，一切都还能照着正常的轨迹行驶。

出了酒吧，谢可妮已经喝得烂醉，走起路来一摇三晃，"嘤嘤咛咛"地喊着乔瑞的名字，这年头越是渣男越有人惦记。赖姿无奈，架着她简直步履维艰。

好在那两个跟班来得及时，赖姿把谢可妮交给他们，说："你们先送她回家，我把她的车开回去，跟在你们后面。"

谢可妮一听，醉醺醺地拽着赖姿："他们谁啊……我不要跟他们走……我要跟姿姐你一起……"

赖姿扶着她："乖啊，你先走，我就跟在后面。"

两个跟班架着谢可妮上车，赖姿在她包里翻了半天才找到车钥匙。正要开车又走过来两个穿着黑衣黑裤的男人，开口便问可妮在哪儿。

赖姿提防地看了一眼："你们找她干什么？"

那人也还客气："是谢总安排我们一直跟着的。"

"你们跟着？"赖姿心里一紧，指尖朝可妮离开的方向一指，"你们是来接人的，那他们呢？"

停在不远处的车已经发动，开到赖姿面前像风一样扬长而去，身边的人大叫"不好"就赶紧跟同行的人开车追了出去。

一切都发生得太突然，赖姿甚至没来得及反应。等她意识到要去追时，身后突然有人拿布捂住了她的口鼻。她想要挣扎，可像是被什么催眠了一样浑身使不上力气，她想去抓可什么也抓不到，眩晕的感觉越来越重，视线也模糊成了一片漆黑。

赖姿也不知道自己睡了多久，被车子颠簸得难受，昏沉的头脑中有嘈杂的声音。后来车子不知被谁逼得猛停了下来，赖姿的头随着惯性撞在前座上，迷迷糊糊之间也不知道究竟发生了什么事。

醒来时，赖姿浑身酸痛，躺在一家酒店房间里，对面的落地玻璃映出她略显憔悴的面庞，宽大的床上只有她一个人。

检查了下身体，没受伤，已经是不幸中的万幸。

头仍然很痛，对于昨夜发生了什么事，赖姿全然想不起来了，她只记得谢可妮被人带走，自己想要去追却被迷晕。

想到这儿，赖姿连忙下床。

外面房间有男人的声音，赖姿怕有诈就小心翼翼地靠近，只见一个身影正站在阳台前打电话："多少钱无所谓，总之，你把它全给我买下来。找不到人？找不到你直接滚蛋，还在这儿给我废什么话！"

即便是窗帘遮掩了身形，可赖姿还是一眼认出了他，她走上前，不由分说地一巴掌甩在那人脸上。

看着她气鼓鼓的模样，宋钟仁狠狠一指她，却拿她没什么办法："你发什么疯？"

"谢可妮呢？"她问。

宋钟仁转身："我不知道。"

赖姿说："宋钟仁，即使你一次次突破我认知的底线，我也希望这次的事不是你干的。"

"我可没那么无聊。"

"希望如此。"

见赖姿换着衣服，宋钟仁一拽她，问："你去哪儿？"

"找人。"

"谢可妮她自有人管，用不着你去操心。"

"我自有分寸，也用不着你操心。"

"你别闹了，好吗？！"

赖姿穿好衣裳准备出门，宋钟仁上前拦住了她的去路，他叹了口气，像是怕吓到她一样，语气平缓却又很无奈："谢可妮被绑架了。"

刷灰的水泥墙、湿冷的温度，在这栋破旧的烂尾楼里，谢可妮蜷曲在角落怯懦地看着周围。对面的两个男人体格健硕，一个坐在木椅上盯着她，另一个拿着电话正在交涉。

要价三千万，谢坤对于这个数字没有含糊，钱答应给，也承诺不会报警，但要求必须保证女儿安全。

赖姿和宋钟仁一起来到谢家时，谢家门口停满了车，原来是谢坤召集了朋友，说是有人坏了规矩，要向在座各位讨教讨教。

这个前段日子意气风发的大老板似乎一下老了许多，赖姿讲述了昨天跟谢可妮在一起的全部经过，把所有能回忆起的细节都交代了一遍，众人谋划着，归根到底还是把人先救出来是上策。

交钱地点一换再换，绑匪似乎很有耐心，也很有经验，让人不禁怀疑他们不只是冲着钱来的。

此时的谢可妮哆哆嗦嗦地坐在角落，脸上满是泥灰，头发也凌乱成一团。平时娇生惯养的她什么时候吃过这种苦，经过了这几天的欺凌，绑匪的一声咳嗽也能吓得她浑身发抖。

只是她这样情绪不稳定、处处草木皆兵的情况惹得其中一个绑匪不痛快："哭哭，你就知道哭，再哭信不信老子割了你舌头！"

绑匪顺势拽着谢可妮的头发把她拖到一摞砖前，拿出小刀就要上手。

谢可妮哭喊着"不敢了"慌忙往后缩，绑匪哪里肯松手，一拖一拽的，只听袖子"刺啦"一声被撕裂，谢可妮整个人失去了平衡朝边沿倒去。

废弃的烂尾楼没有护栏，绑匪意识到想要去拽时已经晚了，只见谢可妮直直摔了下去。

另一绑匪怒骂一句，上前猛踹道："还不赶紧过去看看！"

一切都发生得太突然。

傍晚七点时分，谢家接到电话，一行人匆匆忙忙赶往医院。

　　他们赶到时，谢可妮的手术已接近尾声，医生说虽然脱离了生命危险，但病人很可能面临瘫痪。这无疑是给谢坤沉重的打击，一个年过半百的男人当时就瘫坐在椅子上。

　　赖姿出了医院独自走在马路上，她知道，这件事无论是谁干的，谢坤一定不会轻饶。而她似乎帮不上什么忙，这是她一个人的渺小。

　　灯红酒绿的霓虹灯，香港的夜生活依旧纸醉金迷，全然没有因为某些人的喜怒哀乐而有所改变。这是一座城市的冷漠，也是整个社会的冷漠。

　　谢可妮的遭遇、谢坤的撤资、整个剧组的解散，赖姿很清楚地知道，她来香港企图捞金子的那桶，现在已经彻底被打翻了。

　　对于赖姿突然要回来的消息茜哥是吃惊的，听赖姿大致讲了经过，反而替她开心："回来好哇，我早就不放心你去帮那些人拍什么电影，回来就好。"

　　茜哥说："还有啊，你爸的案子有所转机，庭审延后了，你要是能赶过来就跟律师好好商量商量。"

　　赖姿收拾好行李，最后在病房里看了一眼谢可妮就离开了。

　　崔律师是从一开始就跟着赖家的案子，对情况也是非常清楚，她简明扼要地告诉赖姿："我国《刑法》有规定，构成偷税罪一般是故意犯罪而不是过失犯罪。如果当事人是疏于管理或者其他原因的过失导致税款未缴，是不构成偷税罪的。"

　　赖姿听得不是特别明白："你的意思是我们要找替罪羊？"

　　崔律师说："这么说不妥当。我了解过，你父亲名下的影视公司近五年有两位财务主管任职，一位叫林晓辉，另一位叫郑雪。我们已经从这方面入手，虽然取证的过程有些艰难，但好在有人帮忙，目前数据还在核算中，相信很快就会有答案了。"

　　听到林晓辉的名字，赖姿说："晓辉不会干这种事。"

　　崔律师说："我们还是以调查为主，相信证据，在真相出来之前不要妄下结论。"

律师的意思赖姿很清楚，维护当事人最为重要，对赖姿来说何尝不是如此。那个郑雪的人品她不了解，但林晓辉三年前就已经不碰公司财务，她从小跟他玩到大，一直都是有什么说什么，她不想因为自家的事再把他牵扯进来。

茜哥似乎看出了赖姿的顾虑："没事，晓辉什么人我门儿清，你给他钱他都不敢要，准是那姓郑的搞的鬼，你就别瞎想了。"

赖姿点头："刚才崔律师说是有人帮忙取证的？是你托的人吗？"

茜哥如实交代："我哪有那么大本事，是叶瑛，他那些叔叔伯伯都是干这行的，况且叶爷爷生前不也专门找人交代过这件事吗？"

赖姿叹口气："我欠他的越来越多了。"

茜哥拍拍她以示安慰，然后塞给了赖姿一个牛皮袋。

"怎么又给我钱？"

"这可不是我给的啊，都是咱们那帮老同学凑的，知道你遇着事儿了，总想搭把手帮你一把。"

赖姿把钱塞回去："我不要，你该还谁还谁去。"

"你看你又作不是，现在什么时候了，你还要你那点儿骨气，能当饭吃吗？"茜哥恨铁不成钢，"你补交税款越多，你爸保释的机会就越大，都什么时候了，你跟钱置什么气啊？"

茜哥继续说："况且大家又不是白给，是借你的，等回头你挣着钱了，连本带利地还我们，先说好啊利息可比外面的高。"

毛茜茜对症下药，这才唬得赖姿收下了钱。

赖姿还约了杨海见面，毕竟香港那边的事黄了，这钱要给多少还得合计合计，赖姿现在可是一毛不拔的铁公鸡，有着能要钱的机会她是不会放过的。

"那这边你帮我盯着，我去找杨海一趟。"

"快去吧，这边有我呢。"

见赖姿走远了，毛茜茜才拨通了手机上的未接电话："嗯，是我……钱我给她了……没有，她没有起疑心，只是下次你别这样了，一次两次我骗得过去，这以后时间长了，你要我怎么说啊……哎，你这小兔崽子，你不能因为姐姐好使就天天使唤吧……喂！你这是托人办事，你拽什么啊，再这样我不管你了……"

依照崔律师所说的，如果被认定为过失犯罪是可以免除行政处罚的，那么父亲就很有可能被取保候审甚至恢复自由。当然即便如此，一系列的行政处罚也是免不了的，补交税款、滞纳金，保释都需要钱，赖姿坐在桌子上按着计算器，照目前状况看还差得远。

为了生计，赖姿已经搬过来和茜哥同住，茜哥对于这种土匪行径虽然愤慨却也无计可施："我这哪儿是收留你，我这简直是请了尊菩萨嘛。"

对于茜哥的调侃赖姿自然不会放在心上，她只是有些好奇，虽然说宋钟仁网开一面恢复了茜哥的工作，可她也不至于在短时间拿到那么多钱，而且赖姿发现茜哥似乎有意躲着她接电话，一次两次还好，到了第三次她不得不留了个心眼儿。

那天赖姿谎称自己出门，然后趁茜哥回房间时悄悄杀了个回马枪。

隔着一堵墙，赖姿听得并不清楚，但可以肯定这钱是毛茜茜跟什么人借来的。

"她迟早会知道的……我瞒不了多久……我说你别把自己搭进去……你别难为我了，她要知道你这样，非疯了不行……"

赖姿听着只言片语，虽然不知道她在说什么，但总有种不好的预感。

这时，茜哥踱步从卧室慢慢走出来，仍然对着电话道："你才回国多长时间，圈里的弯弯绕绕又了解多少。说真的，叶瑛你别怪我没提醒你，这么玩下去你迟早得毁了……所以你还不如听我的……"

茜哥正要往下说，却见着赖姿杵在面前，她一怔，手里的电话"哐当"一声掉在了地上。

赖姿声音不大，像是怕听到什么不好的消息一样："毛茜茜，你刚才说什么？"

茜哥慌张说："赖姿？你、你怎么又回来了？"

赖姿上前质问："你有事瞒我？"

"我没有啊。"

"没有？"赖姿指着地上的电话问，"叶瑛对吗？那些钱都是你跟他借的对不对？你把话给我说清楚。"

"赖姿，你先别急……"

"我能不急吗？"赖姿三两下从包里翻出牛纸袋，拿到茜哥面前问道，"这都是叶瑛的？他怕我不肯收，所以要你来给我？"

"赖姿我不是故意要瞒你的，叶瑛他……他也是为你好。"

原来叶瑛知道了赖家的事情以后，一回国就找到了毛茜茜。赖家公司被封上下打点需要不少钱，当时叶瑛尚未成立独立工作室，身为 L.Y. 的艺人其财政几乎被经纪公司垄断。为了更快筹钱，他就托毛茜茜找人接了几个地下通告，为了怕赖姿起疑，叶瑛特地让茜哥把钱分开了给。

"一共三个通告，都是几个月之前的事，应该不会有人查……"茜哥见赖姿一言不发，又继续道，"这件事说到底是我不对，我是不该纵容叶瑛，也不该瞒你，我知道你向来爱护他。没关系，如果真出了什么事我去扛，你要抽我两耳刮子才解气的话就抽吧，或者让我做什么都行，负责也行，总之你别这么看着我呀。"

"负责？这会毁了叶瑛的，你负得了责吗？"

赖姿清楚，以叶瑛的影响力哪怕是一根头发丝都会被无限放大到公众面前，如果日后这种地下通告的事被扒出来，那就是信任危机。江湖有江湖的规矩，圈里有圈里的门道，即使你再有本事如果把规矩坏了，别人就容不下你。

赖姿转过头，不知道自己该说些什么，她默默地倚在阳台上点了根烟，许久不抽了，这突然袭来的烟味呛得她直咳嗽。

茜哥推了下她胳膊肘："姿儿，你说句话啊，你别吓我。"

赖姿低着头，乌黑的长发遮住了半边脸，让人瞧不清是个什么表情。她没有应承茜哥，而是把烟头摁灭后一言不发地拎包出门。

"赖姿，"茜哥喊，"你去哪儿？"她是怕赖姿去做什么傻事。

赖姿闻声停下了脚步，等她再要迈步时只觉得脚下发软，紧接着便歪倒在了门口。

"主要是过度劳累引起的晕厥，"医院的病房内，卢明师兄拿着病例给赖姿讲着，"可能是郁结不纾导致的，不过具体的原因，还要等化验结果出来才知道。所以你现在需要的是休息，尽量不要有什么压力，保持良好的心态，休养几天就应该没什么问题了。"

"谢谢师兄啊，你先忙。"茜哥送完卢医生才折返回来，削了个苹果丢给赖姿说，"你成心要把我吓死是吧，就想给我添堵对不？还气结呢，就你这没心没肺的我怎么没看出来是气结哪。"

赖姿靠在床头，不紧不慢地说道："放心，我要是死也得先拉你当个垫背的。"

茜哥拿起手边的枕头扔过去："你嘴积点儿德吧。"

茜哥下午去赶了个通告，本想在医院请个钟点工，可赖姿执意不肯，说什么自己现在不去外面端茶倒水的就已经很好了，哪儿还敢要别人伺候。

晚上茜哥有应酬没过来，赖姿饿得厉害，于是就遛着弯到医院附近去买些吃的。

赖姿穿着病号服，素面朝天地出了门，只是简简单单地扣了顶帽子。她认为自己现在已经是娱乐圈边缘人士，那些骄奢淫逸纸醉金迷跟她之间隔了条银河，向来喜好博眼球浮夸的媒体自然不会把精力放在她这么个过气的星二代身上。

当时赖姿坐在小店里喝着粥，并未发现有什么异样，直到第二天热门搜索显示"赖姿晕倒""落魄星二代""安和医院"等字眼，甚至有记者闻讯赶来，堵在门口想要拍到她哪怕一丝落魄的样子。

这时，赖姿才哭笑不得地明白，原来还是有人期待看到英雄的落魄，他们在这里能为自己找到借口，找到平衡。当然，赖姿不敢自称英雄，但至少事实证明她还是有这么点娱乐大众的价值。

为了安全起见，赖姿还是打算搬回茜哥家里住。白天不方便搬，只好等到了晚上，赶在医院落门禁前收拾好衣物。

电话铃声响起，带 A 的前缀来电显示是叶瑛，赖姿想了想，最终接了电话。

叶瑛说："我以为你会不理我。"

赖姿说："我是有这么想过。"

"我只是想帮你……"

"阿瑛，你那不是帮我。"赖姿打断他的话，"就像你曾经说过的，你不想成为我的负担，我也一样。"

叶瑛声音很沉："可他欺负你。"

"阿瑛，你还记得吗？"赖姿靠在窗边慢慢地说，"小时候你的口琴被同学丢了，放学我堵他的路狠狠地揍了他一顿。也经常会有小女生给你递字条，我怕你学习受影响，连吓带唬地让人家半个月没敢来学校……"

叶瑛并不知道赖姿说这些究竟有什么用意。

"阿瑛啊，人生就是这样，你不能总欺负别人。"赖姿打开窗子，有清冷的微风吹进来，她缩了下头发，说，"哪有你欺负别人却不肯被别人欺负的道理？"

叶瑛直截了当："别人可以，但他不行。"

赖姿明白叶瑛口中的那个"他"指的是谁，她微微一笑："如果我不把他放在心上，那么他的所作所为我也不会放在眼里，你懂我意思吗？"

他像是个犯了错的孩子："懂。"

赖姿笑了笑："放心吧，需要帮忙的话我一定开口，我这人向来不喜欢求人，如果要找上门去，肯定是件大事，到时候你可要做好思想准备。"

"嗯。"

见气氛缓和赖姿也松了口气："是不是今天收工早，竟然破天荒地打电话给我？"

"差不多。"

"你回国了吗？还是在外面拍戏？"

"我在楼下。"

"哦，天色不早了，你别在外面待着，赶紧回家吧。"赖姿听对面也没什么动静，于是问，"喂？叶瑛，你听见我说话了吗？"

"嗯？"

"怎么不说话了？"

叶瑛这才开口："我在医院楼下。"

赖姿连忙扯开窗帘，只见不远处的枫树林中站着个小小的身影，深秋季节枫叶正是繁茂，月光一洒片片叶子像是滴血的红，他的身影被拉长，在枝繁叶茂里显得很是单薄。

他抬着头，看着她的方向，像是一直看了很久很久。

"你怎么跑过来了？"

"我想见你。"

赖姿说："回去吧，让人看到了不好，对你、对我都不好。"

"你下来。"

"阿瑛，你这样只会让我更为难。"

见他固执地迟迟不语，赖姿只好握着电话："好吧，你在地下停车场等我。"

叶瑛的目光从未从那扇窗户移开过。

茜哥开着车来医院接人，看到叶瑛也着实吓了一跳，当得知他们两个并没有起什么嫌隙的时候，才松了一大口气。

车里气氛有些奇怪，让人如坐针毡，茜哥努力地观察着那两个人却看不出有什么地方不对劲儿的。

在毛茜茜心里，总觉得是叶瑛欠赖姿的比较多。不过她虽然嘴上总是说讨厌叶瑛，可毕竟是从小一起玩到大的弟弟，再加上赖姿这么一位母爱泛滥的主儿，她夹在中间，也不好发表什么言论。

茜哥想调节气氛开口道：“你们俩平时不是挺亲的吗，话一个比一个多，怎么今天都蔫儿了？”

赖姿说：“你别在那儿胡扯，好好开车。”

茜哥撇撇嘴不再接话，叶瑛似乎也感觉到赖姿在有意无意地避开自己，他拍了拍毛茜茜的车座，说：“前面路口停一下。”

茜哥把车往路边靠了靠，问：“怎么了，你要在这儿下车啊？”

叶瑛打开车门，动作轻巧麻利，他站在车外摆了下手就自己走开了。

“你们搞什么啊？”茜哥一个头两个大。

赖姿看着逐渐消失在夜色中的背影说：“不用管他，我们走。”

茜哥对于赖姿如此冷漠的态度很是吃惊，但看到她一张冰山脸又将满肚子的疑问都憋了回去，希望不会出什么事。

深夜，市郊杨宅。

乔瑞风尘仆仆地推门进来，似乎是刚赶过来，一脸焦躁与不安，与往日西装革履的模样大相径庭。杨海坐在对面抽着雪茄，桌子上摆了把日本武士刀。

杨海听乔瑞一通汇报后依旧沉默不言，这无疑让乔瑞更加惴惴不安。

“哥，你别不说话啊，你得给我个准信儿吧。”

过一会儿，杨海才说：“让你吓唬吓唬他，你怎么把人女儿给弄残了？”

乔瑞也是懊悔：“哥，我哪儿知道那帮生瓜蛋子下手没个轻重，害得我连夜逃回来。你是不知道谢坤的手段，反正香港我是待不下去了，一露面准让他们给剁喽，哥你可得帮我。”

"现在知道怕了？怕死你就别干这没脑子的事。"他当初让乔瑞插手，只是为了吓吓谢坤，没想到现在搞成这副不可收拾的场面。依照谢坤的人脉肯定能查得出始作俑者，这样一来原本可以暗箱操作的事都不得不放到台面上，一招一式都得给对手亮明了。

"那我们怎么办？"

杨海虽然恨铁不成钢，可为时已晚，不过他似乎已经有了自己的打算："我们不能乱了阵脚，其实这样也有好处，撕破了脸，这姓谢的也就不得不亮出实底儿。"

"你是说他去年从缅甸进的那批货？"

杨海头一点："这老家伙贼得很，我找人是想帮他把钱过一过，顺便探个口风，谁知他嘴这么严……还有那个赖姿，嗬，我之前还真是小瞧她了。"

"可不是嘛，我听说她爸要保释了，这又玩的哪一出？到时候不会查到我们头上吧？哥，我早说过这臭丫头跟宋钟仁是穿一条裤子的，你还不信，他们这是变着法儿地下套让我们往里钻啊。"

"你少给我放屁！"杨海一巴掌抡在乔瑞后脑勺儿上，指着他说，"我让你利用谢可妮去查谢坤的底细，你倒好，借着办事的由头花我的钱，不是捧这个小明星，就是搞那个嫩模。你还以为你干的那点儿事我都不知道？你招谁不好偏要去招那个赖姿，要让她查出来你跟那叫袁唯心的合起伙来搞她家，我看你到时候怎么收拾！"

"我这也不是为了大家吗，谁知道赖永政那老东西竟然有万映的暗股，还好袁唯心把话给套出来了。如果不是老家伙不识好歹，不肯交出来，我们也不至于对他落井下石。"

"现在说这些还有什么用，还不把赖姿手上的暗股赶紧给我撬过来？"

"赖姿她再通透到底也还是嫩，交给我你就放心好了。"

杨海点头："对付小姑娘是比对付老滑头容易些，不过你也得小心，我瞧宋钟仁对那个赖姿余情未了，你做事归做事，可别给我惹麻烦。"

乔瑞看出了杨海的顾虑，于是道："哥，你做事就是太瞻前顾后，现在可是当机立断的时候，你如果不下狠手以后山高水长的，你放过别人，别人可不放过你。"

杨海说："不管怎么样，你以后做事都得留个心眼儿，看你现在成什么样子。别到时候自己混不下去，还把周围人都拉下水。"

"哥，你怎么总是不相信我？"乔瑞见杨海如此态度，"我要手上没点儿料敢这么干？"他说着从包里拿出一个公文袋，像是早有准备，"你先看看这个。"

杨海拆开袋子，抽出里面的东西一看，不禁眼前一亮："你这什么时候弄的？"

乔瑞颇为得意："怎么样哥，你难道忘了谢可妮被绑那天，我们可是连着赖姿一起绑了的。有了这些料儿，他们要么要钱，要么要名声，到时候不但是谢坤，就连赖家手中的暗股我们也能轻而易举地搞到手，这可是一箭双雕的好事。"

杨海手指敲在桌子上，问道："除了这些，你小子没让人做其他事吧？"

"哥，你想哪儿去了，我们是做正经生意的，又不是流氓，出格的事不干，也干不了。我本来就没想留着，这不现在大家反正都撕破脸了，这玩意儿正好派上用场。"乔瑞似笑非笑，把自己撇得干净。

杨海亦是坏笑："你说谢坤怎么就给自己女儿找了你这么个人渣。"

乔瑞连忙赔笑："哥，你对大嫂那叫忠贞不渝，我哪能跟你比。"

杨海五指一松，把东西放回袋子里："谢坤那儿是没问题了，至于赖姿……你确定她能坐以待毙？她老子蹲号子了也没见她卖什么东西，她能轻易把东西给你？"

"这你就不用操心了，不出一个月，我保证把你要的东西拿来。"

"你怎么对付赖姿我管不着，但我警告你别去招惹宋钟仁，他要是发起疯，我可保不了你。"

"我知道，那个二世祖我惹不起躲得起。"乔瑞笑了笑，"哥，我知道你心疼嫂子，可人家也要领情啊。你什么时候能学学你那小舅子，大义灭亲，他玩得可比你狠多了。"

书房里的光线很暗，台灯照出的只是桌前那一小片光，杨海摩挲着下巴的胡楂，心里似乎已经有了决定。

他起身拍了拍乔瑞的肩膀，没再说什么。

乔瑞一路出了杨家，拨了一通电话，像是在吩咐人做什么事："怎么样，价钱谈好了吗……是吗？看来姓宋那小子也有怕的时候啊……"

乔瑞阴鸷的目光里透着狡黠："告诉他，八百万一个子儿也不能少……对，你即使拿到了钱，东西也不要给他……耍耍他，这兔崽子害我吃了那么多苦，我不跟他算这笔账他就真不知道天高地厚了……对，就从那个赖姿下手……"

有些事不是你想躲就能躲得过去的，就像第二天登在头版头条的新闻，各种博眼球的字眼绘声绘色地描述着叶瑛深夜探病赖姿的消息：什么甜蜜会面、同乘一车归爱巢、姐弟恋……更有甚者扒出早些年赖姿宋钟仁同去韩国探望叶瑛的照片，声称这三角恋早已蠢蠢欲动。

一时间引发舆论大热，网友纷纷感慨贵圈太乱，现在的星二代真会玩。

L.Y.官方微博下迅速被粉丝攻陷，几乎是一边倒的言论，什么"这一定不是真的，静待官方辟谣""哥哥怎么会看上这样的女人""落魄女就想绑着叶瑛炒新闻，垃圾"的言论比比皆是。

与往常一样，叶瑛方对绯闻采取不予回应的方式，但似乎这次尤其来势汹汹，或许是赖姿最近情况特殊，招黑体质显而易见，不少粉丝都在L.Y.官方微博下劝偶像尽快出来辟谣。

相比之下，赖姿就没有这么好运了，虽然赖姿本人没有微博，但平时跟她私交较好或者合作过的圈内人就遭了殃，像毛茜茜这种被骂滚出娱乐圈的都是轻的，更有其他的过激言论，简直不堪入目。

赖姿这边根本联系不到叶瑛，只好率先出了公关文辟谣，称两人只是邻居，平时姐弟相称，并不像外界所传的那样。即便如此，那些本来就等着看热闹的人也并不会因此罢休。

可就在大家等待 L.Y. 官方辟谣的时候，等来的却是 L.Y. 韩国方一纸诉状将叶瑛告至法院的消息。

舆论哗然。

这简直是一颗炸弹同时炸开了中韩双方的娱乐圈，虽然具体原因并未公开，但已有知情人透露是因为叶瑛在中国活动时擅自参与非官方安排的通告，严重违反其专属合约。

更有人分析，虽然叶瑛违反合约在先，但以他今日的影响力 L.Y. 应该不至于走诉讼程序，毕竟他是 L.Y. 在中国的摇钱树。于是又有不少人猜测是因为叶瑛在中国频繁出席活动，现在羽翼丰满有意要离开 L.Y. 自立门户，这才导致 L.Y. 拿出叶瑛信誉问题说事儿，停止其一切活动，颇有大义灭亲、壮士断腕的意思。

原本只是一个简单的绯闻，现在却变得更加一发不可收拾。

宽敞明亮的办公室，滚动报道的娱乐新闻，宋钟仁放下遥控器思索着，过了一会儿他招助手进来，问："上次让你打听的事情进展怎么样了？"

助手打开文件夹放在宋钟仁面前，有条不紊地汇报着："对方先后联系过我们三次，每次要价都不一样，他们始终不肯露面，只是找这位叫大哲的人和我们交易。"

"这个叫大哲的什么背景？"

"找人查过，背景很干净，应该是托了几层关系才找到他的，至于始作俑者是谁，他也不知道。"

"对方最后要价多少？"

助手犹豫了一下。

"说。"

助手低声道："一千万。"

"嚄！"宋钟仁把文件夹朝桌子上一摔，怒道，"这帮流氓还想着给我来个狮子大开口？"

助手试探着询问："宋总，那这事还跟吗？"

宋钟仁说："跟，当然跟。你告诉他们，我要知道这些照片是谁拍的，只要他们肯松口，钱我一分也不会少。"

"我明白了。"

"另外还有件事。"宋钟仁吩咐道，"你去打听一下，看看叶瑛现在是什么情况，我想见见他。"

"L.Y. 的叶瑛？"助手并不知宋钟仁是何用意。

"对，他现在应该在国内，不难找。不管你用什么方法，三天之内我要见到他。"宋钟仁想了想又说，"如果他不肯来，你就说我有私事找他。"

"明白了。"助手点头离开了办公室。

宋钟仁将椅子转向窗户，外面蒙蒙的细雨让他想起了某些事，他始终认为自己这么做并不是为了某些人，可事实是怎样只有他一个人知道。

对于宋钟仁来说，最近似乎所有的事都凑巧碰在了一起。

如今父亲刚一病倒集团内部便有人坐不住了，杨海不知使了什么本事，已经在董事会上通过了宋氏集团的增资案。如果这个案子进展顺利，以杨海的手段，他握着的就不止宋氏那 10% 的股份，而是足以与宋氏姐弟抗衡的资本。

宋钟仁知道姐姐虽然疼他，可事情不到最后谁也不敢妄下结论，所以他要尽快拓展自己的势力，拉拢集团的董事固然重要，但要想得到大家的认可还是要拿出让人信服的成绩。

叶瑛解约事件的发生无疑给宋钟仁提供了机会。没错，叶瑛是个有潜质的艺人，也会是颗不错的棋子。如果能为他所用，那么在宋氏集团的明争暗斗里他就又多了几层胜算。

　　他可以为叶瑛提供巨额违约金，提供诉讼支持，提供强大的资源，这一切都不是问题。只要叶瑛能成为他麾下一员，就是如虎添翼。

　　宋钟仁见到叶瑛，出乎意料的是，叶瑛并没有接受宋钟仁的提议，而是放弃了这么一个反败为胜的机会。

　　宋钟仁看着面前这个坚持己见的人说："叶瑛，公是公，私是私，大家都是成年人应该更理智一点儿。坦白说，我并不认为你现在的情况适合这么硬扛下去。你不应该对万映有敌意，更不应该拿自己的前途开玩笑。"

　　宋钟仁是个优秀的商人，凭借敏锐的嗅觉去发掘商机，他能不计较人情世故只去衡量商业利益，一切朝着利润最大化考量，即便是昔日的敌人，也有握手言和的那一天。

　　"我相信除了万映，一定还有其他公司找你，但你要相信万映能给你他们所给的全部，甚至更多更优。"

　　叶瑛说："我不是不相信万映。"

　　宋钟仁晃了晃手里的合同，问："那你的意思？"

　　叶瑛："我不相信你。"

　　宋钟仁一怔，继而笑道："如果我告诉你，是赖姿让我来找你的，你应该相信我了吧。"

　　叶瑛的表情似乎有些古怪："你说什么？"

　　宋钟仁笑着将合同撂在桌子上，起身来到叶瑛面前："叶瑛啊，我想你现在还是没有搞清楚状况，依据你现在的处境，不要说万映了，就是其他的娱乐公司，你认为你有资格跟他们谈判吗？一个马上要被东家踢出局面临解约官司、一个背负信任危机的偶像，如果不赶紧找到强大靠山进行公关包装，你认为仅仅凭借时间就能给自己洗白，保证人气不流失吗？"

　　面对宋钟仁的言辞相逼，叶瑛回得风轻云淡："你当初也是这么劝袁唯心的吗？"

袁唯心原本属于赖姿父亲的天籁华娱，却在赖家公司被查封时，犹如金蝉脱壳一般加入了炙手可热的万映传媒。

宋钟仁眉头紧了紧，才想起这么一号人物，却也只是个模糊的印象。除了这次找到叶瑛，他可没有劝过别人。

"我对那些阿猫阿狗没有兴趣，但你就不同了。不过话又说回来，自从加入了万映，袁唯心不也混得风生水起？一个袁唯心尚且如此，对于你叶瑛来说只会发展得比她更好。"宋钟仁继续说，"你私自接地下通告无非是为了钱，L.Y. 要告你无非也是因为钱，这些我都能给你。当然那些条条框框的东西我们可以谈，只要条件不过分，都有商量的余地。"

"我原本也没有要跟谁谈判。"

"你不要告诉我，费了这么大功夫解约回国，是为了做普通人？"

"这有什么不可以吗？"

宋钟仁感觉不可信的同时又觉得好笑，先不说日后叶瑛要面对的一系列诉讼程序，单是巨额违约金对于一个普通人来说也是承受不了的。

宋钟仁问："如果你早就做好了退出的准备，那你今天还来我这儿干什么？"

叶瑛说："我以为，你找我是因为赖姿。"

宋钟仁当然明白叶瑛所指，他坐在旁边的沙发上，端起一杯茶幽幽道："我从不在没有价值的人身上浪费时间。"

叶瑛冷笑。

"你笑什么？"

"我替她开心，庆幸她一早就离开了你。"

宋钟仁眉毛一挑，带着倨傲："如果她真像你所说的那样过得开心，你今天就不会来找我了。"

"不是每个人都像你，只有达到目的才算开心。"

"叶瑛，你是在给我上课吗？"

"我没兴趣。"叶瑛似乎不想再继续交谈下去，他转身离开，宋钟仁立刻起身挡住了路："如果我是你，我会好好考虑考虑，毕竟有些机会只有一次，如果丢了就再也不会回来了。"

叶瑛眼风一瞥："我也不想在自己不喜欢的人身上浪费时间。"

宋钟仁最后做出警告："那你有没有听过一句话，不为我所用即为我所杀。再加上你现在这种情况，我要整你，会比捏死一只蚂蚁还容易。"

"请便，"叶瑛抬手开门，"我本来就一无所有，也不在乎失去更多。"

chapter 10

▼

叶瑛啊，别哭

　　这天赖姿接到了崔律师的电话，被通知说赖父的案子有了新进展。之前上交的财务资料显示，近三年也就是郑雪担任财务主管期间，天籁华娱涉嫌逃税947万元，而郑雪在任职后添置了三套房产，并且将其家人移民海外。

　　崔律师说："这种情况想必是早有预谋，警方已经对郑雪进行刑事拘留。当然作为代理人，我有权利了解实情，这个郑雪之所以瞒报漏报，是你父亲授意，还是另有其人？"

　　赖姿说："据我所知这个郑雪有些本事，当初林晓辉是我爸的关门弟子，财务上也没出过大错。郑雪空降公司接管财务，我想应该是有后台，或者说，我爸当时已经在外有债务，被人所要挟，不得不为郑雪安排职务。"

　　崔律师点头："你说的这些不无可能，只要我们能证明郑雪财务作假现象并非你爸授意，我想保释应该没什么问题。"

　　赖姿长舒一口气："崔律师，谢谢你。"

　　"不用客气。"

　　"崔律师稍等，我还有件事想咨询一下。"

　　"你说。"

赖姿想了想说："你有没有接触过类似于艺人与经纪公司发生纠纷的案子，就是涉及违约的，通常是不是艺人会比较吃亏？或许我表达得不太明确，但你应该能理解我的意思吧。"

崔律师说："涉及违约主要还是看实际情况，是非没有绝对，况且你说的这属于劳务纠纷，我主要擅长经济纠纷的案子，不过你要是真的想了解一下这方面的信息，我可以帮忙问一下我的同事。"

"那真是太谢谢你了。"

"不客气。"

送走崔律师后，赖姿打开电脑，热搜上仍是关于叶瑛解约事件的讨论。

冲了杯热牛奶，赖姿坐在电脑前浏览，正看着帖子，一个陌生号码打来电话。

赖姿滑开："你好。"

"是我啊，赖大美女。"

赖姿听不出对方是谁，但对这种轻佻语调感到厌烦。

"哎，别挂，是我啊，"对方连忙开口，"乔瑞。"

"哦，乔总啊。"赖姿半是嘲讽地搭腔。

听说是乔瑞害得谢可妮至今还躺在病床上，他坏了规矩，惹恼了谢坤，香港自然是待不下去了，没想到这家伙倒也机灵，赶在东窗事发前逃了回来，这才算暂时保住了命。

乔瑞再混账，毕竟没有惹到自己头上，赖姿不愿跟这种人有牵扯，也还算客气："乔总你找我有事？"

"我想请赖小姐吃个饭，顺便给你看样东西。"

他还真是心大，赖姿对这种人也只能无语："对不起，我没时间。"

"这么直接啊？"

"我一向如此。"

"怎么办，我会伤心的。"

"那乔总应该找医生，我并不会看病。"

"赖小姐不要把话说得这么绝嘛，我保证，你不来会后悔的。"

赖姿觉得好笑："乔总，大家都是聪明人，我就明说了吧，像你现在这种情况，还是待在家里喝喝茶打打球的好。外面人多事多，一个花盆也能砸死人的。我是不要紧，你就不一样了，万一有个好歹谁担待得了？"

乔瑞自然听出了她的意思："那赖小姐是不肯赏乔某这个面子了？"

"我可不敢，这样吧改日我请你。"赖姿以退为进。

乔瑞隔着电话拉长了语调，有些冷笑的意味："那我等着了，希望不要让我等太久。"

"好。"赖姿挂掉电话，直接把手机扔得远远的，抱起电脑继续查叶瑛的新闻，完全没把刚才的插曲放在心上。

几分钟没看，跟帖的数量又成倍地往上翻。但自始至终，叶瑛没有露面澄清，这就引起了人们更多的猜测。有说他已被雪藏，有说他已被国内某经纪公司保驾护航，总之，议论纷纷的同时没有谁能说出个真假。

直到不久后，一张图被 PO 在了微博首页。

是叶瑛出入 LOCK 酒吧的照片，照片里叶瑛坐在包厢的角落里，两边是婀娜妖艳的美女，他左拥右抱端着高脚杯畅饮，意识到有人偷拍似乎还朝镜头笑了笑。

当红偶像在酒吧与数名美女夜聊，是买醉还是约炮？媒体为了点击量尽可能使用着敏感的词汇。

叶瑛遭遇事业危机一蹶不振的消息不胫而走，粉丝在悲痛伤心的同时也声称此图明显是被 P 过的，还有些人直指这是 L.Y. 故意栽赃，为的是彻底抹黑叶瑛。

可没过多久，不仅是图片，就连叶瑛出入酒吧的视频也被 PO 在网上，坐实了他夜店买醉的事实。

赖姿看到报道后再也坐不住，一连十几个电话打过去，对方却永远是无人接听。

直到有天晚上茜哥打来电话，说有朋友在 Moment 看到了叶瑛，赖姿连忙打车赶到了目的地。

Moment 是北港后街区的一家夜店，也是有名的烧金窟。赖姿曾经来过几回，对这里的情况多少有些了解，穿过金碧辉煌的大厅，震耳欲聋的音乐就立刻冲进耳膜，疯狂闪烁的灯光、躁动热辣的舞池、无数俊男靓女摇摆着性感的身体，彼此摩挲着想在这黑夜驱走寂寞。

赖姿压着帽子挤在人群中，忽明忽暗的灯光下她根本找不到叶瑛的踪迹，她被挤得左右摇晃，几次差点儿摔倒。

最后赖姿是在一条走廊里发现了叶瑛，只见他端着一杯酒，面色被酒醺得微红，正搂着一妙龄美女，举止亲昵无比。

赖姿简直不敢相信这是叶瑛，是她认识的叶瑛。

在她心里他永远是最美好的少年，不会沾染任何尘埃。

赖姿带着怒火冲上去，一把拽开缠在叶瑛身上的美女，扬手狠狠甩了叶瑛一巴掌。

美女被赖姿突如其来的架势吓了一跳，本想上前阻止却被赖姿一个狠厉的眼神吓得缩了回去，赖姿捋了把袖子说："看什么看，滚！"

美女瞥了赖姿一眼，小声嘟囔着："真有病。"说着还不忘朝叶瑛晃晃手机，"联系我哦。"

"滚！"赖姿一吼，美女才白着眼悻悻地走开了。

叶瑛皱着眉头把高脚酒杯放在旁边的花架上，擦了擦嘴角的红印，赖姿根本无法使自己冷静："你什么话也别说，现在就跟我回家，立刻、马上！"

叶瑛一把甩开她的手："家？我没有家。"

赖姿吼他："叶瑛，你闹够了没有，你到底要干什么？"

叶瑛眼睛红红的，也不知道是喝了多少酒，他看着她，将她控制在胸前那点儿狭小的空间里："我在你心里做什么都是胡闹对吗？"

"我现在不想跟你讲道理，你跟我回去，我们回去再说！"

"说什么？有什么好说的？"叶瑛被她拽着胳膊却一动不动，"我难得出来玩一次，要不你就留下来陪我，要不你自己走。"

赖姿看着面前醉醺醺的叶瑛，她简直不敢相信，原本那个沉默寡言的孩子竟然会变成现在的样子。

"叶瑛，现在外面都乱套了，你知道吗？你还有心思在……"

赖姿话音还没落，叶瑛已经低头吻上了她的嘴唇。

赖姿被他突如其来的举动吓了一跳，她睁大了眼睛，连忙把他推开，却推不动，他像是固执的小孩儿不愿放开她一分一秒。

赖姿用力一撑将他推到墙边，拿起酒杯毫不客气地泼在他脸上。

酒水湿答答地沿着叶瑛的发梢往下落，他侧着脸，笔挺的鼻梁也滑着水珠。赖姿觉得自己这么做过分了，她试探地去拉他的胳膊："阿瑛……"

他胳膊一抬避开了她的手。

他只不过是喜欢她，他的爱堂堂正正不曾伤害任何人，他有什么错？为何如此见不得光？

看着叶瑛踉跄离去的背影，赖姿不放心，只能再次跟上去："阿瑛你别这样。"

谁想到叶瑛猛地转过身，原本清澈的瞳眸像是被蒙了一层愤怒，他朝她吼道："你既然不喜欢我，又为什么要关心我？我不需要关心，更不需要怜悯！哪怕你打我骂我，也好过你现在这样可怜我！"

他难过的不是她的拒绝，而是她从来没有认真考虑过他所说的话，她根本不知道，要说出喜欢一个人有多么不容易。

"我不是可怜，我是心疼，我不敢相信我认识的叶瑛会堕落成这个样子！"

叶瑛冷笑，滴着酒液的发梢半遮半掩地盖在脸上："堕落？我原本就是这个样子你不知道吗？为了爸爸，我曾想杀了你。为了你，我恨不得杀了宋钟仁，你知道吗？！"

赖姿摇头："你胡说什么？"

"你肯定也觉得我疯了。"他突然笑起来，"可我根本没你想的那么好。我从来就是这么邪恶，小时候我看见你坐在栏杆上，我想一把把你推下去……"叶瑛说着说着又难过起来，"可这有什么用呢，杀了你，爸爸也不会活过来；杀了宋钟仁，你也不会爱我……"

叶瑛靠在墙上耷拉着脑袋，他觉得自己很可笑，从小到大他只有做伤害自己的事，才能换来她在他身边多待哪怕一分钟。而她却把他当弟弟，把他当小孩儿，从来没把他当作一个真正的男人。

哪怕在他表露真心后，她依旧固执地认为这不是喜欢，而是依赖。她为什么要替他下结论，她根本什么都不懂！

走廊里来往的人断断续续，赖姿怕万一有人认出叶瑛，连忙拉着叶瑛往店外走。

叶瑛在旁边摇摇晃晃的："我不走。"

赖姿明知道叶瑛是喝醉了便不再争执下去，她搀扶着他，他整个人歪倒在她肩膀上。好不容易才打了辆车，赖姿扶着叶瑛坐在后座上，他整个人被酒精刺激得昏沉沉的，一个急转弯，直接倒在了她的腿上。

"你现在一定恨死我了……是吧……"他喃喃自语，"一定是的……"

赖姿不明白究竟是什么事压垮了这个一向隐忍的孩子，解约的官司？强大的舆论？赖姿宁愿相信这才是他真正宿醉的原因。

叶瑛的额头滚烫，像块握在手里的烙铁，赖姿抱着他，不停地催促着："师傅，我们先去医院，麻烦快点儿。"

可叶瑛固执得不肯去，她拿他一点儿办法都没有。

叶瑛毫无力气地倒在她怀里，眼睛似乎也累得快要睁不开，整个人是昏沉沉的："你知道吗……我可以被人骂，我可以不做什么歌手……可以没有梦想……但是……但是我不想你去求他……我不要你为了我……求他……"

赖姿心里一惊。

"什么万映……我不稀罕……"

叶瑛一歪彻底昏睡了过去，只有赖姿呆呆地坐在那儿，脑海里回荡着叶瑛的话。万映？她何时向这种落井下石的公司摇尾乞怜。又是宋钟仁搞的鬼吗？这么长时间他的游戏态度似乎并没有改变，他从不考虑别人，就想着编一个小小的谎言，搞得天下大乱。他自己一个人乐得开心，却根本不顾别人的感受。

如果叶瑛有个三长两短，她说什么也不会饶了他。

过了两天，赖姿竟然接到了宋钟仁的电话，如果是从前她会毫不犹豫地挂掉，但是这次她没有。好声好气地一问一答，赖姿应邀来到了宋钟仁的办公室，因为她也实在想不出别的办法能更快地见到他。

赖姿看着办公室那张宽大的书桌，不久前她还可以肆无忌惮地坐在上面跟宋钟仁亲昵。唔，赖姿吸了口气，听到门打开的声音，连忙调整好呼吸。

"坐。"

赖姿毫不犹豫地坐下："找我什么事？"

宋钟仁坐在对面，神色慵懒："没什么要紧的事啊。"

"如果宋总没有事情的话，我可以问几个问题吗？"

宋钟仁点头："当然可以。"

"你找过叶瑛？"

"对。"

"你告诉他是我求你这么做的。"

"没错。"

"你这是什么意思？"

"我以为他一向听你的话。"

"你以为？"赖姿说，"什么都是你以为，宋钟仁你是不是太自以为是了？"

宋钟仁从抽屉里抽出两份合同，摆在赖姿面前："我知道你在想什么，你一定觉得我不怀好意，即使帮叶瑛也是摆的鸿门宴，可这里有白纸黑字的合同，我有没有坑骗他你看完就知道了。"

赖姿拿起合同翻看，对于一个面临解约官司的艺人来说，万映开出的条件确实已经是难得的优惠了。

宋钟仁说："其实你应该好好劝劝他，毕竟胳膊是拧不过大腿的，能屈能伸才是识时务的俊杰。其实你心里也很清楚，我这是为他好。"

"是为他好，还是为你自己好？"

"赖姿，你说话怎么还这么刻薄？"宋钟仁摊手，"我承认我是有私心，可我不偷不抢，都是正经买卖。"

"宋总这么说可真是谦虚了。"

"好吧，既然你的问题结束了，那么该轮到我问了吧。"

"你说就是了。"

他一笑："有没有想我？"

"没有。"

"假话。"

"你问的也是废话。"

"那我请你吃晚餐，你也一定不会答应喽。"

"宋钟仁，我不认为我们现在的关系适合在这里打情骂俏。"

宋钟仁嘴角扬了扬："不好意思，跟你在一起习惯了。看来我们现在更适合聊点儿正经的。"他似乎洞察了先机，"这么说吧，我知道你父亲要保释了。"

"你是又要打什么坏主意吗？"

"怎么，难道你现在还认为你爸的事是我做的吗？"

"除了你，我真想不到第二个人。"

宋钟仁不怒反笑："我只不过在订婚宴上小小地惩罚了你一下，你倒好，所有的屎盆子一个劲儿地全部扣在我头上。"

"小小的惩罚？嗬，那我还要感谢宋总的不杀之恩了？"

见赖姿不为所动，宋钟仁说："你爸授意下属逃税是罪有应得，即便是可以保释，依照苛刻的审核标准，恐怕也难找来合适的人作保。"

看来他事先做足了功课，赖姿反驳："什么罪有应得，没有证据你少在这儿乱说。"

"那你呢？你有什么证据证明是我从中作梗陷害你家的？"他问，"就只允许你冤枉别人，不许别人冤枉你吗？"

"你！"

宋钟仁之前不肯申辩是因为觉得没必要，他不止一次地告诉自己，他复仇的目的达到了。可她一股脑儿地把所有的怨恨都发泄在他身上，这对他似乎有些不公平，而他，又最见不得不公平。

她越讨厌他，他就偏要去惹她，可是他渐渐发现，他让她不开心，自己也不见得有多快活。

此时，赖姿心里也没有答案。之前是宋钟仁当众抛弃了她，紧接着天籁华娱被封，旗下艺人被万映挖走，这一系列的变故来得太过蹊跷，她理所应当地把这些都归结到宋钟仁头上，像他这样的人，狡兔三窟，做事之前都给自己想好了推脱的说辞，现在的话是真是假，谁又能知道呢？

"好了，我不在乎你怎么想。"一个人讨厌你，她能找出千千万万个理由，如果你在她心里已经是负分，也就不在乎再丢那么几分。宋钟仁十指交叉放在胸前，做出一副谈判的样子，"不兜圈子我直说了，如果你劝叶瑛签了合同，我愿意给你父亲作保。"

这与打包把叶瑛卖了有什么分别，赖姿想也没想："我做不到。"

他一笑："你太低估自己了。"

"宋钟仁，是我低估自己，还是你太高估自己，认为我一定会答应你？"

"你明明知道这样对大家都好。"宋钟仁起身想拍拍赖姿的肩膀，她一躲，他的手僵在半空有些尴尬，但他没有生气，俯身在她耳朵边说，"作为曾经的……朋友，我奉劝一句，收起那点儿可笑的自尊吧赖姿，那样的你会更可爱。"

赖姿看着宋钟仁，眼前的他似乎多了几分冷静，跟她交涉起来气定神闲、不慌不忙，这是她很少见过的宋钟仁，与以往油嘴滑舌的样子判若两人。

"为了叶瑛我会考虑，至于他接不接受，我左右不了。"

宋钟仁鼓掌三声："这才是我认识的赖姿。"

赖姿拎起包："没其他事我就走了。"

宋钟仁拿起外套："我送你。"

"停！"赖姿手指着让他站在原地，"你忙你的，我自己会走。"

宋钟仁耸肩："好吧。"

助理看着赖姿离开后才敲门走进办公室，从宋钟仁的表情看不出谈判的结果，他只好上前稍作试探："宋总？"

"哦，"宋钟仁从转椅上起身，"没说答应，也没说不答应。"

叶瑛身上蕴藏的潜在商业价值不可估量，仅凭庞大的粉丝群在舆论上也是具有相当的优势。对于万映来说只是多出些钱就能换来前期都已积累好的资本，是放长线钓大鱼，稳赚不赔的买卖，失去了或许就没有第二次。

助理看着桌子上的文件袋，说出了自己的想法："宋总，我想必要的时候，或许我们可以使用一些非常手段。"

宋钟仁瞟了他一眼，掂着手里的文件袋，说："非常手段？你的意思是让我威胁她？"

助理低着头不敢接话。

宋钟仁笑了："小何啊，我虽然浑蛋，可毕竟不是流氓。"

"宋总，我……"

"行了，我开玩笑的，别放在心上。"宋钟仁问，"我让你查的事怎么样了？"

"已经查出来了。"

"谁干的？"

助理说："乔瑞。"

宋钟仁饶有兴趣："可以啊，他这些年也算是有长进了，这种不要命的事都敢抢着干。"

"恐怕幕后指使不止他一个人。"

"我知道……他背后要没有别人撑腰，借他个胆子他也不敢这么犯浑。"宋钟仁有着自己的判断，"只是这次玩大发了，他得罪我不要紧，这次可是得罪了谢坤闹到不可收拾的地步，恐怕他那位靠山也得弃车保帅了。"

助理小何点头说："听说谢坤前几天来北港了，请了一桌人吃饭，没有杨海，谁都看得出是冲着乔瑞来的。据说乔瑞躲着不敢露面，说是好不容易堵到一次，又让他给跑了。"

"杨海现在什么态度？"

"不闻、不问、不管、不顾，他巴不得跟乔瑞撇清关系，以免祸及自身，毕竟他还是有生意在香港的，那些人三天两头去店里闹，都已经关了三家店了。"

看来流氓还得流氓治，在金钱利益面前什么道义、什么兄弟，全都一拍两散。

助理问："宋总，那我们现在怎么办？"

"不着急，静观其变。"宋钟仁悠闲地喝着茶，"反正现在东西已经拿回来了，到时候自然有人会替咱们收拾他。对了，你记得找人这几天盯着赖姿，我怕乔瑞那小子狗急跳墙，别再惹出什么麻烦事。"

"我明白了。"助理退出了办公室，他心里似乎充满了疑问，之前他认为宋钟仁让追查这件事，只是为了拿到东西后以此来要挟赖姿。

他曾经认为宋钟仁有些过分，至少面对旧爱时不够豁达，可现在看来事实并不像自己想的那样简单，如果说是余情未了……小何觉得自己真是越来越八卦了，其实这关他什么事？宋钟仁一直就是这样的性格，做事独辟蹊径，谁也猜不透他的心思。小何摇摇头，回到了座位上忙自己的工作去了。

　　赖姿最近仍是一心上下打理父亲的事，她准备卖掉风铃酒吧，因为酒吧署名是林晓辉，所以当时并没有被查封，况且她对这里有感情，不到万不得已是绝对不会卖掉这家店。林晓辉说，有买家出价不菲，让赖姿考虑一下，毕竟先凑齐保释金才是首要任务。赖姿说，自己会好好考虑。

　　只是无论再怎么忙，赖姿每天一个电话打给叶瑛是少不了的。

　　媒体还是一如既往的犀利，添油加醋地报道着叶瑛解约的事件。

　　通话时，赖姿小心避开敏感的话题，只是聊聊家常。

　　叶瑛似乎也像是得了失忆症，没有刻意回避，也没有再提前些天发生的事，整个人的情绪看起来还算稳定，赖姿稍稍放心。

　　崔律师说，这回多亏高院叶爷爷的那些老部下，牵线搭桥的才总算是有机会给赖姿的父亲正了名，这无疑是个好消息。

　　赖姿心里知道轻重，出了事务所给叶瑛去了个电话表示感谢。

　　叶瑛把事情撇得很清："那是爷爷生前的意思，你没必要谢我。"

　　说到这儿，赖姿心头突然酸了起来，她想到叶叔叔，想到自小失去父亲的叶瑛，将心比心，她心底的愧疚又涌了上来。

　　赖姿说："阿瑛，你要是不忙，我们见一面吧，我请你吃饭。"

　　"今晚？不行。要跟大伯去见韩国那边的代理律师。"

　　赖姿问："还是官司的事？"

　　"嗯，有些麻烦。"

　　电视里正播放着今晚金桐奖的宣传片，锦衣华履，众星云集。赖姿想，如果不是叶瑛的解约纠纷，他一定会去参加的，而不是像现在这样为了官司四处奔走。

　　赖姿问："他们不肯放人吗？还是赔偿问题没谈妥？"

　　叶瑛似乎是在江边，电话那头有渡轮轰隆声和江风瑟瑟的声音："具体的不太清楚，官司是大伯在帮忙张罗，我只是有什么说什么。"

　　赖姿忙应声："对，这样挺好，你尽量不要在庭审露面，什么事都交给委托律师去做，对你有好处。"她笑了，"我就知道，我们叶瑛最厉害。"

"这跟我有什么关系？"

"我不管，厉害就是厉害。"她原本担心叶瑛一人应付不来这错综复杂的事，可现在看来他似乎比她想象的要成熟得多，理智得多。

叶瑛有些无奈："这样吧，如果结束得早，我电话联系你。"

"好的。"

叶瑛收起手机，坐在过江大桥的栏杆上，江风呼呼地吹着，他望着远处的灯火。

赖姿挂掉电话，想着父亲的案子有了眉目，叶瑛这边也有了着落，一切似乎都在朝好的方向发展，她终于有种如释重负的感觉。可意识到这可能只是前进中的一小步，她又不禁在寒风中打了个冷战，人生啊，果然还是没有一刻安稳才叫人生。

碰上晚高峰，地铁上人挤人，赖姿是真的很久没挤过地铁了。她向来不习惯把自己丢在人群里，黑色的帽子和口罩裹着脸，只留了两个眼睛在外面，赖姿一手扶着栏杆，一手翻着从崔律师那里拿来的材料。

手机突然响起，赖姿以为是叶瑛，连忙从口袋里摸出电话，直接接听："喂，你这么快就结束了？"

"怎么赖小姐约了别人啊，你有时间约别人却不约我，我可是会伤心的。"

是乔瑞。

看来他还真是闲得无聊，赖姿调整了下语调，恢复以往的冷淡："这么晚了，乔总有什么事吗？"

"赖小姐，说好的要请我吃饭，打算要赖啊？"

赖姿："哦，我说过吗？"

乔瑞笑道："人都说赖小姐嘴上功夫一流，今天我算是见识了。"

赖姿立在寒风里，腊月的隆冬只裹了件风衣，她吸口凉气并不客气："乔总，你与其把时间浪费在我身上，不如多想想办法应付别的事，据我所知，最近你过得好像并不太平吧。"

"听宋钟仁说的？"乔瑞感慨，"这个二世祖啊，你们俩还在一起呢？你是没被他骗够吗？赖小姐，我快人快语说了什么不该说的你别生气啊，我也是关心你。"

赖姿走在青砖路上："我不生气，我得谢谢你的关心啊。"

"拿什么谢？拿嘴啊？"乔瑞戏谑着，"赖姿，我保证这顿饭你会主动请我的。"

赖姿微笑敷衍："好，等哪天乔总守得云开见月明了，我一定给你接风洗尘。"

"好哇。"

赖姿冷笑，这种落水狗做出的垂死挣扎她见多了，像乔瑞这么执着的倒也是少见。过多地交流也只会浪费时间，赖姿挂掉电话，把刚才的来电调出来，正要将这个号码拉黑，对方却毫无征兆地传来一张图片。

赖姿原本没在意，却又鬼使神差地点了进去。

要怎么形容赖姿第一眼看到那张图片的心情，整个人像是失了魂一样呆呆地站在原地。

照片里的内容清晰可见，是家装饰富丽堂皇的酒店，一个女人衣不蔽体地躺在床上，她闭着眼睛面色红润，像是被人下了药早已昏睡得不省人事……

紧接着，一张、两张，一个个短信提示音像是催命的弯刀，每一刀都扎在赖姿最心尖的位置。她根本不记得这是哪里，是什么时候拍的照片，可上面真真切切的就是她赖姿！

赖姿的手在抖，她靠在身后的广告牌上，努力想找个支撑，双腿却像被剔去了膝盖骨一样难以撑起她摇摇欲坠的身体。

乔瑞！赖姿握紧拳头。她想起来了，那晚谢可妮被劫持，她被人迷晕……难道……

乔瑞仍在传着照片，赖姿抹了把遮在脸上的乱发，她抓起手机试图将乔瑞彻底拉黑，阻止他这肮脏的行为，可她的手指像是不听使唤，一次次按错按钮，一张张照片像是野火烧不尽的杂草，疯狂地攀附在她的神经上。

"啊！"她手足无措。

这时乔瑞一个电话漫不经心地打来，不怀好意地问："怎么样赖小姐？照片拍得还满意吗？"

赖姿抬头望天，强忍着颤抖的身体，几个深呼吸努力调整好情绪："乔瑞，你究竟想干什么？"

他得意："我说了，你会请我吃饭的。"

赖姿知道这个时候一定不能被吓倒，否则就是人为刀俎我为鱼肉。

"姓乔的你听着，要挟我对于你来说没有任何好处。你要钱，我没有；你要命，找谢坤去。我一个家破人亡的落魄户，你在我这儿找什么存在感，你吃错药了吧你！"

"是吗？我可不这么认为，要不，我把这些照片发网上，咱们看看有没有用？"

赖姿压着心中的怒火："你究竟要什么？你说啊！"

乔瑞见赖姿退步，于是说道："电话里说不清楚，况且空口白牙的万一你赖账了怎么办，我得当面立个字据才放心。"

赖姿咬着牙："好哇，你说吧，你在哪儿？"

"这态度就对了嘛，赖姿，你早这样我也不用这么费劲了，你说是不是？"乔瑞带着得意的语气，"丰江公园，到了给我电话，先说好你要是带人来，我可就公事公办了。你说这么漂亮的大美女，我一个人欣赏也怪可惜的……"

没等乔瑞说完，赖姿已经挂断电话。

乔瑞一愣："臭婊子……"他对着电话做了个口型。

赖姿脚下似乎是踩了风一般向大路走去，刚拦到一辆的士她似乎又想起了什么，折返到附近找了一家五金店。

"老板，有没有能随身携带的刀，我要好用的，能防身的。"

老板打量着这个半夜来店里买刀的丫头，浑身上下裹得只露着一双大眼睛，他稍作思考还是问出了口："姑娘，你买刀干什么？"

赖姿意识到自己的失态，故作镇定地改口："这不要跟朋友出远门旅游，想着买把小刀路上也方便用。"

老板没再多问，但也不敢给她拿什么杀伤性较大的器械，只是从柜子里拿了把美工刀说："这把平时就足够用了。"

赖姿推开刀，拎着刀刃在掌心一划，瞬间白皙的皮肤渗出鲜红的血。她不觉得疼，对着血看得出神，一旁的老板被吓了一跳："姑娘你这是干什么啊？"

"没什么，挺好的。"赖姿盯着自己淌血的手心，不禁握了握刀，对老板说，"我就要这把了。"

一路上赖姿都是忐忑不安的，她努力让自己冷静下来想办法，报警？时机还不到。抢照片？也没什么用，乔瑞一定有备份。

赖姿不明白，他拿着这些照片究竟想从她这儿得到什么？难道是父亲留下来的……她不想再往下想。

快到目的地时，乔瑞又打电话换了地方碰面，看得出来他有心防着她，也许事情并不像想象中的那么简单。

赖姿打电话给茜哥没人接，打给叶瑛是关机，她没有办法只好放弃，指着前面的路吩咐司机师傅说："师傅，麻烦改去滨江左道十岔口。"

目的地位于市区十几公里外的一个小镇，很偏。赖姿在北港生活了二十多年甚至没来过这种地方，杂草丛生的田间小道被风一吹扬起了尘土。赖姿打开手机的电筒才勉强照亮前面的几步路，偶尔几只蝙蝠扑棱着翅膀飞过，惊得人心里一阵慌乱。

"我到了，你在哪儿？"赖姿问。

"你往左看。"

赖姿扭头，果然看到乔瑞站在不足二三十米的地方，她虽有戒心却不得不靠近，藏在袖中的美工刀一刻也不敢放下。

乔瑞看起来早已失去了往日的风采，蓬乱的头发、满脸的胡楂、被风吹得干裂的嘴唇，想必是被谢坤给逼的吧，杨海有意让他一个人背黑锅始终不肯出手帮忙，他除了逃，似乎也没有别的办法。

赖姿故作惊讶："真有你的。"

乔瑞搓了搓鼻子，上前说："少来这套，身上有烟吗？"

赖姿从包里摸出一盒，连着打火机直接丢给他，问："乔总该不是为了这口烟，把我大老远叫出来吧，有话你直说好了，不用拐弯抹角。"

"我就喜欢跟赖小姐这样通透的人说话。"乔瑞用手挡着风，把烟点燃，猛地吸了一口仿佛整个人都轻松了许多，"反正你也看到了，我现在烂命一条，活一天就算赚一天。可你说我要这么活着多累啊，荒郊野岭的连个饭都吃不起，店也住不起。"

"要钱是吧。"赖姿从包里拿出一沓钱甩进乔瑞怀里，"够你用几天的了。"

"几天？"乔瑞撇着嘴笑，"赖小姐，你打发要饭的啊？"

"怎么乔总，你当我是提款机吗，出了事你那位神通广大的表哥呢？他不是很有本事吗，你不找他那尊大佛帮忙，反而来敲诈我这么个小虾米，我的情况你又不是不知道，到处借钱躲债，你找我，那不是自讨苦吃？"

乔瑞一脸无赖摊手说道："没办法，谁让我只有你的把柄。"

"有把柄落你手上算我倒霉，可你别忘了，兔子急了也是会咬人的。对，你是烂命一条，那我呢，现在活得很光鲜吗？你如果硬要逼我，可以，我欢迎，我这人什么都怕，就是不怕死，到时候我拉你做个垫背的，咱们也算黄泉路上有个熟人了。"

乔瑞一听这番话，脸上的戾气也少了几分。他说："别啊，赖小姐还是比某些人有良心的。你死了，我还指望谁去？你看这样行吗，你去跟宋钟仁借点儿钱，你只要开口，他一准答应。我发誓，到时候只要我一办好手续就拿钱出国，保证不再回来打扰你。"

"找宋钟仁？乔总你是聪明人，你让我去找他，简直是可笑！他宁愿把钱给你也不会给我的。"

乔瑞点了点烟灰："这我就管不着了，我只要钱，拿不到钱我就把照片卖给报社一样赚，或者……或者你把手上万映的无记名股份给我。"

绕了半天圈，总算说到重点了。赖姿冷笑："你做梦。"

无记名股份是父亲入狱前托崔律师保管的，一直到赖家出事父亲才告诉了赖姿。就连赖家最为难的时候，她都没有拿出来卖掉，其重要性不必细说。

乔瑞冷笑："赖姿，都现在这个情况了，你还逞什么强？实话告诉你吧，这照片我已经给宋钟仁了，如果你把股份给我，我可以保证照片不从我这边流出去，至于宋钟仁那边……我可就不知道了。"

赖姿一听乔瑞这么说，惊诧地说道："你拿我的照片……去敲诈宋钟仁！"赖姿上前拽着乔瑞的衣服，"你这流氓，你他妈疯了吧你！"

乔瑞这么说不过是为了吓唬赖姿，事实上是他拿着照片想从宋钟仁那儿敲上一笔，结果反被宋钟仁摆了一道，险些被透露行踪丢了命，心里窝着火却也不敢乱发。

乔瑞猥琐道："看来你是不知情啊，怎么宋钟仁没找过你，难道他都躲着自己欣赏了？这个小流氓。他以为把照片都拿走就完事了？笑话，他那点儿花花肠子我能不防着，自然是留了底儿的。对，我现在是不能把他怎么样，可不还有你吗？"

赖姿气恼，扬手要甩巴掌。

乔瑞一把推掉赖姿的胳膊，一改笑脸恶狠狠道："我看你是不见棺材不落泪吧。"

"你放开我！"

"一句话你给不给钱？"

赖姿愤怒："不给！"

乔瑞一把攥着赖姿手腕，把她拽到胸前："不给的话也好办，我把照片发网上或者卖给报社，让你好好地火一把……"

乔瑞正扬扬得意，突然手腕一阵刺痛，他忙松开手，只见赖姿立刻与他保持一米距离，她右手握着一把滴着血的美工刀，正对着他。

乔瑞捂着流血的伤口，说："你敢捅我？"

赖姿被他逼得一步步往后退，泥泞不堪的小路，她像只受惊的小兽，高跟鞋一崴整个人翻坐在地上，她顾不得腿上擦破的伤口，举着美工刀试图阻止乔瑞的靠近。

乔瑞上前抓着赖姿的头发把她往后扯："臭丫头你敢捅我，信不信现在我就弄死你。"

赖姿盯着乔瑞那张恼羞成怒的脸，吼道："你来啊！今天弄不死我，你就别姓乔，来啊！"

赖姿的架势明显吓住了乔瑞，趁他分神的当口，赖姿抓起旁边的灰土一把撒在他脸上。

乔瑞捂着脸号叫，赖姿连忙从地上爬起来，一瘸一拐地朝大路方向跑。

乔瑞三两下抹开脸上的土，紧紧地跟在赖姿身后。

赖姿扔掉鞋子光着脚跑到路边，原本就是荒郊野外，好不容易路过的车也并没有因为赖姿的呼救停下来。

寒风凛冽，天空稀稀拉拉地飘起了雪花，赖姿站在岔路口，一秒秒的时间仿佛像一个世纪那么漫长。眼看着下一辆车马上就要过来，突然，赖姿被身后赶来的乔瑞捂紧了嘴，连拖带拽地又将她拖回了荒草丛中。

赖姿的脑袋磕在石头上，剧烈的疼痛充斥着脑仁，她努力地睁开眼睛，眼前忽明忽暗。

乔瑞不由分说地抢过赖姿手中的刀，笑得狰狞："我看你是舒服日子过得太久了，没关系，待会儿有你哭的时候。"

说完，他开始撕扯她的衣服，双手不安分地抚摸着。

赖姿想要反抗可根本抵不过一个男人的力气。她挣扎着，干枯的杂草划在脸上刺得生疼，衣料撕扯的声音，她整个人在寒冷的冬天瑟瑟发抖。

"你放开我！放开！"

"放了你？"乔瑞狰狞地笑，她可是他最后一根稻草，他会放了她？

赖姿掉落的手机在一旁嗡嗡作响，乔瑞上前一脚把电话踢开，摁着赖姿的手："怎么，还想着宋钟仁会来啊？就算他来了能怎么样，能杀了我？他来了也得和你一样跪下来求我！"乔瑞掰过她试图避开的脸，落下一吻，"不过我倒想看看过了今晚，宋钟仁他还瞧不瞧得上你。"

乔瑞上下齐手，狰狞猥琐地笑着："放心赖姿，我会好好对你的。"

他的嘴像是刀子一样刺着她的皮肤，身上散发的恶臭令人阵阵作呕。

那时，赖姿脑海里只有一个想法，她要杀了他，杀了他！

可她被他压着根本动弹不了，挣扎间赖姿碰到了那把美工刀，这时她仿佛看到一线希望。她伸出手在周围一点点地摸索，胳膊已经被碎石头划得伤痕累累。

乔瑞见赖姿不再反抗，以为她束手就擒，慌忙脱掉上衣来了兴致。

终于，赖姿摸到了那把美工刀，她推出刀刃，不假思索地刺了下去。紧接着乔瑞哀号一声，捂着腰侧翻在地上，赖姿怕他再次靠近，于是疯狂地挥着手中的刀。

血，她从没见过那么多的血。赖姿慌忙丢掉美工刀，她蜷曲着向后退，扯过散落的衣服胡乱裹在身上，整个人都在颤抖。

乔瑞面色惨白得像是黑夜里的魔鬼，满是鲜血的手指着赖姿："你……你敢……"

她睁大双眼惊恐地看着乔瑞，被风吹散的长发狂乱地盖在脸上，她摇着头："我没有，我没有。"

乔瑞吐着白色的哈气，支撑着身体想要上前抓住她。

赖姿跌跌撞撞地爬起身，企图与他撇开一切可能的关系，对，她要赶紧离开这里！

赖姿连忙捡起手机，拖着伤痕累累的身体逃离现场。

赖姿不记得自己在荒无人烟的郊外跑了多久，也不知道自己现在身在何处，周围已被雪覆盖，一片雪白里让人根本分不清东南西北。她累了，真的跑不动了。她回头，身后早已没了乔瑞追来的身影，她扶着一棵树蹲下，手脚冻得冰凉。

赖姿被突如其来的铃声吓了一跳，竟然是叶瑛的电话。对面的声音清澈透亮，像是从不沾染世间的任何污垢："我这边结束了，你在哪儿？"

不知道为什么，忍了一晚上，即便面对乔瑞的威胁她也没有退缩，却在听到这个声音时，她再也抑制不住情绪，失声痛哭起来。

"阿瑛……我……"

"你在哭吗？"叶瑛连忙问，"发生什么事了？"

她把脸埋在膝盖里，不停地啜泣着："我杀人了，阿瑛，怎么办？我好像杀人了……你说我该怎么办……"

电话对面的人明显停滞了两秒，又立刻传来了淡定的声音："先别着急，告诉我你在哪儿？"

她摇着头："我不知道，我不知道……"

叶瑛的思路很清晰："听着赖姿，想杀死一个人可不是件容易的事。你不要慌，更不要胡思乱想，相信我，我一定能找到你。从现在开始你要照我说的去做，明白吗？"

赖姿抹了把眼泪，点头："好。"

"先深呼吸，让自己冷静些。"

赖姿调整呼吸，尽量平复着情绪。

"看你的手机电量还剩多少，告诉我。"

"43%。"

"好，足够了，"叶瑛说，"你不要挂电话，把定位打开，我这就过去。"

叶瑛这个孩子明明不爱说话，却始终通过电话陪她聊着，他没有要她讲事情经过，也没有强行让她不要想刚才发生的事，他只是在讲他自己、他的近况、他的事情，他试图用这种方法分散她的注意力。

赖姿不敢想如果没有叶瑛一路的安慰，她要怎么在荒郊野岭挨过这个饥寒交迫的夜晚。

叶瑛找到赖姿时，她整个人蜷曲成一团躲在一棵松树下，头发上、身上落满了白雪，双脚被割得满是口子，浑身上下青的青紫的紫。

他撩开她的头发，她本能地向后缩，嘴角脖子上都有深深的吻痕，叶瑛猜到一二，咬了咬牙没说什么。

赖姿胆怯地抬头，看到是叶瑛慌忙扑进他怀里，她牢牢地抱着他的脖子，像是一不小心就会失去什么依靠一样。

"对不起。"叶瑛说。

她不知道他为什么要说对不起？

叶瑛抱紧她："没事了，我们回家。"

赖姿摇着头："不，我杀人了，我把乔瑞杀了，他敲诈我勒索我还……我不是故意的，我只是想逃命……"

他安慰她："我知道那不怪你，先别担心，也许他并没有死。"

一想到当时的场景，赖姿的情绪又难以抑制："可他流了血，我看到他流了好多血……他想追我却没追上，他一定死了……"

赖姿说着说着又哭起来："叶瑛，你带我去自首行吗？"

"赖姿你先冷静下。"他扶着她的肩膀，"事情也许没你想的那么糟，你力气小，也只是拿了把美工刀，或许他根本没死，你不要再自己吓自己。

"你有没有想过，赖伯伯的案子好不容易有了眉目，作为他的女儿你如果现在出了什么事，他或许连保释的希望都没有了。"

赖姿心里早已乱成了一锅粥："我没想那么多……"

叶瑛说："这样，我来的时候路过一家旅社，我先送你过去休息，你告诉我乔瑞在哪里，我待会儿去看看，等有了结果我们再商量对策，而不是在这里杞人忧天，明白吗？"

"嗯。"赖姿点点头，攥着叶瑛胳膊的手始终没有松开。

叶瑛想得很周到，来之前准备了几件女装，赖姿在车里换下脏衣服，叶瑛一把火把它烧了个干净，他擦掉她脸上的灰土，把口罩和帽子给她戴上，无比坚定地告诉她："我不会让你有事的。"

乡下的旅社很简陋，热水断断续续的，赖姿坐在浴缸里，浴洒"哗哗"地开着，水沿着浴缸不断地溢出来拍打在地砖上。

赖姿闭着眼，整个身子滑进水里，半分钟……一分钟……她闷得喘不过气来，血管开始胀痛，原来窒息是这种感觉，赖姿想到乔瑞刚才垂死挣扎的模样，浑身一个冷战从水里挣扎而出。

叶瑛已经出去三个多钟头了，赖姿隐约有些担心。

听到敲门声，赖姿三步并作两步跑出来，带着期盼的眼神看着叶瑛："怎么样，他还活着吗？"

叶瑛脸上有些许的疲惫，可还是露出了一个微笑："没事的，我到的时候他已经走了，应该是伤得不重自己回去了。"

赖姿长舒口气，一颗悬着的心才算放了下来。赖姿瞄到叶瑛衣角的血迹，便拉着他问："你身上这血是哪儿来的？"

叶瑛扫了一眼，并没有在意："应该是刚才不小心蹭到的。"

赖姿拽着他的衣服："快脱下来洗了。"

叶瑛一笑："不用，我自己来。"

赖姿将他手中的衣服夺过来，摁在水盆子里，她从没自己洗过衣裳，洗衣液倒了小半桶，整个盆子里堆满了泡沫。

赖姿扎起头发也不顾手上划烂的口子，使劲搓揉着叶瑛衣服上的血迹，她得把它洗干净了，一点儿痕迹也不能留。

叶瑛站在旁边，拨开她额头的头发，他说："别哭。"

赖姿眼眶泛红，头又低了低，她一定不能哭。她把衣服从清水里捞起来，极力挤出一个微笑："你看，洗得多干净。"

赖姿将衣服的水拧出来，用吹风机想把它烘干，然而叶瑛却拿走了她手中的吹风机。

他手指插在她长发间，把她往身边拢了拢："别动。"她发间有残存的香气，是这个寒冷冬夜里的唯一温暖，让他还能感受到她的存在。

偏远的乡村旅馆，有些破旧的镜子里，他修长的手指轻轻拨着她湿漉漉的长发，眼里透着全部的认真。

不知为何，看到这样的叶瑛，赖姿心里冒出隐隐的不安，可她又说不清楚究竟是哪里出了问题。

"阿瑛，你是不是有事瞒着我？"她问。

"没有。"叶瑛摆正了她的头，继续吹着头发，"你想多了。"

赖姿还是把心里的担忧说了出来："阿瑛，有件事我必须先说明，不管以后发生什么，我都不许你卷进来，不管乔瑞是死是活，不管媒体怎么写我，你都不要像个傻瓜一样站出来，明白吗？"

叶瑛手中动作一顿，没有正面回答她的话："我出了事有叔叔伯伯帮我，你出了事，谁来帮你？"

"阿瑛你听着，我欠你的太多了。如果因为我把你害了，我宁愿死的那个人是我。"

叶瑛看着镜子里的赖姿，说："小时候你说你会照顾我，要我把你当姐姐，我听你的。你陪我念书、陪我练琴，甚至为了送我出国自己出车祸还要瞒着我。"

原来他什么都知道。

叶瑛默默道："你一定觉得自己很伟大，一定觉得有天我知道了真相会很感动。"

"阿瑛，不是的。"她低着头，"对不起……"

"不要跟我说对不起。"他眼睛里映着她的轮廓，像是长期压制的冲动难以释放，"赖姿，我不要你每次看到我都是充满愧疚！

　　"如果说你曾经欠我什么，但现在早就还清了。我喜欢你，从小就喜欢。也许，你可以把我的心意丢得一干二净，可我不能装作什么都没发生一样，我做不到。"

　　赖姿呆呆地站在原地，她看着眼前这个沉默却又热忱的少年，一时间竟不知道该说些什么。她想给他一个拥抱，可却始终没有勇气抬起双手。

　　赖姿最不想做的就是和叶瑛争吵，于是，轻轻道："这么晚了你一定累了，有什么事我们明天再谈，好吗？"

　　见叶瑛默默不语，赖姿叹了口气转身离开，怎料刚迈出一步身后却是叶瑛拿着毛巾紧紧地捂着她的口鼻。

　　她踉跄一步跌进他怀里，可叶瑛竟然没松手。

　　赖姿挣扎着，她不知道叶瑛为什么突然这么做，她嘴里呜咽地喊着他的名字，可他丝毫没有要住手的意思。

　　迷药顺着口鼻吸入，赖姿视线开始模糊，她握着他的手腕，仰头看到他俊秀的脸、长长的睫毛、勾勒分明的下颌，他整个人在颤抖，可他的手为什么这么冰冷？眼角为什么会有闪烁的晶莹？

　　叶瑛啊，别哭。

　　那个果敢却又沉默的少年，她永远的骄傲，她伸手想去擦掉他眼角的泪，最终却在他怀里失去了所有力气。

　　"你说，没有我你会过得千好万好，我说你，可不要赖皮啊……"

chapter 11
▼

她爱过他，却也只是爱过而已

　　翌日清晨，雪将停，赖姿是被一连串警笛声吵醒的。

　　她翻身起床，想起昨晚发生的事，连忙跑出了房门，吵闹的人群中不见叶瑛半个人影。

　　被大雪覆盖着的安静小镇，因为有警方的介入引起了不小的骚动。赖姿在心里暗暗思索，也许是乔瑞伤得不轻甚至死了，也许她会把牢底坐穿，总之她已经做好了最坏的打算。

　　叶瑛不在，其实这样也好，她反倒不希望他看到她一会儿被警察带走的狼狈样子。

　　事到如今，她真的已经什么都不怕了。

　　警队队长模样的男人几步上楼，楼梯拐角处很窄，只容得下两人并肩而过。不巧的是那里坐着个女人，大冬天的只穿了件薄薄的针织开衩的红裙，细长的腿露在外面，悠悠闲闲地点着一根烟，见他上来也没有丝毫让路的意思。

　　"小姐，请让一下。"警察说道。

　　赖姿轻飘飘地站起身吐了口烟圈，不慌不忙地摁灭烟头，然后一双白皙的手腕递到警察面前，说："你找我？"

警察问："你是？"

赖姿头发一拢："不用找了，我跟你走。"

警察义正词严地拒绝："这位小姐，请你不要影响我们执行公务。"

"冯队抓到了，你快下来，"楼下有人高声喊道，"抓到那小子了！"

被叫队长的警察闻讯立刻转身下楼，赖姿也不明就里地跟了上去，想要看个究竟。不远处人头攒动，喧闹声不断，赖姿挤上前，只见几个警察压着个小伙子，不由分说地就往警车前推。

赖姿直直地愣在原地，她甚至没有反应过来是怎么一回事，熟悉的背影、冰冷的手铐，她没看错，那是叶瑛啊！

"哦哟，这小伙子才多大呀，就有胆子杀人，真是了不得了呀。"

"谁说不是啊，听他们讲还是个什么明星啊，这下可完喽。"

"要我说就得往死里判，现在这些年轻人动不动就乱来，这是要乱套的呀，不给他吃点儿亏是绝不长记性的。"

闻讯而来的村民你一言我一语地议论着，这才将赖姿早已分崩离析的神经又再次串联起来，她回过神，冲开围观的人群，追上将要走的警车，疯狂地拍打着玻璃："停车，停车啊！你们搞错了，你们抓错人了！他没有杀人，你们放了他。"

赖姿始终追着车喊着："叶瑛，叶瑛你听到了吗？你下来，你快下来啊叶瑛！"

冯队长瞟了一眼窗外，回头问："这谁啊？"

叶瑛的眼睛始终看着前方，没有答话。

冯队长见状没有做停留，朝司机吩咐："开车。"

车轮在雪地里几个打滑又继续上路，赖姿跌跌撞撞地跟在后面喊着叶瑛的名字，她不能让这群警察把叶瑛带走，绝对不能！

冯队回头看着这个女人，从刚才他就觉得她精神有些问题，大冬天的只穿了件单薄的裙子，现在又光着脚在雪地里跑，连脚被冰凌割出了血也不知道。

冯队盼咐旁边的人："小许，你给小陈打个电话，让他们把人拦下来，大早上这么闹算怎么回事儿，已经够乱了就别再惹出什么麻烦。"

"知道了，头儿。"

最后赖姿是被一群人拦在了路口，围观的人指手画脚地议论，只有赖姿不甘心还要去追。

被同事唤作小陈的警察快要拦不住眼前的这个女人，他撑开胳膊好言相劝："别推了没用的，你追不上的。"

赖姿哪里肯依："我说你们抓错人了，你聋了没听到吗？"

小陈不退步："每个被抓的人都喊冤枉呢。"

赖姿真是秀才遇上兵，情急之下她说道："乔瑞是我杀的，你们抓错人了明白吗？"

周围吵吵闹闹的一片混乱，小陈睁大眼睛，更是摸不着头脑："你刚才说什么？"

赖姿上前抓着他的领子，大声道："我说人是我杀的，你还愣着干什么，抓我啊！"

她怎么能让叶瑛身陷囹圄？

该死的，明明是她。

赖姿是与叶瑛同一时间被带到警局的，只是没有像期盼的那样见到叶瑛。

她坐在审讯室里，一张空荡荡的桌子，四周灰色的墙壁，她往后一靠，椅子"咯吱咯吱"作响。她甚至不敢想外面是怎样一番模样，一个解约官司就能让他们趋之若鹜，这次牵扯到刑事案件，那些吃人不吐骨头的娱记还不知道会把这件事写成什么样子。

赖姿懊恼地把脸埋进手掌，她怎么就把叶瑛给连累进来了，昨晚叶瑛究竟干了什么？他把她迷晕之后究竟干了什么？

苍天，叶瑛你可千万不要做傻事啊！

小陈似乎对赖姿没什么办法，趴在玻璃外面，一心盼着头儿过来救场。

果然处理完手上的工作，冯队闻询赶来，看他的样子似乎并没有从叶瑛那里套出什么消息，心里原本就烦，看到一直扰乱公务的赖姿就更加嗤之以鼻。

赖姿对于冯队的冷漠态度很是不满："我跟你们说过人是我杀的，你们听不懂吗？为什么要抓叶瑛？"

冯队一副无可奉告的样子："没有证据我们是不会乱抓人的，倒是你，从一大早就开始妨碍公务。想保他是吧，拜托拿出点儿实质性的证据，我们会还大家一个真相。空口白牙的我劝你还是省点儿力气吧。如果你再这么闹下去，当心我们告你扰乱公务。"

赖姿简直匪夷所思："真相？你知道什么是真相？真相就是我拿刀杀了乔瑞！"

"人证呢？"

"什么人证？当时只有我跟乔瑞两个人。"

"物证呢？"

赖姿立刻说："那把美工刀，是我买的，五金店的老板可以作证。"

"你知道受害者是怎么死的吗？"冯队有些无语地摇头，似乎完全没有兴趣再盘问下去。从早上到现在警察局外面来了不止一个极端歌迷，都说自己是凶手，一个个为了给叶瑛开脱无所不用其极。

正巧小陈开门进来，说是叶瑛的律师已经到了，冯队连忙收起本子说："我这就过去。"

小陈指着赖姿，挠头问："那她怎么办？"

冯队一脚踹在小陈腿上："怎么办？给我把她轰出去！"

再多的解释都是多余的，警方似乎把案件的突破口都放在了叶瑛身上。

赖姿出了办公大楼，她很迷茫，她不知道这些人为什么会把叶瑛当作嫌犯，她一点儿头绪都没有。

虽然赖姿很小心地避开了大门，可还是低估了这条爆炸性新闻对记者们的诱惑力，她躲回洗手间借了件保洁服，这才躲过了外面的大追捕。

赖姿孤零零地走在桥上，默然地看着平静的江面，她感觉自己的生活中少了好多东西，原来的色彩变成黑白，原本的喧闹变成死寂，这种突如其来的不安搅得她心烦意乱，可她没有一点儿办法。

崔律师打来电话说万映集团的宋总经理愿意为赖父出资作保，虽然不知宋钟仁为什么突然这么好心，前些天他明明还拿着叶瑛的签约合同跟她做交易，如果不是有利可图，他怎么会这么轻易地妥协？可赖姿心里也很清楚，现在除了宋钟仁似乎也找不到更合适的人去解决眼前这些棘手的问题。

赖姿随后找人探了口风，说是万映传媒高层内斗激烈，甚至频繁出现对无记名股份认购现象，暗自招兵买马等待最后一搏。

巧的是，赖姿手上握有万映传媒的无记名股份；不巧的是，宋钟仁不知从哪里得知了这个消息，并以最快的速度联系上了她。

父亲出事前，曾将这些股份受托赖姿，这是赖家最后的资本，也是父亲曾千叮万嘱无论出了什么事也不能动的立足之本。

熟悉的餐厅，熟悉的位置，宋钟仁记得她喜欢吃的每道菜。

宋钟仁看着对面安静的赖姿，问："怎么不吃？"

叶瑛还在拘留所，她怎么有胃口吃得下。

宋钟仁只是一眼就看穿了她的心思，慢条斯理地动着刀叉："又是因为姓叶的那小子？"他笑得不动声色，"放心，这孩子蔫儿坏着呢，律师不在场他是绝对不会乱说话的，倒是你，你这么紧张干什么？"

"叶瑛是被冤枉的，他没有杀人。"

"那警察抓他干什么？就算他不是凶手，至少也是个重要的嫌疑人。"

赖姿并没有丝毫要隐瞒的意思："人是我杀的。"

宋钟仁手中刀叉一顿，对她突如其来的坦白有些惊讶："你说什么？"

赖姿攥着双手放在桌上，比画着，讲着事情的经过："乔瑞拿照片敲诈我，我失手杀人，叶瑛只是过来看看，那些警察不分青红皂白地抓人，你说我怎么能安心坐在这儿？"

宋钟仁低头用餐，没应声。

赖姿隐约察觉到了什么，于是问道："你是不是知道了什么？"

宋钟仁把红酒斟上，这才说起事情的原委。

原来是谢坤派人找到了乔瑞，结果杨海撒手不管不顾，乔瑞只好狗急跳墙。三天不见乔瑞踪影，杨海直接报了警，说是警方接到群众举报赶到现场时，乔瑞已经没有任何生命迹象，身上十几道刀口，致命伤是后脑被钝器重击。

赖姿连忙否认，当时她只是刺了乔瑞一刀，十几道刀口已经是无稽之谈，更不要提什么钝器重击。

宋钟仁手一摊："也许这就是他们为什么要抓叶瑛却不抓你的原因。"

他的意思是叶瑛才是凶手？赖姿反驳道："不可能！"

"其实你也不清楚人究竟是谁杀的，对吗？"

赖姿一时无话可说。

是的，她心里始终有个结，那晚她真真切切地只刺了乔瑞一刀，剩下的那十几道口子就算是有也不会很深。赖姿不敢想，她不敢想那晚将她迷晕后的叶瑛究竟干了什么。

"刀上的指纹，现场的血迹都是叶瑛的，只要他本人再一松口，这案子就算结了。"宋钟仁理智地分析着，"杨海知道我要签叶瑛，所以想方设法地搞臭他，他借着受害者家属的名义要求警方严办，无非是想让我弃车保帅，我怎么会让他得逞？"

赖姿问："你现在是要帮叶瑛吗？"

宋钟仁摆手："帮叶瑛？我没那么伟大。你也知道我向来看不惯杨海，只要让他心堵我就开心，杨海以为他这件事做得神不知鬼不觉，却不知道螳螂捕蝉黄雀在后的道理。"

赖姿半信半疑地看着他："你的意思是？"

"还不明白吗？乔瑞不是你杀的，凭你那三两下能杀得了他？"宋钟仁拿起桌上的餐具摆开位置，用物比人跟赖姿说起了当日的情景，"你刺伤了乔瑞仓皇离开，没有致命伤，可后来他却死了，只有两种可能：第一，叶瑛返回时把他给杀了；第二，有人在叶瑛到达前已经把人杀了。不过据我推断应该是第二种情况。"

赖姿像是看到了希望："为什么？"

"我找人打听了一下，据说凶器上只有叶瑛的指纹，这很不科学，那把刀你明明也拿过，所以只有一种可能，"宋钟仁顿了顿，说，"叶瑛赶到案发现场时发现乔瑞已经死了，他以为是你杀的，所以擦掉了你的指纹，伪造了一个案发现场。他是想救你。如果是他蓄意伪造现场，那就极有可能会提供假证词，所以现在的情况对他很不利。毕竟一旦认罪，想要翻供可就没那么容易了。"

宋钟仁说完抄起胳膊靠在那里。

赖姿正对上他异样的眼神，于是问他："你这是什么表情？"

宋钟仁肩一耸："我吃醋啊。"

"我现在没心情跟你开玩笑。"赖姿受不了他总是玩世不恭的模样。她想了一会儿，像是有了主意，"那我们还等什么，现在去找警察把事情说清楚啊，他们不能这么冤枉叶瑛。"

"你怎么说？空口白牙地推测就想让警局放人？现在凡事都讲究真凭实据，你这么鲁莽地冲上去，只会一起掉进坑里。如果你要在这节骨眼儿上犯了事，我就是再费功夫也保不了你爸出来。"

赖姿一针见血："我看你是舍不得我手里的无记名股份。"

宋钟仁饶有意味地看她一眼，把餐巾往桌子上一撂，然后笑道："都知道了啊。"

"这世上原本就没有不透风的墙，你们一个个虎视眈眈的不就是惦记着我手上的这点儿东西吗？"

宋钟仁并不否认："不过说开也好，有偿办事，我开心你也放心。如果我毫无索取地来找你，你恐怕心里还不肯相信我吧。"

赖姿不想再与宋钟仁打口水仗，她脑中飞速地运转，试图找一个合适的口吻去说这件事，但跟宋钟仁做交易需要一点儿智商和勇气。

"我的情况你是知道的，除了最后这点儿股份我什么也没有，我帮不了叶瑛，但你可以。只要你愿意帮忙，股份你拿去，只是一点，你要说到做到。"

宋钟仁手一伸，干脆果决："成交。"

让人意外的是，宋钟仁答应得很果断，赖姿听他这么说后稍稍放心。

宋钟仁既然已经答应了，就证明至少有八成把握办成这件事，他这点儿人品还是有的。

"两件事，"宋钟仁伸出两根指头，"除了无记名股份，你还要再答应我一件事。"

果然没那么简单，赖姿问："什么事？"

宋钟仁捻着袖口的扣子，伸出手说："还没想好，就先欠着吧，等我想好了再告诉你。"

赖姿犹豫片刻，最后还是伸出了手，两人手心紧握，一言为定。

宋钟仁说："虽然我这个人通常不讲信用，但可以为了你破例一次。"

不知为什么，赖姿觉得眼前的宋钟仁似乎跟她认知里的那个人不太一样，虽然他摆着一副事不关己的模样，可她似乎能感觉到他的一丝关心，或许是她自作多情了吧，毕竟这不是他们一贯的相处模式。

赖姿望着他，问："你曾经说过我爸的事，你并没有……"她刚问出口又有些后悔了，事情已经发生追究这些还有什么意义。

宋钟仁笑了笑："人都是这样，只想看自己想看的、听自己想听的，这很正常。你爸的事儿我事先真的不知道，无论你信不信，我话说到这儿也不会再解释什么。叶瑛那边有进展的话我会联系你的，还有，照片的事……"

宋钟仁说："对不起，是我没处理好。"

赖姿刚要说什么，宋钟仁已经起身离开了座位，他没有像从前那样送她回家。温暖的怀抱、缠绵的深吻，这似乎离他们已经很遥远了。

他迫切逃离的原因，不是因为别的，而是想到，当初他亲手撕毁他们的爱情。他以为那么做了就算报仇了就会痛快，可看到她难过，他也不见得有多好过。

他一次次地试图去帮助，可她似乎从不懂得服软，一副无所谓的模样让人又气又恼。

他跟她赌气，最后也是自己气自己。

他不愿她孤身一人为了钱焦头烂额，他不愿看叶瑛自作主张地替她犯险，他不愿承认自己陷了进去，他无法给死去的薛凝一个交代。

宋钟仁站在细雨里，马路对面的餐厅里是赖姿久未离去的身影，她趴在桌子上，轻微起伏的脊背，隔着雾气迷蒙的玻璃似乎都能听到她隐隐地啜泣。

她也许曾经难过，却从没为了他哭泣过。

那时宋钟仁明白了一个道理，有些事不需要什么理由，真的只是一瞬间，你就会失去一个人。

一个月后，赖永政由宋钟仁作保顺利保释出狱，结束了将近一年的牢狱生活。媒体并没有因为时间的长短而淡忘这件事，纷纷用"重生"来形容这位传奇导演的经历。

赖永政瘦了很多，也老了很多，赖姿看在眼里却没表现在脸上，她显得很平静，像是见惯了大起大落，明明还年轻却早早地就看透了人生。

"爸，我想救叶瑛。"赖姿说，"无论如何我得救他。"

股份是父亲转给自己的，那时父亲说无论发生什么事这股份都不能卖。赖姿从小很少听话，这次她原本想坚守的，可老天似乎总喜欢开玩笑，而她偏偏不能把叶瑛的前途当成玩笑。

股份转让协议交给宋钟仁时，他脸上说不清是怎样的一种神情："我没想到，你会为了他做到这个地步。"

赖姿拿起笔在协议尾页签上名字，平静地说："曾经为了你，我也可以这么做。"

宋钟仁拿着协议的手一顿。

赖姿把包背在肩上说："替我救叶瑛出来，我等你的好消息。"

宋钟仁似乎察觉出赖姿的异样："你别做什么傻事。"

赖姿笑了笑："傻事？不会了，以后再也不会了。"

事态发展迅速，杨海以受害者家属之名，煽动媒体对案件进行不实报道，把叶瑛推向舆论的风口浪尖，更有甚者开始散布赖姿是帮凶的丑闻。

杨海企图用这种方法逼赖姿就范，拿到那点儿股份，为他在万映权力斗争中获取那么一点儿优势，用心险恶。

迫于舆论压力，警方再次对赖姿进行传讯。

那天赖姿一早起来，化了精致的妆，窗口的风铃有悦耳的声音，她记得叶叔叔曾说过，风铃的物语是：等你回家。

这是赖姿又一次面对审讯。照片、勒索、搏斗、刀伤，赖姿把事实和她的猜测一五一十地告诉了警方。

只可惜叶瑛把现场处理得太完美，虽有赖姿口供，可并没有有力的物证，警方对其暂时羁押候审。

那天赖姿看到了叶瑛，虽然只是草草的一眼。少年步履缓缓地走在对面的楼上，淡淡的神色，精致的侧颜，赖姿只是一眼就认了出来。

"叶瑛！"她喊着他的名字，隔着一栋楼随他跑上楼梯。

叶瑛感觉到有人在叫他，他驻足，却没看到她。

"叶瑛！"赖姿站在对面走廊上挥动着胳膊。

"干什么？快走！"身后的警员拽着赖姿。

赖姿哪里肯听，依旧跳起来挥舞胳膊，终于叶瑛看到了她，只是那么一瞬间，他的表情好像融化的冰雪，慢慢化开，充满着温暖。

赖姿捂着嘴，她一句话也说不出来，她怕一开口就会哭出来。

叶瑛，再忍一忍，我一定把你救出来。

可就在赖姿等待警方第二次传讯的时候，等来的却是叶瑛认罪的消息。

那天，警局满屋子的人都在欢呼雀跃，嫌犯认罪，案情有重大突破。赖姿拍打着玻璃窗，她试图喊停这群疯狂的人，可不会有人听她的呼喊。

警方召开记者会，对外宣布案情最新进展，现场的指纹、血迹，再加上嫌犯的口供，警方终于在两个月后给了民众一个交代。

警员小陈来放赖姿时，一开门发现她整个人瘫软在角落。

小陈走到面前推了推她："喂，你可以回家了。"

赖姿苦苦地笑，家？哪里还有家？

不久后，叶瑛的案子在万众瞩目下如期开庭，由于嫌疑人的特殊身份，庭审并未对外公开，提前清场阻止了媒体的围追堵截。

赖姿在茜哥和林晓辉的陪同下参与了旁听，来之前赖姿向崔律师咨询过，崔律师说像叶瑛这种情况，致命凶器至今下落不明，如果叶瑛咬死不认，在人证物证缺乏的情况下或许还能拖延一段时间；如果叶瑛认罪，那么就是证据确凿，最后能判八年以下就算是官司打赢了。

法庭上，叶瑛戴着手铐孤零零地站在那里，他又瘦了，单薄的身体像是一阵风就能把人吹倒。赖姿无法形容那种心情，她也只是坐在角落里，她想看到他，却又怕看到他。

法庭上的辩论很激烈，可赖姿似乎没有办法过多地关注案情本身，她自始至终看着庭上的叶瑛，看着看着就流下了眼泪。

在法官的一次次询问下，叶瑛对自己犯下的罪行供认不讳。

这似乎与开庭前商议好的并不一致，叶瑛没按套路出牌，这使被告方律师猝不及防。即便是叶家请到了首屈一指的律师团队，也无法打赢一场无人配合的官司。

"我到了现场，乔瑞拿着照片威胁我扬言要卖给媒体，我试图抢照片未果又怕事情泄露，只能杀人灭口……"叶瑛冷静得像是在说别人身上发生的事。

赖姿攥着茜哥的手，摇着头："他胡说，他胡说的……"

茜哥拍拍赖姿的肩膀，也不知道该怎么安慰。

法官问："那么你是在去之前就做好了杀害被害人的准备了？"

"不是。"

"刀哪儿来的？"

"随身带的。"

原告律师立刻反击："你随身携带管制刀具明显是蓄谋已久，将手无寸铁的被害人杀害后逃离现场……"

原告律师咄咄逼人："你口口声声称被害人拿照片威胁你，试问他为何要威胁你？你又为什么要替照片上的人出头，你们是有不正当的关系，还是因为你们根本就是共犯？！"

"我喜欢她，"叶瑛立在原地，消瘦的身形似乎藏着一股力量，他抬起头，声音虽轻却掷地有声，"有错吗？"

赖姿坐在那里，眼里蒙着一层雾气，茜哥紧紧抓着她的手，生怕她会忍不住痛哭起来。

原告律师立刻抓住叶瑛的话柄，向陪审团说道："被告难道现在仍然不思悔改，认为自己所作所为没错吗？"

叶瑛方律师当即打断："对方律师是在偷换概念。"

法官点头："原告律师请注意措辞。"

原告律师话锋一转："被害人在身中数刀毫无还手之力时，被告仍对其头部进行重击，导致被害人当场毙命，事后逃离现场毫无悔过之心，足以见其手段残忍，行为恶劣，如果不施以严刑法律的公允何在！"

叶瑛方律师立刻反驳："法医鉴定被害人致命伤是脑部钝器重击，我的当事人在与被害人发生纠纷时处于正当防卫状态，并无致使被害人死亡的行为，在关键物证未找到的情况下不能草率地盖棺定论。"

原告律师不肯让步："被害人身上的十七处刀伤还不能说明问题？依对方律师所言，凶手是另有其人，在被害人重伤的情况下将其杀害？还是被害人自己杀害了自己？案发现场地处偏僻，取证困难，因此我方根据现有物证合理推断，被告用钝器杀死被害人，随后将凶器隐藏做出证据不足的假象，以此来掩盖他杀人的事实！"

"你胡说！"赖姿再也忍不住了，她猛地从座位上站起指着原告律师，不顾周围人的阻拦愤懑道，"明明是乔瑞浑蛋，他敲诈勒索在前，他死了活该，你却在这儿厚着脸皮替他辩护，你有没有良心？还有你们，你们为什么要逼叶瑛，为什么要抓他，他又没有杀人，你们为什么要抓他？"

因为赖姿的突然言行，导致法庭上一阵喧哗。

"阿瑛你不能认罪，千万不能！"赖姿声嘶力竭。

"肃静！"法官命人制止了赖姿的行为，警卫人员连忙将她拖出了庭审现场。

赖姿站在庭外，抓着铁栅栏奋力地摇晃，像发了疯一样："你们让我进去，阿瑛！阿瑛你疯了吗，为什么要认罪，为什么？"

茜哥在旁边怎么拦也拦不住，两名警卫为了周边秩序只好一边一个将赖姿按在柱子上。赖姿跌坐在地上失声痛哭，阴冷的天边太阳被乌云遮住，感受不到一丝温暖，她没有办法，她什么办法也没有！

法庭的辩论一直持续了四个小时，直到人们陆陆续续散场，赖姿仍旧坐在冰冷的地砖上，像是被抽掉灵魂的木偶一样，双目无神。

茜哥张望着不见林晓辉出来，心里也很焦急，但又不敢离开赖姿怕她做什么傻事。

结束后，正巧有位路人边往外走边跟身边的人念叨："判得真轻，八年，就这被告还要上诉哪。唉……这都什么世道，杀了人还关进去吃喝不愁，拿着纳税人的钱享福。"

茜哥一听脾气蹿了上来，她上前推着那人："你说谁享福哪，觉得享福你怎么自己不进去啊？！"

路人纳闷："哎，你这人有病吧，我说他又没说你。"

"你说他就是说我！"

"就说你呢，怎么着了？"

"好了，好了，"林晓辉一出门看到争吵就赶紧过来阻止，"这位大哥对不起，对不起啊。"

路人这才骂骂咧咧地走开了。

林晓辉拽着气鼓鼓的茜哥走到赖姿跟前，叹了口气："你就别跟着添乱了。判了八年，叶瑛那边会再上诉，就是不知道到时候……"

林晓辉没再说下去。

赖姿蹲在地上，头埋在膝盖里始终没抬起来。她脑海里回荡着林晓辉刚才的话，她知道现在除非有人跳出来拿着十足的证据称自己是杀人凶手，不然叶瑛的罪名永远也不可能洗掉，她要去哪里找这样的人？

八年……如果最后真的是八年，叶瑛他要怎么熬啊？

那晚赖姿在酒吧喝得烂醉，茜哥赶到时她已经吐得不省人事，她从没见赖姿喝成这样过。

"阿瑛……阿瑛啊……"整晚除了念叨叶瑛的名字，赖姿什么也没说。

茜哥扛着赖姿跟跟跄跄地来到外面，掰过赖姿的脸替她擦着："你说你这是何苦啊。"

包里是宋钟仁十几通未接电话，茜哥替她接通后报了地址，不出二十分钟宋钟仁已经赶了过来。

茜哥对宋钟仁说："或许从一开始你就不该对她承诺太多，那样的话没有希望也就不会失望。其实我跟你一样，一直都不怎么喜欢叶瑛。但他是个好孩子，只可惜，他向来只肯对赖姿一个人好。"茜哥看着赖姿叹了口气，"叶瑛对赖姿来说意味着什么我很清楚，她一定宁愿在里面的是自己。

宋总，我说这些希望你不要误会，她爱过你，真的爱过。她跟你在一起的时候我从没见过她笑得那么开心，可是……"茜哥苦苦地一笑，没再说什么。

宋钟仁扶着不省人事的赖姿，他其实什么都明白，当他亲手打碎了他们的爱情。那晚赖姿遭遇危难，潜意识第一个想到的不是他，宋钟仁便知道，他们之间的纠缠也许已经到了尽头。

她爱过他，却也只是爱过而已。

"放心，我会想办法。"宋钟仁扶着赖姿上了车。

chapter 12

幸福仍在身边

寻找新的线索无疑是大海捞针，在杨海得知赖家的股份落进宋钟仁手里后更是死咬着不松口，势必要给宋钟仁难堪。

时间一天天地过去，眼看二审在即，如果再不想办法，案子很难有更大的突破。

也正是在这个时候，得益于宋钟仁庞大的人脉网，案件竟然峰回路转，有一份视频叫价不菲，拍的正是当晚凶杀案的经过。

视频摇摇晃晃的并不是特别清晰，开始就是赖姿拿着刀与乔瑞对峙，刺伤乔瑞后，赖姿逃跑。这时，从不远处的轿车里走出一个穿着白裙的女人，而乔瑞也只是受了伤。

因为离得太远听不清两人在说什么，只看得出来他们在争吵，像是在抢夺着什么东西。争吵中，乔瑞掐住女方的脖子，两人扭打在一起。白裙女人摸到地上的刀在混乱中刺伤了乔瑞，乔瑞恼羞成怒对白裙女人又踹又打。最后白裙女人趁乔瑞不注意拿起手里的重器狠狠地砸在他头上，随后逃离现场。

宋钟仁拿到视频后立刻带给赖姿，赖姿一眼便认出，视频中的白裙女人正是袁唯心。

那天是袁唯心获得最佳女演员的日子，她手里拿着的正是金桐奖的奖杯。

视频提供者是袁唯心的"私生饭"，颁奖典礼结束后一路跟着袁唯心到十岔口，拍下了整件事情的经过。那人原本是要卖给媒体，也许对方给出的价格不合心意，这才让宋钟仁从中拦了下来。

这无疑是整件案子的最大转折。

叶瑛方律师在看到视频后总算是松口气，说了句："这下有希望了。"

录像带很快被移交到警局作为重要证据，赖姿想要申请见叶瑛一面遭到拒绝，只好托律师给叶瑛带话。

赖姿没有脸面出现在叶瑛大伯面前，如果不是最后提供了这份关键性的视频，叶瑛大伯是一定不会放过她的。

赖姿自然不愿撞在枪口上，只好等大家都走后，在办公楼外堵到了叶家律师。

叶家方律师说："其实你可以等叶瑛出来，当面告诉他。"

这么一说，叶瑛的案子是有转机了。

赖姿攥着双手，连忙点头："等，我一定等。"

方律师笑了起来。

赖姿摸摸自己的脸："方律师，你笑什么？"

方律师双手交叉放在胸前："没什么，只是赖小姐跟我想象中的并不太一样。"

"有吗？"

"当然，我一直以为你冷漠无趣，看起来会很严肃，"方律师笑着说，"你刚才的样子不像我想象中的赖姿，倒像叶瑛口中的赖姿。"

赖姿一愣，然后跟着他笑起来。

赖姿跟方律师走在办公楼外的小路上，方律师直言说："如果不是这份视频，我们心里也没底，叶瑛一口咬定人是他杀的，我们连辩护的余地都没有。之前只要我们要去查，他就不许，态度坚决像是在隐瞒什么，我们是怎么也不相信他会杀人的，就怕案子是跟你有关，这孩子才……"

方律师想说却没再说下去。

赖姿自然知道叶家人对她的看法，于是低头道歉："对不起，是我连累他。"

方律师倒是没有过分苛责，只是说："你也不必自责，叶瑛这孩子我们是看着长大的，发生这种事谁也不想看到。不过都已经过去了，现在有了决定性证据，相信警方会很快对袁唯心展开调查，也会还叶瑛一个公道。"

但愿一切都会好起来，赖姿看着远方，在心里默默祈祷。

如果说今年最轰动的娱乐圈新闻，除了叶瑛涉嫌杀人的案子怕是没有第二件了。凡事沾上"娱乐圈"几个字就会被无限放大，更何况这桩案子又牵扯到新晋女影星袁唯心，从而彻底占据各大娱乐版面。

赖姿在月初接受了警方的审问，赖姿作为证人一五一十地交代了当时的情况，警方根据现有证据并未对其进行羁押。

世上没有不透风的墙，视频很快被流传到网络上，虽然网络监管平台立即对该视频进行封杀，但还是有眼疾手快的网友已经将视频下载了下来。

舆论再次哗然，当红偶像扣押在前，新晋女星拘捕在后，叶瑛粉丝坚信偶像是被迫认罪，纷纷表达了力挺决心。袁唯心的粉丝则吐槽叶瑛为脱罪陷害袁唯心，双方在各大论坛吵得不可开交，更有网友脑洞大开称这两人原本就是恋人关系，为了掩盖罪行不惜狼狈为奸。

事情到了这个地步，大家似乎忽略了案件原本的真相，只是一味地听自己想听的、看自己想看的，相关词条阅读量、点击率居高不下，也使这桩案子最后的判决结果变得备受瞩目。

经过漫长的等待，二审终于赶在仲夏之末开庭。

因为有"前科"，赖姿是禁止被旁听的，一干媒体远远地蹲守在法院周围，赖姿不方便抛头露面，只得待在家里，拜托宋钟仁参与旁听。

宋钟仁看出了她的焦虑和紧张："你现在这个样子是小瞧了那兔崽子

吗？"

赖姿眼睛盯着宋钟仁，一个字也说不出来。他拍拍她的肩膀开门出去："等我好消息。"

赖姿待在宋钟仁家里，对着手表算着开庭的时间，她在房间里踱来踱去，整个上午也没坐一下。

法庭上经过五个小时的激烈辩论才结束，虽然庭审并未公开，但消息灵通的媒体还是在第一时间将判决结果公布于众。

虽然心里已经有底，可当宋钟仁把消息带回家时，赖姿几乎是带着风跑了出去。她气喘吁吁地站在大门口，头发凌乱着，她带着期待又害怕的神情等待宋钟仁带回来的消息。

袁唯心犯故意杀人罪，被判重刑。

叶瑛伪造、毁灭重要证据，妨碍人民法院审理案件，判处有期徒刑两年，缓期两年执行。

"据袁唯心交代，她跟乔瑞保持着多年的不正当男女关系，袁唯心想借其上位，却没想到他并不是棵可以依靠的大树。加上乔瑞从中国香港逃亡回来，不断敲诈袁唯心，两人谈判不成，袁唯心恼羞成怒才误杀了乔瑞。警方已经在她家里发现了那座奖杯，经验证正是致乔瑞死亡的凶器。"

当宋钟仁亲口将判决结果告诉赖姿时，她多日以来悬着的心才终于落地，她心里好高兴，可明明是这样的高兴，眼泪却忍不住地往下掉。

终究结果还是好的，赖姿抹着眼角的泪，一时间想到许多东西，好的、坏的，都是那些挥之不去的回忆，关于某个人的回忆。

宋钟仁试图拍她肩膀的手僵在半空，他看着她喜极而泣的模样，手指蜷缩着默默地背在了身后。

叶瑛在家人的陪同下前往警局办理相关手续，媒体的围追堵截使整个过程既耗时又耗力，幸好有警卫开道，才使车队挤出了围堵的人群。

"她没来吗？"一直沉默的叶瑛望着窗外，清澈的瞳眸扫过一拥而上的人群，却没找到期待中的那个人。

叶瑛大伯正襟危坐，他明白叶瑛所指，说起话来毫不客气："她？她来做什么，还嫌把你害得不够吗？要不是把你弄出来了，我怎么跟你爸和你爷爷交代？万一你要有个三长两短，我绝对饶不了那死丫头。"

叶瑛没有辩驳，只是默默地伸出手，说："手机借我用一下。"

"干什么？给那臭丫头打电话？"大伯气得不轻，"你是不是好了伤疤忘了痛，她是哪类人你不知道吗？你非要她把你害死才甘心？"

叶瑛冷峻的脸上没有表情，他嘴角一抿："她不会。"

"什么会不会，你出了这么大的事她连面也没露，你却像个傻子一样替人出头，你图什么？是不是疯了？"大伯看着叶瑛直叹气，"你把人家当朋友，人家未必领你的情啊傻孩子，你说你怎么跟你爸一样，脾气又臭又偏。"

叶瑛闭上眼，不想再听耳边的唠叨。

手续办起来相对烦琐，叶瑛大伯跟方律师在公安机关人员的带领下准备相应材料，叶瑛坐在走廊的长椅上，身边有两个警卫守卫。

走廊里来往的人络绎不绝，有几个认出叶瑛的，忙着在一旁交头接耳。

叶瑛低下头，高挺的鼻梁，轻抿的嘴唇，像是沉默的漂亮木偶。

叶瑛的目光无意地扫过走廊的另一端，他有些不敢确定，只得再次望过去。

这时，你会看到一向冷漠的叶瑛脸上，渐渐浮出冰山融化般的笑容，轻轻的、暖暖的。

叶瑛站起身，立刻引起警卫的警惕。叶瑛说："我想去趟洗手间。"

相关释放手续在办，叶瑛应该不会胡来，警卫们相视一眼，其中一个人点头跟着叶瑛一同去了洗手间。

叶瑛关门进去，一个身影突然从门后蹿出来，二话没说蹦起来死死抱着他的脖子，撞得他险些没站稳。

叶瑛被撞到墙上，双手也没拦，任她摇摇晃晃地箍着他的脖子。

叶瑛不知道该说什么。

赖姿也不知道。

她就那么抱着他，他就任她抱着，像是贪婪她身上熟悉的味道。

六十七天，从叶瑛被拘捕到今天，整整六十七天，她没有跟他说得上一句话。

"小兔崽子，你真是吓死我了。"她掐着他的胳膊，以此出气。

叶瑛做出很痛的样子，这下又轮到赖姿担心，她连忙拽着他的胳膊看，他却趁机靠近她的脸。赖姿知道自己上当，眼疾手快地遮着他的嘴，她捏着他下巴，看着他嘟起的嘴，佯作生气道："这才几天就变小流氓了？"

他作势咬她，她连忙缩回手指头。

两个人隔着十厘米的距离，他低着头，微微的呼吸扑在她额发上，有薄荷的香气。

赖姿扬起下巴："搞得这么轰轰烈烈，真把自己当英雄啊！"

他双手背后："有吗？"

"没有吗？"是谁把娱乐版面搅得天翻地覆。

叶瑛说："不是我，也许是你，所以宁愿是我。"

赖姿看着面前这个傻傻的少年，鼻子有些酸酸的，可她隐藏得很好，一把揽过叶瑛的肩膀，揪着他的耳朵："够义气，算我没白疼你。"

叶瑛挣脱开她的手，拒绝她嬉皮笑脸的样子，说起话来一本正经："我没做什么轰轰烈烈的事，唯一做过的，不过是喜欢了你。"

他张开胳膊把她抱在怀里。

"别动，"他像是要赖的孩子，抱着她，把脸埋在她脖颈后，"就一下，就抱一下。"

赖姿不自觉地屏住呼吸，他毛茸茸的发梢搔得她有些痒。为什么她的心跳会加速，为什么她会贪恋这样的拥抱？

叶瑛乖乖收回胳膊站在原地，赖姿绾过耳旁碎发，神色有些不自然。

"喂，好了吗？"警卫见叶瑛迟迟不出来，在外面敲门催促着。

"嗯。"叶瑛应了一声。

"阿瑛。"赖姿连忙拽着他。

叶瑛驻足。

赖姿说："等你出来那天，我去接你给你庆祝好吗？"

"那我能得到什么好处吗？"他倒学会得了便宜还卖乖。

"我亲自接你还不算好处啊？"赖姿看着叶瑛不依不饶的样子，拿出手机翻到一张图片，上面是一串风铃，叶叔叔曾经亲手做的风铃。

"前些天我偷偷从老房子里把它偷出来的，有些摔坏了，我过两天拿去修，修好了就送给你吧。"那可是她最宝贝的东西，赖姿收起手机，"臭小子，便宜你了。"

叶瑛想了想，然后点头。

"那说好了，到时候我过来，你记得等我。"赖姿笑得灿烂，可是又觉得不放心，硬拖着叶瑛拉了个钩。

"不见不散。"

"不见不散。"

赖姿将父亲安置回了南方老家，小桥流水，青砖玄瓦，虽然没有北港的繁华，但至少内心是平静的。

最近有不少投资方借着刚出狱的噱头找到赖永政，当然也包括万映，赖永政只说身心俱疲要暂别影坛，令人唏嘘的同时又有些无奈。

宋钟仁找来的时候，赖姿正陪着父亲在河边钓鱼，她拍拍脚边的泥土，素面朝天。

他陪她走在仲夏的林荫道上："我知道你爸一直对万映有戒心，但那不是出于我本意，无记名的股份在我这里你尽可以放心，没有你的允许我不会擅用。我很抱歉，曾经将怒火迁就到你身上。"

赖姿压了压绳边的帽檐，想着往事已经是过眼云烟，没有必要再计较：

"你不用这么说，也根本不欠我什么，如果换作我是你，我也许会比你做得更绝。"

"杨海那边会有人调查，相信很快会还你父亲一个公道。"

"不是有句老话吗，公道自在人心，你不必为难，我和我爸都想得很开。"

宋钟仁问："你呢？有想过继续拍电影吗？我托人带来的剧本你看了没有，是你一向喜欢的题材。"

赖姿摇头："以我现在的心境拍不出让自己满意的片子，你还是另请高明吧。"

"你是有了其他打算？"

"前段时间我卖掉了酒吧，打算拿着这笔钱出去走走，多学点儿东西再回来。"

"一个人吗？"他看着她，似乎猜到了什么，"还是和叶瑛一起？"

两人并肩走在青葱的草地上，曾几何时他们也是这样挽手打闹，而现在两人明明离得很近，却好像是隔了条无法逾越的鸿沟。

赖姿说："我明天回北港接他。"

是哦，明天是叶瑛离开看守所的日子。宋钟仁双手插在口袋里，嘴角一扬阳光下依旧是俊朗的眉目："我一直都警告自己不必嫉妒他，可有时候真的很难做到。"

赖姿从不会想到会有人羡慕叶瑛，至少她不会。叶瑛从小就过得那样隐忍和苦楚，像是一本虐心的白皮书，让人读了一半就不忍再读下去。

宋钟仁停步在梧桐林下："他可以用奋不顾身得到你全部的心，足以让人羡慕。"

树影婆娑下赖姿微微一笑，迎着风："没有谁能用奋不顾身要挟别人的爱，我如果爱一个人，只因我爱他。即使没有阻碍，没有他的奋不顾身，我依旧爱。"

"我真没想到你会这么喜欢他。"

赖姿抬眼看着宋钟仁，透着认真："如果我告诉你，我从没像爱你那样爱过任何人，你会不会觉得我是在撒谎？"

"你永远不会知道那段日子我是怎么挨过的，可有些事过去就是过去了，不会再回来了。"赖姿平常得像是在说别人的事，"当我那天惊慌失措觉得自己性命不保，拿出手机按的第一个号码竟然不是你，我就知道心底残存的那一丁点儿的念想终于没有了。我自由了，也不必再痛苦了。"

宋钟仁说："或许我没资格要求什么重新开始，但我希望你能对自己的幸福负责。"

赖姿说："如果重新开始，我希望自己不要遇到你，也不要遇到叶瑛，至少这样我们都能好好的。"

宋钟仁说："还记得你说过要答应我一件事吗？"

赖姿点头："但愿你不是要让我留下来。"

宋钟仁微笑："不，要去哪儿是你的自由，你只要记得无论什么时候回来，我这里的门随时为你打开。"

赖姿站在林间，耳旁有风，若是放在从前她或许被感动，可是现在再多的感激到嘴边也只是淡淡地说了一句："宋钟仁，把这份心，留给下一个爱你的人吧。"

第二天清晨，赖姿赶最早的一班飞机返回北港，与叶瑛约好的时间她从没迟到过。

北部港的那家手工作坊里挂着各式各样的风铃，老板人很好，看到赖姿拿来的子弹壳风铃更是来了兴趣："你这可是个稀罕物。"

赖姿将墨镜遮了遮，问道："老板，这个大概多久能修好？"这是她要送给叶瑛的礼物。

"大概一个小时吧。"老板把风铃挂在门口的架子上，说，"我把手上这个风铃嵌好，就给你修。"

"不能先修吗？我赶时间。"

老板笑笑："我手上这个马上就好了，不耽误你时间，要不你先去外面转一转，待会儿就好。"

"哦……"赖姿看了看手表，时间还算充裕，她拿起包，"那我一会儿过来取。"

"行。"老板笑眯眯地应声。

赖姿正要出店门，身后有两个打闹的小朋友撞了上来，老板一边连忙道歉，一边对着孩子训斥说："碰到了姐姐也不道歉？跟你俩说了拿着炮仗去外面玩，店里这么多东西弄坏了怎么办，快出去。"

孩子们被这么一训撇撇嘴，兴致大减。

赖姿忙说："老板，我没什么的，你别吓着孩子。"

老板再三承诺一定尽快把风铃修好，赖姿这才道了谢出门。

北部港的文艺街不大，逛完四周时间也还早，路过一家小店，音响里正巧播放的是叶瑛的歌，干净的嗓音像是初夏清凉的细雨。

赖姿进店歇脚，角落里的位置，她翻看着手机里的照片，始终没有删除的是那张和叶瑛的合影。

青葱的少年，温暖的微笑，背着夏日的阳光在周围笼上一层亮亮的光圈。

她有些想念，想念那时无忧无虑的日子。可有些事过去就是过去了，无论是快乐还是苦难，都已经渐渐褪色演变成了回忆，重要的是，当下经历的美好。

赖姿指尖在屏幕上敲着，重新将这张照片设成屏保。

外面突然传来一阵嘈杂，赖姿原本没有在意，但是看到人们来来回回地奔跑，她连忙起身走出店门，随便拉了一个路人问："师傅，发生什么事了？"

路人手一指："那边有家店着火了。"

赖姿望向前方："什么店？"

路人说："就是那家卖风铃的。"

赖姿心里一惊，叶叔叔送她的礼物还在那里，她得过去看看。不巧的是手机响了起来，赖姿捂着话筒接听："喂，哪位？"

"是我。"

"哦，阿瑛啊。你来了吗？"

"我现在在北部港，马上就过去找你。你那边好吵，是出什么事了吗？"

"好像是什么地方着火了，不过没事的，你放心。"

"我过去找你。"

"不用了，这边乱得很……哎！"赖姿惊叫一声，手机被过往的人碰掉，滚了老远被人一脚踩上去，没了信号。

赖姿已经没有心情去计较，拿起手机甩了甩，完全黑屏，她没有办法只能跑向来时的地方，那里已经围了不少人。

她用手遮着望向上面，火是刚刚烧起来的，消防车还没来得及赶来，风一吹火势只增不减。周围的人议论纷纷，说是这家店主的两个孩子胡闹才酿成大祸，现在孩子还困在里面。

赖姿戴好口罩和帽子，她想冲进去拿回风铃，可刚挤上前就被身旁人猛地拉住："你干什么，不要命了？"

有群众自发地维护起了秩序，僵持了很久，赖姿被拦在外面无法靠近，远处大钟已经敲响了钟声，赖姿挤在喧闹的人群里，望着滚滚浓烟，虽然不舍，最后却不得不放弃。

赖姿有些懊恼却丝毫没有办法，广场上惊起的飞鸽，攒动的人群，一切都像在告诉她，有些事不该再留恋。

赖姿最终只好决定先去找叶瑛，她走了捷径去取车，道路很窄，见对面有车驶来，赖姿连忙退回到旁边的商铺里，向店家打听着去看守所最近的路。

车辆驶过，车内冷峻的年轻人始终目视前方，没有回头。

半小时前，城北看守所。

叶瑛将背包丢给司机，立刻钻进车里："走，去北部港。"

司机有些不明所以，刚才千劝万劝也不肯上车的叶瑛，现在竟然这么听话，司机说："可是，叶局说要我把你直接带回家里。"

怎料一向安静的叶瑛却着急地吼道："要你去你就去，废什么话，开车啊！"

看守所离北部港很近，一路上走捷径不出十分钟已经赶到，赖姿的手机怎么也打不通，叶瑛焦急万分。

"阿瑛，你现在真的不能露面。"司机连忙拦着他，为了躲开那些记者已经特地放出了假日期，如果叶瑛此时被记者发现，免不了又是一场针锋相对。

可对于叶瑛来说，他哪里还顾得上这些，他从包里翻出口罩和帽子将自己的脸裹得严严实实，不听司机的劝阻立刻下车。

人真的很多，他找不到她，却在那家着火的店门口看到了那串弹壳风铃。

那是爸爸亲手做的风铃。

围观的人说里面被困了好几个人，他们说，有个看起来很漂亮的姑娘进去过，像是哪个明星，也不知道最后有没有出来。

叶瑛整个人怔在原地，他脑袋里嗡嗡的，那串风铃被热浪蒸腾得丁零作响，像是摄魂的序曲，在这将晚未晚的夏日震得人心痛。

赖姿在看守所外等了很久也不见叶瑛的踪影，警卫说他已经走了，可是她不信，因为她知道叶瑛不会丢下她一个人回家的。

电话坏了，她坐在对面的石头上，从中午等到下午，从下午等到晚上，从晚上等到深夜，直到茜哥开着车来到这里找她。

茜哥看起来眼圈红红的，赖姿慢慢地站起来，不明所以。赖姿以为她又被哪个导演给骂了，哭红了鼻子来找自己求安慰。

"赖姿……"茜哥上前紧紧地抱着她，茜哥突然这样一本正经地喊她的名字，反而让赖姿有些不适应。

"嗯？"她像是有预感似的不敢问下去。

茜哥声音哽咽着："叶瑛他、他……"

月光透过云层稀疏落在郊外的小路上，偶尔几声凄厉的鸦鸣，像是梦境般不真实。赖姿呆呆地站在那里，脑海里是毛茜茜的那句话，她说，叶瑛冲进火海救人，现在仍在重症监护室，生死难定。

赖姿不肯相信，怎么会呢？他们刚刚还通过电话，不过半天的光景，怎么会这样？

她不顾一切地冲回医院，终于在监护室的玻璃墙外看到了叶瑛。

他身上插满了各种仪器，记录着他尚且微弱的生命迹象。叶瑛很听话，安静地躺在那儿一动不动，没来得及擦掉泥灰的手中还握着那串风铃。

赖姿捂着嘴，只剩下无声的哭泣。

连续二十三个小时的手术，叶瑛才被推出了手术室。医生说，情况不容乐观，能不能醒过来还要靠病人自己的意志力。

赖姿紧紧握着叶瑛的手，她相信他，就像他曾无条件地相信她一样。

叶瑛的事或多或少给娱乐圈蒙上了一层哀伤的气息，粉丝们自发地组织祈福活动。当地政府因叶瑛在这场灾祸中成功营救两名儿童向他授予了"见义勇为"的称号，媒体也终于为这个曾身陷绯闻的偶像正名，称他为新时代青年的骄傲。

可赖姿不想叶瑛是英雄，也不希望他成为谁的骄傲，她只期盼着，某个清晨醒来，他能轻轻地握着她的手，告诉她，他其实一切都好。

等待的日子总是很难熬。

窗外的青藤从枝繁叶茂到百叶凋零，再到挂满冰凌，终于，过了两季又挨到了赖姿的生日。

从前，叶瑛知道赖姿不肯过生日，所以总是想办法私自给她庆祝。之前她总是拒绝，可这次突然没了叶瑛的叨扰，她反倒有些不习惯。

赖姿订了蛋糕，她在家里翻找着一些关于叶瑛的东西，希望能用它们来勾起叶瑛哪怕一丝的意识。

书架里摆着叶瑛曾录的 CD 小样，这是他十六岁时拿给她的，带着年少的青葱像是太阳下泛着荧光的汽水泡泡。

CD 机缓缓划着磁盘的轨迹，听着听着，赖姿就掉了眼泪。

"喂……啊……" CD 里突然播放着叶瑛的声音。

赖姿连忙把进度条又倒回了一点，从前她以为只有前两分钟的清唱，却从不知道这张 CD 的最后叶瑛还录了一段语音。

"录上了吗？哦，已经在录了……今天是赖小姐二十一岁的生日，先祝赖小姐毕业顺利了。怎么样，歌还好听吗？你一定会说不好听吧……

"我可能很快要离开了，对，去首尔，你会支持我吗？如果我真的走了，会想我吗？我说的是那种想念，你明白吗？应该不明白吧，就像我不明白自己为什么会喜欢上你一样。

"唔，明天会不理我吗？不会吧。

"你曾经说过人总要有梦想，我有两个，一个是音乐，另一个……下回再告诉你。"

……

赖姿抱着 CD 机来到医院，她把它放在叶瑛的床头，仪器上的波段平稳，他也依旧安静。

她记得他最爱的曲子，浅浅的乐曲中她仿佛看到那个穿着白色衬衫的少年，静静地坐在校园里最繁茂的那棵梧桐树下，他捧着五线谱纸，耳朵里塞着耳机，一遍遍地聆听，一次次地修改，有汗水沿着发梢滴在纸上，晕开了音符，可他却依旧专心。

炎炎的烈日，同学的打闹、无休止的蝉鸣似乎都不曾打扰他的认真。

夏日的微风吹过，撩起他额前的碎发，他脸上终于露出舒展的笑容，像是和煦的日光温暖了整个青葱美好的岁月。

赖姿已经记不得自己有多少个夜晚是守在这里度过的，窗边的风铃还在叮当作响，等待着它主人的归来。

漫长的时光虽然难挨，可赖姿却觉得无比安心，这是她能为他做的唯一，也是所有。

翌日清晨，赖姿一如往常般醒来，不比往日的寒冷，她只觉肩上多了层温暖。

叶瑛还躺在病床上没有什么起色，她拉了拉身上的外套，四顾无人。

赖姿如何想也想不通，突然，她像是捕捉到所有的快乐一样，站起身扑在他的身上，带着久别重逢的喜悦："阿瑛，你醒了吗？"

那时，他微颤的睫毛像是终于绷不住的那根弦，嘴角噙上浅浅的笑，却仍旧闭着眼睛，任性地把她的手紧紧握在掌心："待着，别动。"

番外
▼
一个人的旧时光

能认识赖姿绝对是个巧合。

原本毛茜茜才是学校里的大姐大,结果无缘无故班里就来了个转学生,齐腰的长发,高挺的鼻梁,坐在窗户边一副冷艳美人的模样,惹人侧目、惹人嫉妒。

她在课堂上呼呼大睡,她把男同学塞来的情书丢进垃圾桶里,她在期末考试肆无忌惮地考入前几名,她用张扬的做法告诉大家她才是那个命运之神眷顾的人。

毛茜茜也会常常在暗中观察她,后来才发现,她之所以喜欢看着窗外,并不是为了欣赏什么美景,而是因为每到课间时,操场旁的那棵梧桐树下都会坐着一个男孩儿。他总是捧着一个 CD 机塞着耳塞,从不跟别的同学一起玩耍,当然,也没人会去找他。

毛茜茜认得他。

因为无论是高一届的还是低一届的同学都知道,这个白净的男孩儿叫叶瑛,他家境殷实,是老师手中的宝,只可惜性格孤僻,不善言辞。久而久之,大家瞧惯了他那张精致却冷漠的脸,也就渐渐地失去了想要靠近的兴趣。于是，他就像被遗弃在失乐园的灰色玩偶，没有朋友，也没有欢乐。

毛茜茜知道赖姿在意他，就故意在楼梯间绊了叶瑛一脚。他骨碌碌地滚下楼摔伤了腿，谁知道他蜷曲在地上不哭也不喊，撑着胳膊几次想站也没站起来。最后是赖姿赶来背着他冲进医务室，她满头大汗，裙子上有斑斑的血迹，却不忘安慰叶瑛。

毛茜茜想要道歉，赖姿却一副要跟她拼命的样子，最后还是让叶瑛拦了下来："不怪她，我自己摔的。"

叶瑛无声无息地背着书包，一瘸一拐地走出了医务室。毛茜茜看着他小小的背影，不禁打了个冷战。

那次毛茜茜跟赖姿也算是不打不相识。

在毛茜茜的记忆里叶瑛似乎是没有笑容的，直到那次毕业聚会上，她约着赖姿去喝酒，两人浑浑噩噩的，最后是叶瑛翘了钢琴课把她们接回了家。

毛茜茜酒量稍好一些，半夜醒来时口渴得厉害，于是想去厨房找些水喝。当她经过另一间客房时，门缝虚掩着，她躲在外面往里看，见赖姿躺在床上熟睡着，而叶瑛独自坐在地板上，趴在床头，就这么静静地看着她，时不时地帮忙塞好她身上滑落的棉被。月光下，他长长的睫毛一眨，漂亮得像个天使。

也是在那时，毛茜茜终于看到叶瑛脸上浮出久违的笑容，很浅、很轻。

他才多大，就藏着这么深的心思？

毛茜茜好意提醒赖姿，却看到平日趾高气扬的她在叶瑛面前变得毫无原则。她会为了一碗粥提前三天试做自己先尝尝味道，会为了一把口琴大冬天跑遍了整座城市，她会为了他，做任何事。

可叶瑛似乎只做了那么一件事，就让赖姿那些所谓"赎罪"的付出从零开始。

毛茜茜还记得自己把叶瑛病危的消息告诉赖姿时，赖姿那张苍白无神的脸，整个人都失了魂似的。就像当初赖姿出了车祸，她气不过，一个人跑到首尔想要去质问叶瑛，却又不敢让赖姿知道。

可当真的看到叶瑛，她原本想要质问的话一个字也说不出来："没、没什么要紧事儿，是赖姿让我过来瞧瞧你过得好不好。"

叶瑛将换下的衣衫轻轻一拧，汗水"哗哗"地滴进桶里："她自己怎么不来？"似乎在他的世界里，他只在乎那么一个人。

"你也知道，她忙嘛。"

叶瑛把衣服搭在肩上，拨了拨头发："我也忙，就不招待你了。"

"你是不是喜欢她？"她冲他背影喊着。

叶瑛脚步一顿，却没说话。

其实她什么都知道，只是装作不晓得，她追上他不依不饶："你说啊！"

如果说后悔，毛茜茜最后悔的就是那天的不依不饶。不过，叶瑛比她想象中的要镇定，任她百般责问，他也就只回了那么一句话："别告诉她。"

就这样，他们看似熟悉却又疏离，颇有默契地把这个秘密一起保留下去。他们相信，等到时过境迁，也许每个人都会有自己应得的宿命，就像是有些人、有些事明明已经过去了很久，却仿佛就发生在昨天。

如今，当毛茜茜穿着华美的礼服走在星光熠熠的红毯上，从容地应对着镁光灯和镜头的捕捉。三年的沉淀，他们都在成长，而她也已经不再是当初那个星路坎坷的小艺人，而是当今最炙手可热的影星。她忽地想起一路的艰辛，想起曾经的故事，想起记忆力已经泛黄的旧时光，脸上便露出了自然优雅的笑容。

"毛小姐，作为颁奖嘉宾，你觉得本届金桐奖将花落谁家呢？"

"你的好友赖导也有一部参选影片，但是她今天没有来现场，你觉得她获奖的可能性大吗？"

"好友一个个公布恋情，请问毛小姐是否也已经有心仪的对象了呢？"

任凭记者排山倒海地提问，毛茜茜也只是优雅地摆手微笑，四两拨千斤。在一众媒体的簇拥下离开，直到走到休息室，周围才安静了一点儿。

她立刻拨通了电话："大导演，你俩可真行，把我撂在这里，自个儿跑出去逍遥了。我说你是真不在乎还是假不在乎啊，颁奖典礼都不来？"

赖姿像是极力压低了声音："我也是迫不得已，你也知道的他档期排得满，好不容易才有空闲时间。"

"你有没有良心啊，说好要陪我喝酒的。"

赖姿无奈："我这还是偷偷地接你电话，我们出来之前都说好手机要关机的。"

"哟哟哟，你就可劲儿造吧，听着我牙都要酸掉了。我可告诉你啊，到时候你拿奖了我可直接给你丢垃圾桶里。"

"喂，不是吧！我的好茜哥，回国我请你吃大餐还不行吗，专门给你赔罪……哎……你什么时候来的？吓我一跳……喂！你干吗抢我电话啊……"电话那头好像响起一阵你抢我夺的声音，接着就是赖姿握着电话急急忙忙地说，"那个，茜哥我先挂了啊，小祖宗来了……"

毛茜茜还没来得及说话就已经断了线，她摇摇头，却又"扑哧"一声笑了起来。

颁奖典礼依旧隆重却又乏善可陈，唯一的可圈可点之处，是本年度参选影片或多或少都出自新生代导演之手，也算是为电影业注入了新动力，其中当然包括赖姿。

媒体将这部蛰伏两年的作品称之为赖姿的"翻身之作"，可只有毛茜茜知道，她之所以会选择接拍这部电影是另有其因。

待到灯光骤暗，音乐次第响起，所有的目光汇集在舞台中央，一个个入围名单闪过大屏幕，最终，定格。

当一切已成定局，当全场的掌声响起，当她脸上终于露出如释重负却又欣慰的笑容。

偌大的屏幕上渐渐地浮出两个字——《夜莺》。

扫一扫看更多图书番外，作者专访

【官方 QQ 群：555047509】

每周丰富多彩的群活动，好礼不停送！
作者编辑齐驾到，访谈八卦聊不停！